Illustration©Ciel

Tiara Label

ティアラ文庫

王子の束縛、軍人の求愛

若き未亡人のふしだらな悩み

斎王ことり

presented by Kotori Saiou

プランタン出版

イラスト／Ciel

目次

※本作品の内容はすべてフィクションです。

●序　章● 愛されて、甘い蜜夜のはずなのに？

「ルティア……君はとても美しい。君と是非結婚したい……この求婚を受けてくれるか？」

「もちろんです。光栄です。よろしくお願いいたします」

ルティアは、ガーシュ公の求婚の手紙にたいして丁重に承諾の手紙を書いて送った。

「ありがとう。何て嬉しい日になったことだろう。これで私はまた薔薇色の日々を過ごせるだろう」

結婚の日取りは、とても順調に決まっていった。

ルティアは、誰ともつきあったことのない深窓の令嬢のまま、父の薦める大富豪で由緒正しき高位の貴族の後妻におさまることになっていた。

以前離婚した夫人のことは噂にだけ聞いている。絶世の美女と言われるほど美しく、とても年の離れた女性だったらしい。

でも離婚は十年も前のことであるというし、父が嫁げと決めた相手なら、その人と結婚するのが貴族の令嬢の常識らしい。

父は厳格な上、上昇志向の強い男で、自分とほとんど年の変わらぬガーシュ公に、自分の一人娘を嫁がせる。離婚歴があっても、四十歳でも、地位も権力も持つガーシュ公は父の眼鏡にかなった男だ。人並み外れた優美な城の数々と莫大な財産を持つことだけでも、父にとってはとても魅力的な政略結婚相手だった。

（お母様。お母様が亡くなって、もう十二年。恋も知らないまま初めての男性と一生を添い遂げます）

父が結婚の話を出してくるまで二十三年かかった。

この機会を逃せば一生結婚できず、父の城で古びた昔話と共に年老いていくかも知れない。そう思えば、相手は誰でもよかった。父が持ってきた縁談相手なら、条件が悪くないのはわかり切っていたし、父の監視から解かれ、自慢の過去の戦の傷や当時の戦利品の数々が未だに大切に飾られているような城から抜け出すのには絶好の機会だった。

豪華な結婚式。

豪華な城。

優しく甘やかせてくれる年の離れた旦那様との愛ある日々。

そういうものにどれだけ憧れて来ただろう。

だから、結婚式の前前日に広大な庭園と狩猟用の森の広がる公爵の巨大な城に呼ばれ、幼い頃には訪れたことのあるとても華麗な城を目の前にして胸がときめいた。

ガーシュ公と結婚するということは、この城の女主人になるということ。

この城で、優雅に暮らせるということだから――。

「ルティア……ルティア嬢、さあ、こちらにおいで」

キラキラ輝く蜂蜜色のシャンデリア。それはヴェネツイアングラスの特注品だという。鏡もドレッサーも、細かなカットの入ったミラーガラス製でとても珍しい。

そんな素敵な調度品に囲まれた、ここはルイ・ド・ガーシュ公爵の寝室。

王家特有の色とも言われるロイヤルブルーのカーテンが、優雅な弧を描き、そして広い部屋の中にソファやチェスト、存在感のあるロココ装飾のベッドの置かれている寝室で、褐色の髪のガーシュ公はベルベットのガウンを纏っている。そして夫人用の寝室との間にもうけられている着替えの間で夜着に着換えて、部屋に入ってきたルティアに微笑む。

「こちらへおいで。ルティア……」

彼は、ベッド脇のテーブルに向かうと、さきほどメイドに持ってこさせていたワインをワイングラスに注いでいる。

「さあ、どうぞ。これはとても珍しいワインだよ。君と結婚できるとわかって、そのときに飲もうと隣国から取り寄せたんだ。王族だけが飲むワインだそうだよ」

彼に手招きされて、ルティアはおずおずと近寄って行く。

ストロベリーブロンドの長い髪は、豊かにカールして胸もとに流れ落ちている。

彼の手にあるワイングラス。その中に揺らめく艶やかなルビーの液体。

それを、ルイは慣れた手つきでゆっくりとルティアの唇にあてがって流し込んでくる。

ルティアは慣れないワインののど越しに、ぽうっと身体の奥から火照るような感じを覚えながら、彼が持つグラスの露を眺めている。

「どうかな？　これの味は」

褐色の髪のガーシュ公は、グラスをテーブルにおろしながらルティアに尋ねる。

落ちつきと風格を兼ね備えた大人の男性だ。

父と同じ年だと思うと複雑な気持ちもあったが、父より遥かにダンディーだ。招待客を招いての大々的な結婚式より前に共にベッドに入る夜が用意されたのも、彼なりに気を遣った準備期間を設けたのかも知れない。

「とても……美味しいです……」

「よかった……。さあ、おいで」

彼は長身でがっしりとした身体でルティアを引き寄せて胸に抱きしめてくる。

ベッドにゆっくりと押し倒されて、そしてガーシュ公はルティアの髪を撫でてくる。

「綺麗だ……ルティア……」

「あ……あなたも……とても逞しいです。ガーシュ公……」

華奢な身体の割りに胸は豊かで、ルティアはその胸を押し上げているコルセットのリボンも解いてここに入ってきている。

「もう一杯、飲んでいいかな。可愛い花嫁が素敵すぎて落ち着かない。大人げないな」

ガーシュ公はテーブルに手を伸ばし、再び赤ワインをなみなみとグラスについで飲み干すと。改めて褐色の髪を指でなで上げ、ベッドに引き上げたルティアを振り向いた。

「ルティア……いいかい？」

「え、ええ……はい……」

きっと、そういう行為のことに違いない。

今日は初夜だ。

「初めて……なのかな」

「……はい……」

そう答えていいのかもルティアにはわからない。

でも彼がガウンの腰ひもを解いて、するりと抜き、ベッドの上に落としながらルティアの夜着の前を開いて来れば、ルティアにも覚悟ができてくる。

「さあ。身体を硬くしないで……」

ガーシュ公はその逞しい身体を覗かせながらルティアの身体の上にのしかかり、肩から夜着を、そしてキャミソールをするりと落とした。

胸もとから乳房が溢れ、薄紅色の乳輪と、その中心に存在感をあらわにする乳首が露わになる。

彼が胸に触れると、ルティアの乳房がびくんと震えてやにわに天辺が赤らみ立ち上がる。

「ああ……とても可愛い…ね……」

大人の男の愛撫はとても優しく、がっついたところがない。ルティアは柔らかに乳房を揉んでくる彼の愛撫に胸をときめかせている。そして内ももに触れ、押し開いてくる男の指の感覚にも。

彼の膝頭はルティアの夜着を押し上げながら、指先は足の付け根を大きく開いてくる。

「あ……きゃあ」

その足が開かれすぎて、恥ずかしい格好になっているとわかったルティアは小さな悲鳴を上げて太股を閉じようとして力を込める。

そしてガーシュ公を仰ぎ見れば、そこにはルティアが今までの人生で見たこともない巨大な肉棒がそそり立っていた。

彼の肌の色より赤黒く、武器のように突きだしたそれにルティアは思わず身を固くする。

（あ……それ……それが……男性の……アレ……なのね……）

初めて見るその男根に、ルティアは恐怖する。

目の前でそそり立ち、今にもルティアを犯しそうな欲望の高まりが露わすぎる。

「ぁ……あ」

震える肌に、唇に、色めく妖艶な気配があって、ガーシュ公は口づけようとルティアの唇に唇を寄せる。

彼の体温が空気を通して伝わってくる。

(これが……口づけ……。このあとには……もっと激しい行為が……)

心臓がどくどくと高鳴っていく。

彼の髪がルティアの瞑った瞼を掠め、吐息がくすぐる。

そして彼の胸を弄ぶような手が、次第に下乳に、そして引き締まった腹部へと下り、掌すべてで撫でながら腰に、お尻にと下りていく。

彼の愛撫にゾクゾクとしてきているルティアは、大きな掌が恥丘に乗って、金色の産毛のような恥毛を撫でながら、指先に絡ませてくるのを感じて、びくんと身をのけぞらせた。

「感じるのか?　ルティア。君の可愛い此処が……私をちゃんと受け入れられる様にもう少し指で開いておこう」

そう言うと、恥丘の隙間から谷間に指が滑り落ち、濡れた粘膜に触れてきてそして奥に挿入されてくるのがわかる。ずずっと肉壁を擦る指の腹、そしてもっと深く挿入してきて蕾の縁をゆっくりと回しながら押し広げてくる。奥のほうを開かれれば痛みを覚えてルティアは腰を激しく動かそうとした。それでも彼の手に腰を押さえ込まれているから、身動きはほとんどできず、彼もルティアの肉襞の中に挿入した指で押し広げるような行為を止めはしない。

「――あぁ……んッ……あ、や……ッ、痛い……です……」

「大丈夫……ここをゆっくりと開発してあげるから……」

「ひゃん……ッ」

谷間の中を彼の指が前後に擦りつけてくる。お尻のほうにまで伸びてきそうな指先の愛撫で、谷間の中に隠れている敏感な恥部がそそり立ってくる。

「あ……そこは……そこは……だ、め……」

あまりに卑猥な感覚がルティアの肌に走って、体内に猥褻なものが蠢いて来てルティアは手で彼の手を押さえつける。

その動きで彼の指が、雌芯に深く抉りつけられ、かえって荒く強く下から弾くのに、ルティアは甘酸っぱい衝動に駆られて腰を跳ね上げた。

「ひゃ……ああんっ！　や……！　や、だめぇ……ぁッ」

子宮の中が蕩け出す。今まで感じたことのない卑猥な熱が重力を狂わせるように、乙女の内包された部分を犯してくる。

そして蜜のようなとろみのあるものが、ルティアの蜜壺から滲みだし、彼の広げた内壁を伝わってとろりと流れ落ちてきている。

「あ……ぃや。だめ、私……お漏らし……して……」

ルティアは触れられたことのない秘所を弄られて、お漏らしをした感覚に囚われる。けれど、ガーシュ公は落ち着き払った態度でそのまま指の淫技をやめようとはしない。

「大丈夫。これが普通なのですよ。女性が……男性を感じるときに流れる蜜。さあ、もっと流しなさい」

ガーシュ公が唇を強く押し付けてきて、荒い吐息のままルティアの唇を貪ろうとした。太股が男の強い力で押し開かれて、淫唇がぱっくりと割れる。

すうっと濡れた肌に冷気が走って、ルティアの雌芯はふるっと痙攣した。

その痙攣をガーシュ公は指先で感じ取ったのか、さらに淫唇を大きく指で開ききると硬くそそり立ったものを濡れそぼる蜜口に押し当てて来る。

（これが男性の……ものなの）

そう思った。怖くて、それなのに、これから始まる男女のむつみ事というのがどんなものなのか、処女のルティアは期待もしている。

「さあ、いくよ」

ガーシュ公の声は熱く、耳朶を犯す。

（ああ、怖い。でも、こうしてみんなが花嫁になるのだもの。きっと素敵なものに違いないわ……）

ぬるっと押し付けられた彼の亀頭は、もう張り裂けんばかりになっている。

固くて、人の身体の一部だなんて思えないほど、凶器さながらにそそり立つそれが、ルティアの雌芯をぐりりと押し潰しながらその下の蕾を犯そうとしてくる。

「あッ……あぁぁ……ぁんッ」

（ルイ様が……私の旦那様になる人が……私の中に……入ってくる……のね！）

そう思って、目を固く瞑る。彼は熱い吐息をついて、身体を大きく揺すってきた。挿入されるときの骨を砕かんばかりの強い感覚に、ルティアは怯えてしまっている。卑猥な音がして蜜が彼の先端を滑らせる。

痛いかもしれない。気持ちいいかも知れない。怖いからいっそのこと早く、来て。そう思ってギュッと痛くなるほど力を込めて目を瞑り、待ち続けた。

だが、そのまま彼はそそり立った巨大な雄を濡れた秘所に押し入れることなく、ルティアの身体に倒れ込んできた。

「――あ……ッ？」

彼の褐色の髪がルティアの乳房の上に散る。白い肌の上で吐息に押しつぶされそうな声を上げたガーシュ公は、ルティアの細い腕をきつく握り締めてきた。

「う……うう……ッ」

喉が詰まった声を彼が漏らし、がくがくと大きく震えた。

ルティアはどうしたのかさっぱりとわからないまま彼の身体の下にいて、動揺している。

「ルイ様……？　どうされたの……ですか？　ルイ……様？」

問いかけに彼が答えることはもう二度となかった。ルイ・ド・ガーシュ公爵はそのままルティアの身体の上で、帰らぬ人になったのだ。

●第一章● 未亡人は処女？　～奪うのは美貌の義理の息子？～

黒い喪服に包まれて、一週間をすごした。

あまりに衝撃的な出来事だった。

結婚初夜。まだ夫婦として契りもしないうちに、年の離れた花婿は、腹上死した。ルティアは花嫁衣装を纏ったその日のうちに未亡人となり、喪主まで務めることになってしまった。

今日も王族の一員である彼の葬送の儀に王族のハント公爵が訪れ、その接待をしていてルティアは疲れ切っていた。

ガーシュ公は王族の遠縁でしかも宮廷に名だたる資産家だから、彼が亡くなったとあれば、日々弔問客が引きも切らない状態だった。

それも、内々に葬儀を行いたいというルティアの要望が叶えられたと言うのにその様だったから、もしガーシュ公の死を新聞などに大きく書きたてられていたらどうなったか想像すると恐ろしい。

葬儀が行われたことをあとで知って、貴族たちが最後の別れと敷地内の教会にあるガーシュ公の墓に手向けの花を飾りに訪れるたび、ルティアを好奇の目で見ているのがはっきりとわかる。特に女性は黒のベールの奥からちらちらと見て、『あんなに若い娘を花嫁にされたのね。だから張り切りすぎて初夜にがんばりすぎたのではないの？　年甲斐もなく』

そんな声が、応対に出るルティアの耳に聞こえてくる。

「それでもまだ四十歳ではお若すぎるわ。でも王室に限りなく近いお方ですもの。正式な結婚前とはいえ令嬢のほうは莫大な遺産がたっぷり入るのでしょう？」

「でも、前の奥様との間に……お子さんはいなかったのかしら……」

そうして、若き未亡人を慰めるためと称して来訪する口さがない貴婦人たちは、お茶を飲みながら、ルティアが席を立った隙を見計らっては一様にそんな会話をしている。

「前の奥様は、隣国の貴族で大変な資産家だったのでしょう？　ガーシュ公ほど地位も名誉も権力も財産もある……なんて殿方は少ないのに未練もなかったなんてね。まあ当時はガーシュ公も若かったから夜のほうもそれほどではなかったのかも。……壮年の方が脂がのっていて最高だと思いますもの」

「ですわよね」

くすくすっと忍び笑いが夫人たちの間で漏れる。ルティアは隣室で、黒いショールの乱れと、ヘッドドレスから流れる黒いレースを見栄えよく整えてから、何も聞いていなかったような顔で戻って、大事な客人たちをもてなし続けるのが日課になってしまっていた。

ルティアは、自身は喪服に身を包みながら、来客者の花のようなドレスを見るのを少しの楽しみにして、折を見ては貴族たちの大まかなプロフィールを書き留めていた。

社交界に出たことのないルティアには、そうして名前や性格を覚えていかなくては、今後とうていやっていけないと判断したからだ。

(それにしても……貴族のご婦人方はしゃべり過ぎよね……。このお城が立派だからとはいえ喪中にサロンのように使われてはルイ様も気の毒だわ……)

突然の死去だったというのに、ガーシュ公には本心から悲しんでくれているような弔問客が一人もいない。

『でも、令嬢には莫大な遺産がたっぷりと入るのでしょう?』

ルティアには、あの言葉が一番胸に濁った澱を残している。

人の結婚や人の恋人、恋愛事情などは、花が咲いたように好き勝手に噂される。

それでも父の元にいた頃のルティアはといえば、やってくる夫人たちの口さがない社交界の噂話にわくわくし、男性の話も心地よく聞こえるほど、結婚というものに憧れていた。

父が納得した相手であれば、結婚相手が四十代でも五十代でも、六十代でもよかった。

父はシャンテの家柄をいっそう繁栄させるだけの能力と権力を持つ相手に娘を嫁がせたかったから、一人娘のルティアは長らく城に閉じ込められるように拘束され、ひたすら望みの高い父の持ってくる縁談を待ち続け、この年齢まで一人で耐えてきた。

なのに父が二十三年もかけて選んだ相手は、初夜を迎える前に死んでしまい、そのあげく、今度は『花婿は亡くなってしまったが、おまえにはガーシュ公の莫大な財産が入る。彼の優雅な城もすべておまえのもの。蒐集していた美術品もすべておまえのものになるのだよ。おまえは永遠にこの私に感謝しなくてはならない』と平然として言う。

父さえガーシュ公の亡くなったことを特に悲しんではいないのだから、ルティアは複雑な心中を誰に打ち明けることもできず、城の中に引き籠もって悶々としている日々だ。

ルイ・ド・ガーシュ公爵。ダンディで優しそうな人だったのに……。

「ルティア。あなたをこの私が幸せにできるのですから、私は幸運な男です……」

ガーシュ公は、そう言って大輪の赤薔薇の花束と恋文を送ってくれた。そして、「私には実は一つだけ秘密があるのです」そう、気になる言葉も言っていた。

「秘密ですか？　どうぞおっしゃって」

控えめに言ってきた彼に、温厚そうな人柄に似合わない暗い秘密があるのだろうか。

「簡単には言えないのです。その〝秘密〟を口にしたらあなたに嫌われてしまいそうで」

結婚後にすべての秘密を話すと言った、初夜の日に。幸せになれるはずの日の夜に、彼は天国に旅だってしまった。

（秘密と言っても、寝言を言ってしまうとか、寝相が悪くてベッドから落ちるのだとか。そんなことだと思うの。今となっては知りようがないし、とても気になるけれど）

部屋に籠もり、美しい庭園を眺めるしかないルティアは、姿鏡に映る黒い喪服姿の自分を見てはため息をつくそんな毎日。だがある日、

「お嬢様。ルティアお嬢様ったら」

ルティアは突然耳元に響いた声に驚いて椅子から飛び上がった。それを見て、メイドのマリーのほうも驚いたように栗色の目を丸くする。

「聞こえていらっしゃらなかったのですか？　先ほどからずっとお呼びしております。お父上様がいらっしゃったのです。シャンテ公が至急謁見の広間に来るようにと」

「お父様が至急……？」

ルティアは一抹の不安を覚えながら、ドレッサーの前でうねる赤金色の髪を整える。人一倍身なりにも厳しい父が、城に一月も閉じこもったまま、うちひしがれた姿になっている一人娘を見て、何と叱責するかは分かり切っている。

いつもはルティアを自分の元に呼びつけるような性格なのに、わざわざ足を運んで来たからには、それなりの話があるに違いない。ルティアはジェットのネックレスをつけ、喪服の上に黒いレースのショールを掛けて、父の待つ来客の間に出向く。

扉を開けた途端。

「ルティア！　遅いではないか。相変わらず部屋に引き籠もっているようだな。せっかく〝公爵夫人〟という素晴らしい肩書きができたのだ。もっと社交の場に出て行かなくては。王宮の舞踏会にでも出席しろ。おまえはまだこれからなのだから」

立派な革のソファにふんぞり返るようにして座った父は厳めしい顔でまくし立てる。

この優美な城に来る心構えとしてなのか、服は王宮に上がるときのように上等なものだし、当主がみまかり、しめやかな空気の漂うこの城で、父はすっかりこの城の主の気分で、

「お父様。ですが私はもうこの城にいていいのか悪いのか、それさえもわからない立場です……他に親族の方がいるならお城も財産もお譲りしたほうが……」

「馬鹿をいうな。この城も財産も何もかもおまえのものだ。ガーシュ公と結婚したのだからおまえはこの城の女主人だ。彼には近しい親族もいないのだからすべておまえのものなんだぞ。私はちゃんと家系図を手に入れて調べたのだから間違いない。最近この城にガーシュ公の親族だから遺産をよこせと言ってきた馬鹿者たちは、まったくの偽物だった。たまに遠縁がいたが、そんな遠くの血の流れのものにいちいち財産を譲るものか。きっと遺言書でも見つかればそれにもすべて愛おしい花嫁に譲ると書いてあるだろうよ」

シャンテ伯は、ほくほくとした赤ら顔で熱い紅茶を飲み干している。

「ですが……ルイ様は元は王族の血を汲む方。王家からしたら私は……ガーシュ公家からは、出されるのではないでしょうか」

「馬鹿をいうな。こんなにすぐ亡くなりさえしなければ、ガーシュ公はおまえにどんな贅沢だってさせてくれただろう。城も財産もすべて、ガーシュ公はおまえに与えてくれたはずだ」

「でも……この城の聖堂で二人だけの式しか挙げていませんし」

口ごもる娘を睨んで、彼は鼻息荒く言葉を重ねる。

「ああ、おまえは本当に遠慮深く、純粋で心根のよい娘だ。奥ゆかしくて正直者だ。悪く言えば、鈍くさく、要領も悪く頭も悪い。おまえがそういう気の弱いことをいうと思って、またガーシュ公以上にしっかりと守ってくれそうな、いい男を選んだぞ」

言いたい放題のドイル・ド・シャンテ伯爵は、ルティアに写真立てを見せて、そこに映っている立派な制服姿の男を見せる。

「ヴァイス・ド・ルー伯爵だ。どうだ？　ガーシュ公より男前だろう。軍人で異国に長く勤務していたから身体は丈夫だ。この城の女城主として、ヴァイス伯爵の妻となれ」

「お父様。私、まだ喪服を着ておりますのに、まさか再婚相手を？」

父がまた結婚相手をあてがってくるとは、予想もしなかったルティアにとってこれは衝撃的だった。

シャンテ伯は、黒い軍帽を被り、金モールや金ボタンで装飾された上衣を纏った美男子の写真をルティアの前に押しつけてくる。

「今度の男も素晴らしい経歴と財産と家柄の持ち主だ。再婚すればガーシュ公の財産もろとも……」

「お父様……ですが……！　私は財産などは本当に……」

ルティアは相も変わらず強引な父に困惑し、膝の上で手をきゅっと握り合わせる。

「では、おまえが未亡人になった途端に、どれだけ多くの男たちがこの城にやってきたか。

皆この城の財産目当てだ。皆この城と美術品目当てだ。ここの代々の主に蒐集された数え切れないほどの名品を狙って、盗賊も来るかも知れない。女一人では物騒だぞ？」

「ガーシュ公のお知り合いや縁戚の方々にそんな。お父様口が悪いですわ」

だが父は首を横に振って、ルティアを諫める。

「喪服はもう脱ぎ化粧をしろ。今日ヴァイス伯爵がおまえに会いに来るからちゃんとお相手をするんだぞ」

父、ドイル・ド・シャンテは自分が言いたいことだけまくし立てると、慌ただしく部屋を出る。そしてそのまま豪華な馬車に乗って走り去ってしまった。

「お父様ったら……もう、本当に困るわ……」

呆然とするルティアだったが、この城へヴァイス・ド・ルー伯爵がやってくるという約束の日時を思い出して、慌てて立ち上がると広い城館を走るようにして自分の部屋に戻る。

「どうされましたか？　ルティア様」

ベルを鳴らせば、父の城からついてきてもらったメイドで、幼い頃から共に育った姉のような年齢であり存在であるマリーと、複数のメイドがすぐに駆けつけてくれる。

濃紺のドレスに白いフリルが縁取るエプロンをつけた少女たちがルティアの前に整列して頭を下げる。

「大事なお客様がいらっしゃるの。着換えるのを手伝って頂戴」

「承知しました。お客様はまた財産目当ての怪しいエセ親族でしょうか？」

ルティアは、マリーが隣室の衣装ダンスへと行き、この数週間着続けている黒いドレスを選びだそうとしているのを見て、止める。

「ああ、それじゃなく。そうね。そちらのミルク色のドレスにして頂戴」

「はい」

少々いぶかるように間をおいたが、マリーはそのミルク色のドレスを手にして鏡の前のルティアの前にもどってくる。光沢のあるシルクシャンタンの上に総レースの花模様が浮かび上がり、随所に真珠とビーズの飾りが縫いつけられている意外と凝っているものだ。

「髪も……少しカールして耳元で髪飾りをつけて頂戴。ネックレスとイヤリングもお願い。ネックレスはあの百合の形になっているダイヤモンドのセットのものがいいわ」

それはガーシュ公が、二人で舞踏会に出るときのためにと贈ってくれた素敵なものだ。

上品で繊細なそれをルティアはあえて選ぶ。

「こちらでよろしいでしょうか」

「ええ。ありがとう」

元々白の下着はそのままに、ドレスは清楚に明るく見えるものにかえ、髪飾りも白百合と真珠の飾られた清潔感のあるそれでいて豪華な物を選ぶ。

靴ももちろん黒から真珠色のシルクに変える。鏡に白っぽいドレスの姿が映ると、それだけで華やいだ気分になるから不思議だ。

ドレッサーの前で、メイドたちに髪を豪華に結いあげてもらい、おしろいを塗り、アイシャドーにつけぼくろ、そして唇に紅をさしてもらえば、見違えるように華やかな貴婦人ができあがっている。

「おきれいですわ。ルティア様」

「ええ、本当に、久しぶりに明るいお色のドレスで。白薔薇のようですわ」

肩の部分が膨らんで、段々にレースが降りているドレスは確かに白薔薇のようだ。

「ルティア様。香水も吹きましょうか？」

マリーが気を遣って聞いてくる。

「そうね。スズランのものを軽くお願い」

甘い爽やかな薫りが肌に乗ると、なおいっそう気分がくつろげるものになる。

「素敵ですわ」

「ありがとう。三時に父の招待した伯爵様がいらっしゃるの。お茶の用意をしておいて」

「承知しました」

マリーとメイドたちが退出すると、ルティアはまた一人きりになり部屋で嘆息した。

父の命令で、また男性と会うことになり、言われたように着飾っていると、また気分が上がってくるなんて、複雑な心境になりながらルティアは紅の塗られた赤い唇をきゅっと噛んだ。

あのとき彼がワインをあんなに飲んで挑まなかったら、発作が起きることもなかったかも知れない。それとも処女の身体が、彼をなかなか受け入れられなかったせいだろうか。

悔やみながら、ルティアはドレッサーの脇のチェストに置かれている彼の写真を見つめた。彼の書斎に飾られていた写真立ての一つを、ルティアは自分のドレッサーに持ってきていて、片付けることも出来ずにいる。

ヴァイス伯爵と会えば、父の言いなりになってまた結婚することになってしまうのではないか。それでいいのかどうか、眉根を絞って気難しい表情になっている。

そのとき廊下のほうから足音がして、ノックと共にメイドが中に入ってくる。

「ルティア様。ブランシェ男爵と名乗る方がお見えです。ルイ・ド・ガーシュ公爵に依頼され、とても大切なお約束があったそうでどうしてもお話ししたいと……」

「ガーシュ公とのお約束が？　そんな。亡くなっていることはご存じなのよね？」

「ええ、先ほどそうお伝えしましたが、お話しするのはルティア様でよいとのことで」

「でしたらお通しして。まだ……ヴァイス様とのお約束の時間までは少々ありますから」

次々と予期しない来客がある、変な日だ。

メイドが下がるとすぐ、戸口に男が姿を現した。

ガーシュ公の弔問に訪れて来た人々に比べると若い男性だ。三十代ほどだろうか。褐色の髪に、ときおり鋭く光る灰色の瞳。

手にしている革の鞄は上質そうだがずいぶんと使い込まれた風でくたびれている。

黒い帽子に、黒いタイ。グレンチェックのベストと灰色の上着。灰色のズボンに革の靴。手には大きめの革の鞄が提げられている。

貴族にしては、一風変わった出で立ちだ。

彼は礼儀正しくそこで一礼をして「お悔やみを申し上げます」と言った。

「お座りになって。亡くなったガーシュ公から私は何も伺っていないのですが」

「かまいません。ガーシュ公のお捜しになっていた方を突き止めましたので、お知らせに伺ったのです」

「〝ガーシュ公が捜していた人〟……ですか？　あの、どなたのことでしょう？」

ティーテーブルを挟み、ソファに向かい合わせに座ると、メイドがお茶を持ってきて、二人の前にサーブする。

「それもご存じなかったのですか？　私、オルロイの街で趣味の探偵業を営んでおりますが、ガーシュ公が以前ずっと捜していらした方をここにお連れするようにおっしゃっておりました。奥様とのご子息のことですよ」

ブランシェ男爵は、いくぶんなれなれしくそう言ってルティアを見る。

「ご……子息……？」

男爵の口からその言葉を聞いたとき、ルティアは衝撃と共に思い当たることがあった。

彼が結婚したら話すといっていた秘密が、その息子のことなのではという予感だ。

「はい。前の奥様は大変美しく社交的な方で、夜な夜な身分ある方と遊び歩き、業を煮やしたガーシュ公が離縁なさったとか。前の奥様はガーシュ公のお子を宿したまま籍を抜かれて、異国へ行き、そのまま互いに連絡を取らずじまいでいたらしいのですが、ガーシュ公再婚を期に、子供は捜すべきだと思われたのでしょう。探偵業を営んでいる私に依頼され、やっと見つけたのです。まさかご報告を待たずに亡くなってしまわれたとは……」

彼は残念そうにため息をつきためらっているように窓の外を一瞥する。

「その子……見つかったの？　お名前は？　まさか今日ここに連れてきているの？」

ルティアはブランシェ男爵に食いつかんばかりに尋ねる。

「ええ。お会いになりますか？」

やはり、彼は躊躇しながら聞いてくる。

「もちろんです。もしかして前の奥様もここへご一緒にいらしてるのですか？」

「いえそれは……」

歯切れの悪いブランシェ男爵をルティアはせかすように言う。

「でも、ご子息を捜してお連れして、どうするおつもりかおっしゃっていたの？」

「それが……その……大変いいにくいのですが……」

「学校に入るための援助かしら……？　まあ、いいわ。はやくこちらへその子を……」

ルティアは、中途半端に重要な秘密をぶら下げられているようで、早くその秘密を知りたくてたまらない。だが、その緊張感はマリーのノックと共に砕かれる形になる。

「ルティア様」

「なに？」

「ルティア様。今し方、こちらに……何者か、来ませんでしたか？」

「何者か……って、誰が来たと言うの？」

「それが、不審人物らしいのです。お城に忍び込んで、犬を掠おうとしたらしく……この城の猟犬はガーシュ公が交配・繁殖させたとても高価で優秀な犬で……とにかく男が犬舎に忍び込んでから、今度はお城に入り込んだと言うことで大騒ぎなのです」

「それは、警護のものに捕らえさせればいいことではなくて？」

早くしないと父が結婚相手にと薦めてきたヴァイス伯爵がやってきてしまう。なのに、今メイドが言っていた〝犬〟のほうが先に現実味を帯びてルティアを襲ってきた。

「そうなのですが色々と、猟犬が……放されて、もうお城の中に……」

マリーの話の要領がえられない中、扉の向こうでカツカツと大量の獣の爪の音が響いてくる。

何が起きているのだろう。獣が大軍で襲いかかってくるような気配が扉の外でしたかと思うと吠え声が響き渡ってくる。

ルティアは思い切って戸口に行き廊下の様子を覗き見た。

「何事なの？　城に犬が？　早く犬番に連れ出させて……」

こちらに向かって長い廊下を走ってくる犬の集団。その前を一人の青年がすごい勢いで走っていて、彼の背後に何十匹という猟犬が迫ってきているのだ。

「そこ！　どいて！　助けて！　ルティア！」

青年は唖然としているルティアに飛びつくと、抱きついたまま、部屋の中に転がり込んだ。そして呆然として見つめているマリーに命じる。

「扉！　締めろ！」

「は、はい……ッ」

マリーは動揺しながらも、俊敏に扉を閉め切った。

白い扉の向こうで猟犬たちのうなり声と吠え声が響く。

「誰か……犬をよそにやって。早く城の外に出して」

マリーは震えながら叫び、扉の外から犬番の男が犬の声にまみれながら叫ぶ。

「犬を……放ったいたずら者がここに逃げ込んだはずです。そいつを出してください！

とっちめてやりますから！」

「犬を放った？　誰がそんな……」

ルティアは男の身体の下に押し倒されたまま、この状況を必死に理解しようとしている。

それより、押し倒されたとき打ち付けた背中の痛みに顔をしかめ、乱れた髪に手をやった。せっかく美しく結い上げ、耳元に垂れ幕のように優雅に弧を描かせ後頭部から縦ロールを落とした凝った髪型は、客人と会う前に台無しにされている。しかも飛び込んできた男は今もルティアに乗ったまま、ぎゅっと身体を押さえ込んできている。

ルティアの今の角度から見えるのは青年の横顔と、その顔を大半隠している艶やかな金色の髪。そして震えるような白い指先。

（とても綺麗な指ね……誰かの指によく似ている気がするわ……）

こんなときだというのに、ふとそう思った。

「猟犬泥棒。どこにいる！　出てこい！」

外で騒いでいるのは犬番か猟番だろうか。あれだけ多くの犬が走って来ているのだから廊下も大変なことになっているに違いない。

「ここにいるのは私とお客様です。とにかく廊下の犬たちを犬小屋に戻してください。それから、廊下の割れた花瓶や彫刻を片づけて元通りにして。犬を放ったものについてはその後にちゃんと処分を考えますから」

ルイ・ド・ガーシュ公爵亡き後、女主人としての貫禄を見せた言葉を放ったことは一度もなかった。だが、この城を今仕切れるのは自分だけだ。

「ルティア様……」

「犬たちをおとなしくさせて犬舎に返しなさい。マリー。他のメイドを呼んで壊れたものをかたづけて元通りにして。もうじき大切なお客様が来るのだから、急いでね」

扉はちゃんと締め切られていると言うのに犬たちの剣幕に恐れをなしていたのだろう。今もまだ扉を必死で押さえているメイドのマリーに告げる。

「はい。あの、ルティア様。ですがそちらの方は……。このままでよろしいですか？」

マリーが気にしているのはルティアの身体の上にまたがるようにしている青年だ。

「あ、お気になさらず」

ルティシアが答えるより先に、身体の上で堂々としている青年がにっと笑って答える。

図々しいにもほどがある、なのに妙に爽やかであり、他人を従わせる気配を纏った青年で、ルティアも呆れながら、金色の髪を掻き上げている彼を睨んだ。マリーはルティアの言葉に従い、外に犬の気配がなくなったのを確かめてからそっと外に出て行った。

「あなた……いい加減どいてくださらない？　もう犬もいないのですから」

ルティアはその姿を見上げながら不愉快だという声で告げる。

「ああ、重かった？　申し訳ない」

今度は急に紳士的な態度になって、すっと優雅に立ち上がると、ルティアの手を取り、エスコートするかのように腰に手をあてがいながらすくい上げた。

「痛くはない？　俺がすごい勢いでぶつかったから」

「そんな気遣いよりも、どうして城の中に猟犬たちを入れたのか教えてくださる？」

ルティアは、厳しい表情をあえて見せながら彼に詰問する。

彼はルティアのそんな様子も気にせず、抱きしめてきて、唇に口づけた。

「ああ、よかった。怪我はしてないね。痛そうだったから心配したよ」

彼の無邪気が過ぎて、まじめに叱責しようとするほうがおかしい気がしてくる。

「あなた……来訪のお約束はあったのかしら？　勝手にこの城に侵入するのは犯罪です」

「なんでそんな堅苦しいこと言うのかな？　約束はあるよ。お・母・様」

「――え」

ルティアは身体を引き剝がして、背の高い青年を、目をしばたたかせて見つめる。

聞き間違いに違いない。

なのに、また彼はルティアの唇に「ちゅッ」と音のたつような口づけをしてくる。そして次第に相手の欲望をかきたてるように、繊細な舌を覗かせる口づけを繰り返し続ける。

「母上……ですよね。ルティア。ガーシュ公の花嫁。父亡き後、あなたがこの俺の保護者であり、俺を心の底から愛さなくてはいけない世界で唯一の女性だよ」

不可思議な口説き文句を言ってから、彼はとても魅惑的な顔を作為的にして見せた。

「レオン・ド・ガーシュ。それまでの生活の名前はレオンポルト・ド・レッド公爵です。どうぞお見知りおきを」

ルティアは立派すぎる息子にすっかり困惑して、床上にへたり込む。

「待って……頂戴。ではあなたが……ガーシュ公の前の奥様とのお子さん……なの？」

嘘だと言って欲しい。まさかこんなに立派な青年がガーシュ公の子息だなんて想像していなかった。この美しきやんちゃな青年が自分の義理の息子だなんて、困る。

「そうですよ。初めまして。ルティア。俺の大切な母上」

ルティアは目眩がして、その『母上』という言葉自体は聞こえていないくらいだった。

彼はルティアの前に跪き、ルティアの手の甲にまで口づけしてくる。

優雅な所作。金色の光りを纏ったような前髪がさらりと落ちて、高い鼻梁に降りかかる。伏せた睫の長さと言ったら人形のよう。そして彼には確かにガーシュ公の面影がある。

「とても嬉しい。こんなに可愛くて綺麗な人が俺の母上だなんて」

「あなた……本当に……ルイ・ド・ガーシュの息子で忘れ形見？　いくつなの」

「十九歳だよ。ルティア」

「十九歳？」

想定外の年齢だが、四十歳だったガーシュ公の息子なら、その年でも不思議ではない。

「本当に……ルイ様の……？」

「しつこいよ。綺麗な若いお母様は疑りぶかいの？　狙ってくる男が大勢いるから？」

「そんな……」

「俺、初めてあった女性にそんな仕打ちをされたら深く傷ついてしまうなあ」

「ご、ごめんなさい……」

「そこにいるブランシェ男爵に聞けば、俺が本当のルイの息子だってわかるよ。彼が俺を見つけだしたんだし。彼が俺をこの城の跡継ぎにするって連れてきたんだから」

ルティアはレオンと名乗る彼が視線で示した方を見る。

まるで存在を忘れ去られていたブランシェ男爵が、ソファの影に半分身を隠しながら、扉のほうを恐れるように凝視している。

「ブランシェ男爵？　どうされたのですか？」

「ああ済みません……犬が……大型犬が……犬の苦手でしてね」

まだ戸口を怯えた目で見やり、しどろもどろに答えながらも、彼はようやく元通りソファに座り直している。

「ブランシェ男爵。彼がルイ・ド・ガーシュの息子なのですか？　この立派な青年が？」

「そうです。ご紹介しようと思い待合い室に待たせていたのですが。こんなことに……」

彼はルティアを見て、そしてレオンを見る。

「レオンポルト・ド・ガーシュ……」

「レオンポルト・ド・ガーシュ公爵、だ。ブランシェ男爵、肩書きまでちゃんと紹介してくれないと困るな。まだ彼女はこの俺のことを本当に息子かどうか疑っているのだから」

「いえ、いいわ……そんな。疑ってなどいませんから」

公の息子を自分が疑うなんて、失礼だ。そう思ってその申し出を断る。

「ありがとう。さすが父上の選んだ再婚相手だ。綺麗な上に人柄も素晴らしいお母様だ」

「そう……ですね。こちらこそ立派なご子息で安心しました。とりあえず……」

どうしたらいいのだろう。混乱している。昔この城を出ていったガーシュ公の妻の子供と言われ、勝手に幼い少年だとばかり思っていた。

「お父上が亡くなってしまったことを残念に思います。それから……財産分与のことですが、顧問弁護士に聞いてみないと私は一切お話しを伺っていませんので……」

「俺は、ルイの財産が欲しくてあなたに会ったわけじゃないから」

彼は心外だと言うように声を固くする。

「ではなぜ？」そうルティアが訊き返そうとすると、マントルピースの上の振り子時計がポーンポーンと鳴り響く。

ヴァイス伯爵が来る時間だ。

こんなしっちゃかめっちゃかな事態になると知っていたら、彼の訪問は先延ばしにしてもらったのに、そう思うがもう遅い。時計を気にしながらルティアは悩む。

「弁護士と財産管理を任せている専任執事がいないと、私にはご子息のことは何も……」

「レオンポルト・ド・ガーシュ公爵」

彼は自分の名前をくり返す。

「レオンでいいから、どうぞそう呼んで。ルティア」

見つめてくる眼差しがいちいち色っぽいのは癖だろうか。癖に違いない。自分にそんな眼差しをしても、彼に得になることは少しもないのだから。

「レオン……様のお時間を必要以上にとらせてしまっては申し訳ないですから……後日、お時間を約束して……またここにいらしていただくほうがいいですわね？」

女主人として、できるだけそつなく応待したつもりだったが、ルティアの手をふいに彼が握ってくる。

「他人行儀だね。そういうの、やめて欲しいな」

「――え」

「たった一人の肉親なんだ。ここにおいてもらわないと、行く当てもない」

「――え」

「聞いてない？　母親はいないも同然なんだ。ずいぶん前から俺は寄宿舎で一人で生きてきた」

「――――え……」

「父上が俺をここに呼んだわけはなんだろうね。こんな大きな息子がいるって思わなかっただろ。でももう身は引けないよ。ルティア。君は俺の面倒を生涯見て、生涯誰よりも愛してくれないと。もうこれからはこの城に二人きりだよ。まさか再婚なんてしないよね」

「え？　ええ、そんな……ことは……」

「よかった……すごくほっとしたよ」

彼はまた囁いてきて、そして色っぽく瞳を伏せた。

長い睫、そして男性にしては少し細めの鼻梁。厚めの唇。それが彼を色っぽく見せるのかも知れない。

でも、とにかく、自分は亡きガーシュ公の代わりに彼を息子として認めて世話をすると言うだけの立場だ。いくら美男子だって関係ない。

「此処に住むつもりだったたから向こうの家は売り払った。だからここに滞在させてもらいたい。いいよね。俺、この公爵家の子息だし」

「――――え、ええ」

美しく色っぽく、すがる目で見てくるレオンには、『ダメ』とは到底言えっこない。彼は人を取り込むのが得意そうだ。

そしてこんなに立派に育った青年に〝母上〟と呼ばれるのは違和感しかない。

背丈など遥かに超えていて、優美な姿で、自分を愛おしげに抱擁してくる。どちらかと言えば息子というより若い愛人……。

「母上と言うより、ルティア様がレオンポルト・ド・ガーシュ様の花嫁のようですね」

ブランシェ男爵が笑みを溢して言う。

「そんな、不謹慎ですわ。私は……」

「ええ、失礼。では私はこれで公からの依頼は果たしました。お二人で末長くお幸せに」

ブランシェ男爵は書類を取り出してサインを求める。

「ルティア。感謝しているよ。この恩は忘れない。恩返しするからなんでも言ってよ」

礼を言いながらルティアに抱きつき耳元に囁くのは、無垢ゆえなのか、策略なのか。言って耳元に唇をつけて噛むなんて、ぞくっと下腹部が震えてしまう。大罪だ。

「公爵はレオン様とここで暮らすことをお望みでした。だからこそ、大枚をはたいてこの私にご子息捜しを依頼したわけです」

「ああ、そうね……」

自分が再婚すると言うことを話すためだけに、世界のどこにいるかわからない息子を捜し出そうとはしないだろう。でもルティアはこんなに大きな息子が突然現れた現実に困惑する。

「父上は亡くなっていて残念だけれど、その分ルティアに孝行するよ、こんな風に」

そう言って彼はまたルティアに唇を寄せてくる。なんて色気に満ちた息子だろう。

十九歳だなんて、本当だろうか。それとも自分が世間知らずで幼いのだろうか。

「あの、それで……お支払いのほうをお願いしたく……」

ブランシェ男爵の手が物欲しげな催促を見せた。ルティアはようやく彼が依頼された案件の代金を求めているのだと気づいて、小切手をメイドに持ってこさせる。

「ああ……捜索依頼のお代……。おいくらなのででしょう」

「一万ブランです」

「一万ブラン？　本当にそんな大金なのですか」

「ガーシュ公はそうお約束してくださいました。まさか今になって撤回なんてことは……」

「ルティア、払ってあげてよ。彼は俺を捜し出し、こうして連れてきてくれたのだから」

「そうね……。わかりました」

ルティアはいわれたままに小切手にその額とサインを入れる。とんでもない請求だが、ガーシュ公が約束したならそれでいいのだろう。そうして彼に小切手を渡した頃、また廊下が騒がしくなっている。

「ルティア様、あの……」

「今度は何事ですか？」

ルティアが戸口を開いて慌てた様子でやってきたメイドに尋ねると、彼女が口を開くより先に、背後から長身の男性が身を割りこませ、ルティアの前に進み出る。

ルティアは驚いて目を見張った。

どこかの軍人。それも将軍かと思うような紋章入りの帽子に襟章やモールのたっぷりとついたケープつきの黒いコートマントを纏った男性だ。

足元の金具の並ぶ編み上げのブーツを見ても軍人のよう。

彼は黒髪を靡かせて、刺すような鋭いスカイブルーの瞳を見せ、凜々しい表情でそこに立つと息を改めたように一呼吸して、ルティアに恭しく礼をした。

「初めまして。ルティア様」

「どなた……ですか？」

そう尋ねてから、ルティアはすぐにその人物が誰なのか思い当たった。

「ヴァイス伯爵……ですね？」

「ええ。勝手にお部屋に押しかけた無礼をお詫びします。お約束のお時間になってもいっこうにお部屋から出てこられず、その前に不思議な騒動があったそうですし、見知らぬ男が乱入していたという話も使用人から聞いていましたので、ルティア嬢のことがとても心配になり、こうして勝手に部屋に押し入ってしまいました。ご無事で何より」

だが伯爵の鋭い視線はブランシェ男爵と、美しき金髪菫眼の青年を見て、警戒しているようだ。

「こちらはどなたですかな。私との約束の時間をとうに過ぎているというのに、礼儀をわきまえていないお方のようだ」

やんわりとヴァイス伯爵が言った言葉に、レオンもやんわりとやり返す。

「ああ、失礼。時間を忘れるほど、ルティアと俺は濃密なときを過ごしていたもので」

「濃密な？」

ヴァイス伯爵が怪訝な顔でくり返す。

「そう。〝濃密な〟。俺こそ訊きたいな。こちらはどなたなのかな？　ねえ、ルティア」

言いながら、レオンはまるで親しい恋人か何かのようにルティアに身を寄せてくる。

公の遺言がわりになってしまった彼。やっと見つけられたガーシュ公の息子を自分が無下にはできないので、ルティアは困惑しながらそのまま彼と寄り添った状態で答えるしかない。

「父の紹介で、こちらに訪問してくださることになっていたヴァイス伯爵様です」

「ああ、ヴァイス伯爵ね。お噂はかねがね」

レオンは、意味深にそう言って手を差しだして、強引なほどに手を摑んで握手する。

「私にも、もう少し詳しい説明をして頂けるかな。ルティア嬢。結婚を前提のご挨拶だと伺って喜び勇んでここに来たのに」

「え……」

初対面だというのに、ヴァイス伯爵もなんて大胆な発言をするのだろう。

「へえ。では俺にはまた新しい父親ができるんだ」

「父親？」

「ええ。だって俺はこの公爵家の長男ですから。自己紹介がまだでしたね。俺は……僕はレオンポルト・ド・ガーシュ……。どうぞよろしく」

「ああ、そうでしたか。ご子息がいたとは。では私はもしかしたら君の未来の父上……になるかも知れないのかな。仲良くしましょう」

ヴァイスがあらためて手を差し出しても、レオンはその手を握り返そうとはしなかった。気づかないふりをして、そしてすぐにソファに座ってしまう。

ヴァイスは差しだした手を下ろして、それでも微笑みながら腰かけた。

敵対心がちらちらとレオンの目の奥を輝かせる。

その強い対抗心をヴァイスも感じたのだろう。彼もレオンをじっと見て、穏やかな中に燃えるものをちらつかせながら笑った。

「父親が……またできるとしたら、骨がある男だといいな。強く賢く、そして配慮のできる物わかりのいい大人がいい。俺の新しい父親候補は……俺が認める男じゃないと」

レオンは、意味ありげにルティアを見つめる。

「あの、レオン……様？」

ルティアは困り果てて、彼がそれ以上口を開くことをやめるように視線で制する。

もちろん、彼はそんなことお構いなしで、懐いた子供のようにルティアの手を握って指を絡めてきている。

（お手上げだわ……このご子息はなんて人なつこい方なの？　ううんむしろなれなれしいっていうんだわ。こういうのは……）

そもそも最初から、部屋に潜り込むのも人の心に潜り込むのもうまい青年だった。初対面で女性を押し倒してキスをしても、はり倒されずに許されている。

「私は、ひねた息子など必要としていないが。ゆくゆく、小さくていたいけで可愛い赤ん坊がルティア嬢との間にできるなら、それはもう嬉しいよ」

「おや。その年でまだ赤ん坊が欲しいのですか？　年齢がいってからだと子作りも、子育ても大変だと聞くけれど」

「私と愛妻の子供は躾の行き届いた無礼なことをしない子供に育つので、心配無用ですよ。レオンポルト・ド・ガーシュ公爵」

今度は盛大に火花を散らしているのが見えルティアは慌てて口を挟む。

「あ、あのレオン様もヴァイス様も。お二人とも……お茶をいかが？　美味しいアールグレイを淹れ直させますから」

「いただきます。ルティアは俺が欲しいと思うものがわかっているんだな。嬉しいよ」

レオンは微笑み、またルティアの手を握り締めてくる。それを見たヴァイス伯爵はこめかみにぴくっと青筋を立てながら、それでもソファに優雅に足を組みなおして微笑んだ。

「ああ。ご子息にはミルクのほうがよさそうだけどね。私はルティア嬢とこれから大事な話があるので、できれば二人きりにしてくれると助かる」

「それは無理かもね。危険な存在が近づくと、俺の危機管理を知らせる触覚《アンテナ》が立つんだ」

「立つのがアンテナだけでよかった」

「ふふ、もっと他のものも〝勃つ〟かも知れないけど？」

二人の間に再び激しい火花が散ったのは、普段は鈍いルティアにもはっきりと見えた。

「とにかく、ヴァイス伯爵、挨拶は終わったのだからお帰りください。親子水いらずを邪魔しないのが、大人の配慮というものでしょう」

レオンがメイドの淹れた紅茶を、まるでもう昔からこの城で生まれ育った主のように泰然としながら飲み干している。

「俺も積もる話があるし、ミルクだったら牛や山羊のミルクより……母親の愛情溢れたもののほうが遙かに好みだ」

レオンはルティアの手に手をそっと乗せて言う。諧謔に慣れていないルティアにはそのいささか卑猥な発言は気づけない。だから、眉を顰めたのはヴァイス伯爵だけだった。

「君はいつまでここにいる気だ？　本当にガーシュ公の息子なのか？　私がシャンテ公に聞いた話ではガーシュ公に息子などいなかったはず」

「今日やっとこの城に戻ったんだ。〝王子の帰還〟といったところかな」

下手をすれば決闘でもしかねないと思い、ルティアがまた割り込んだ。

「レオン様。少し私とヴァイス様だけにしてもらっていいかしら。お話はそれから……」

「――ええ？　俺のほうが後回しなのか？　大切なガーシュ公の忘れ形見なのに」

レオンは話が違うとばかり、部屋の隅で小さくなっているブランシェ男爵に視線を送る。

「ああ、じゃあですね。私はこれでもう退散しますので。ありがとうございました」

ブランシェ男爵は、両手を揉まんばかりに言って、領収書を差しだすと部屋を慌てて出て行った。ヴァイス伯爵は、それをのぞき込んで眉を顰める。

「これは……ずいぶんな額の領収書ですね。何のお支払いですか？」

「俺の捜索費用と礼金ですよ。ヴァイス伯爵。俺にはそれだけの価値があるのです」

「さすがガーシュ公は大富豪といわれるだけのことはある。この城も初めて来ましたがとても立派で王宮かと思いました」

ブランシェ男爵がそそくさと部屋をあとにしてしまうと、ルティアは、またレオンとヴァイス伯爵とが火花を放つ戦場の中に取り残された。

「今の金額が本当に正当なものかよくお調べになってからのほうが……」

ヴァイスは、ブランシェ男爵の請求額を疑問に感じたらしい。

「いいのです。ガーシュ公の願いだったのですから。それより今日はせっかくお越しいただいたのにお待たせしてしまって申し訳ないですわ。ヴァイス様」

「いえ。あなたにお会いできただけで光栄です。せっかくですから、このまま庭を歩きませんか？　この城は庭園もとても素晴らしいと噂です」

「どう猛な猟犬が……放たれているから危険だよ。いたいけな女主人を狙う男は襲うから」

ルティアは優雅に紅茶をすすりながらも威嚇してくるレオンを軽く睨んだ。まったくどうして初めて会った日に鉢合わせなどするのだろう。ルティアは頭を抱えたい気持ちで一杯だ。

「犬に追われてもこれからも毎日貴方に会いに来たいのですよ。私は。それに犬は賢い。私が怪しい男でないとすぐわかるでしょう。初対面でもありませんしね。父上はもう私がこの城に滞在してもいいとまでおっしゃってくださいましたが」

「あの……それは……。初対面ではないというのは本当ですか？」

「覚えてませんか？　貴方が十二歳の頃、父上の城で催した舞踏会で私がダンスのお相手をしたことを」

「え？」

「もう十年も前の話です。幼いあなたが忘れていても当然ですね。父上にはそのときに、気に入っていただいたようですが、私はまもなく要人の護衛で外国に行き、そこで功績が認められて、爵位を幾つも賜って長く逗留しました。最近帰国して、父上に貴方の結婚相手にしてもいいと認められたようで、光栄ですよ。ずっと気にかかっていた令嬢でしたから」

「功績が認められたというのは……外国でどのような任務に就かれていたのですか？」

「一時は留学された王女の護衛として隣国へ行っていたのですが、今は国に戻り王宮の護衛隊隊長を勤めております。剣も銃も腕前は確かですから、坊やよりずっと頼りになる」

坊やといわれたのはおとなしくしていたレオンのことだが、レオンはそこでは彼に噛みつくことはしなかった。ただ静かに目を光らせて彼を追い払うことに専念する。

「それは何より、でもとりあえず、ヴァイス伯爵はお引き取りを。ここはまだ客を泊まらせるような準備が整えられていませんしね。喪中でしたから」

「――そうですね。では……本日はご挨拶に止まらせていただきます」

ヴァイスは引き際を心得ているというように、冷静にレオンの牽制を受け止めた。

「ルティア嬢。最近大貴族の城の宝物庫に賊が入り込んで、密かに宝を奪っていく事件が尽きないそうですよ。主が女性だけの城は心配ですからお気をつけて……」

「ご心配ありがとうございます」

「女城主だけでなく、もう俺もいますので。ねえ？　ルティア」

レオンがルティアの身体を背後から抱きしめるようにして、ヴァイス伯爵に微笑した。

「よけい、危険な香りがするがね。とりあえず、ご子息を信用して私は帰ります。紳士たるもの礼儀はわきまえるのがよろしいかと。レオン君」

そう言って会釈をしてヴァイス伯爵は去っていった。

「やっと帰ったか。どうして俺の大事な日をあんな奴が邪魔をするのだろう。ねえ？　ルティア。俺がいるからもう安心だよ。今まで寂しかっただろう？」

レオンはルティアをまるで恋人にするかのように抱きしめ腰に手を回しながら耳元に口づけする。

その口づけも、身体に回してくる腕の強さにも、ルティアは嫌悪よりずっと頼れる居心地の良さを覚えてしまって、不覚にも振り払うことを忘れてしまう。

（よからぬ予感がするわ……どうしてこんな……積極的な殿方が突然二人も現れるの……）

「亡き公の思し召し……だよ。父の、ね」

見透かしたように耳元でレオンが囁く。

「いつまでもこの城で悲しみに暮れていないで、新しい恋と愛人を迎えよっていうね」

まるで、自分のそれまでの状況をどこかで見ていたようなレオンの言葉にルティアははっとして彼を見上げる。

横顔の鼻の形や長い睫、そして少しふっくらした唇もガーシュ公とやはり似ている。

「ルティア……。ねえ、ルティア」

彼の顔が唇に近づいてきていて、そして指が胸に、足の付け根に回り込んできて、ルティアははっとして身を反らした。

「ルティア？　どうしたのさ。転ぶよ？」

久しぶりにレースとフリルたっぷりのドレスを着て、ヒールの高い靴を履いたせいで、ルティアはよろけて倒れそうになる。その身体をレオンが優しく抱き留めていた。

「ふふ！　君は本当に可愛いな。頼りないところがいいよね。そんなんじゃ、このガーシュ公爵家の莫大な財産や、貴重な美術品を狙ってくる悪い奴らにつけ込まれてしまう」

「大丈夫よ……そんな」

「そうだね、これからはこの俺がいるもの。守ってあげるよ……ルティア……」

背後から抱きしめてきて首筋に顔を寄せる。まるで猫か子供のように懐いてきながら、彼のルティアの腰に回す手はちゃんとした大人の男のもの。

「あ、……の。レオン……様。もう放してくれませんか……大丈夫ですから」

ルティアが言葉を選びながら彼の束縛を解こうとするも、彼はその様子さえ弄ぶように微笑んでいる。

「他人行儀だね。そんな口の利き方をしなくていい。だって俺とあなたはこの世でもっとも深い繋がりで結ばれる間柄じゃない」

「深い間柄って……」

ルティアは混乱する。確かにガーシュ公の息子は自分の義理の息子になる。

(私……大丈夫なの？　この美しすぎる容姿のなれなれしい青年とやっていけるの)

彼はルティアの手を取って、そしてその甲に改めて口づける。

「まだ……結婚指輪を嵌めているんだ」

「それは……まだ喪に服している時期ですし、妻であることに変わりありませんから」

「ふうん……」

その何とも言えない「ふうん」はなんだろう。

「ルイは……父上はどういうふうにあなたを愛した？　あなたには優しかった？」

「ええ……とても……」

「そうか。それはなにより」

彼はルティアの隣にどっかりと腰を下ろす。

「話を聞かせて。どんな父親だったか。いやルティアにとってはどんな夫だったか」

「どんな……って。お花を贈ってくださったり、この城の庭園も私の好きな花を……」

だがルティアはその説明を途中のまま、レオンのすることにすっかり心を奪われていく。

金色の髪を輝かせ、清らかな白い肌を惜しみなく露わにして着替えを始めていたからだ。

「あの、どうしてここで……その、服を脱ぎ始めている……の？」

ルティアはとっさに彼に背を向けて、唇を困惑に歪ませながら尋ねる。

「濡れたから……だよ？」

「濡れた？　どうして？」

ルティアは思わず振り返った。にわか雨の多い地域だけれど、今日は雨は降っていないはずだ。

「どうしてって、犬小屋を見に行ったら犬たちの柵がいきなり開いたからだよ。そして追いかけられて池に足がね。嵌った」

そう言ってレオンは片足をひょいっとあげる。本当に靴の中から水が溢れ、言われてみればシャツも背中が濡れていて、ルティアはあっけにとられた。

「本当に。でも濡れたなら着替えを先に持って来なくては。それにここでは……」

一瞥して、ルティアはもうレオンがシャツのボタンを外しているのを見て赤面した。

「ねえ、それに？　何さ」

「そっちを向いて脱いでくれる？　それに、ズボンはだめよ。絶対だめ。レディの前でそこまで脱ぐのはマナー違反だと思うわ」

「ああ、失敬。でも、レディ扱いしていいの？」

「なんですって？」

「義理の母親として見ずに、レディ扱いしていいの？　母親なら、息子の裸なんて普通に目にするだろうし、着替えを手伝ってくれてもいいよね」

「え……着替えを手伝う……？」

「そう。ねえ、ルティア。オレの着替えを手伝ってくれないか。タオルでここととかここと か拭いてほしいな」

「そ、そんな……」

　彼がルティアの手を押さえて、自分の引き締まった胸に当てさせ、その手をすうっと下に滑らせていく。まさに彼の足の付け根に落ちていきそうになった指を、ルティアは慌ててギュッと握って避けた。

「どうしてそんな弾けたように指を避けたの？　大丈夫なのに」

　くすっと、レオンが邪気のない笑みを見せる。

「だって……私……」

「男の身体なんて触り慣れているはずだし、見慣れているはずだろう？　それとも息子だと意識してしまう？　それじゃあ困る。これから永遠にここで二人きりで暮らすのに」

　ルティアは彼の言葉の最後のほうを聞き漏らしていて、そして慌てて訊き返した。

「今なんて？」

「これからずっと永遠にこの城に住むからさ。ルティアと一緒に」

「あ、あの……でもあなたのご家族は？　レオン様はお母様の再婚先の跡継ぎでしょう し」

「跡継ぎ？　俺じゃなくても今の旦那には先に子供が十人いて兄も二人いるから、大丈夫」

「でも……。一応レオン様の今のご家族にお手紙でも了解を戴かなくては」

ルティアは、動揺をできるだけ見せないようにして執事を呼ぶべく、ベルを鳴らそうとして立ち上がる。その手をレオンはまたしっかり握ってきた。

「な……何を……？」

どうして、ただこれだけのことにまでどきどきして心拍数が上がってしまうのだろう。

レオンは手首を押さえたまま、ルティアを見上げる。

「連絡はしないで。俺は……もうあの国には戻れない。戻りたくはない」

「そんな……国に戻れないって……どうして？」

ただならない気配にルティアは心配してレオンの顔をのぞき込む。

「俺の優れた美貌とこの才覚に、王女が惚れてしまったんだ。王族以外のただの貴族が次期王になるのではないかと恐れた王家の派閥によって、暗殺しようという陰謀に巻き込まれるから」

「あなたが国王に？　どこの？」

「ヒーリス国の国王だよ。王の跡継ぎが放蕩息子でろくでもないからって、俺は王にはなりたくない。まあ、この美貌だし、知性的だし人心を掌握するのも得意だしわかるけど」

にっと笑って言うレオンは確かにそういう器の似合いそうな大物の風格はある。でも、

「――それは……冗談よね？」

「フフ、そうだね。おもしろかった？」

この青年は何を言っているのだろう。いくら公爵の息子であっても、王女に好かれても簡単に王になどなれるわけはない。もしも今の王政転覆でも狙っている大貴族や政治家がいたとしても、この彼を担ぎ出さなくてはいけないいなら相当人材不足だろう。

（冗談……よね。私を好きと言うのも冗談だろうし。本当は父親が亡くなっていたことがショックなのかもしれないわ。空元気を見せているだけかもしれない。優しくしなくては）
二、三日ここに滞在させ、その間に弁護士や執事と彼への財産分与の相談をすればいい。
レオンは部屋の中をぐるりと回って、暖炉や黄金の額に入っている絵画、黄金の振り子時計を眺めては指先で触れている。そして唐突に暖炉の前でズボンまで脱ぎ始めているのを見て、ルティアは驚いて声を上げた。

「あの、どうしてだめだって言ったのにまた服を脱いでいるの？　ズボンはダメよ」

「だって、やっぱり気持ち悪いし寒気がするから。この城の猟犬たちはもっと普段から走らせないとダメだよ。俺と同じで欲求不満みたいだからさ。服を裂かれたよ」

「そんなどうして……」

「犬小屋に入ったとたん、犬が興奮して群れで追ってきたんだ。運動や狩猟に連れ出さないと猟犬はダメだよ。俺が獲物にされるところだった。今度俺が猟に出すからね」

しゃあしゃあと言いながら、とうとうズボンまで脱いでしまったレオンにルティアは呆れ、そして彼の破天荒で図々しいところに困惑する。

この青年はルティアの手には負えそうにない。

外見はルイによく似ているけれど、性格はかけ離れているとわかる。

「いくらお父様の城でも、慣れない人が犬小屋に入ってはダメよ。怪我はしなかった？」

ルティアは瑞々しく引き締まった肉体から目を逸らしながら、彼の腕をそっととって怪我の様子を確かめる。服は裂けていても肌は大丈夫そうだ。

「俺のことを心配してくれる？　俺のこと嫌いじゃない？」

また突然、メランコリックな瞳をしてルティアのことを見つめながら、彼は火の弱まった暖炉の中を火掻き棒で掻き回す。

「心配……しているけれど……」

見る間に薪に赤味が戻り、暖炉の中は温かな炎に包まれる。

「じゃあ、ここにおいてよ。ブランシェ男爵に渡されていた父上の遺言書にも書かれたんだ。万が一のときは俺が爵位と父上の財産を引き継ぎなさいって。つまり、それにはルティアも含まれているってことだよ」

重ねてくる彼の手をどうしたらいいのかわからず戸惑うルティアは、だが彼の手の熱さに気がついてはっとして顔を見る。

「あなたには……遺産の相続はしてもらうつもりよ？　本当のご子息だもの。お城が欲しければそれも弁護士に相談するわ。それより、レオン様の手……熱いようだけれど……」

「遺産とか関係ないし、いらないって言っているのに。俺を遺産目当ての男だと疑っているね？　俺はただルティアと此処にいたいだけ。ルイの選んだ人といたいだけなのに……」

「でも私とレオン様は……赤の他人です。会ったばかりだし、そんなことは……」

燃えさかる暖炉の炎を身体に受けて、レオンは瞳に絶望を滲ませている。

「俺はもう、会ったときからルティアが好きだよ。ヴァイス伯爵がよくて俺はダメなの？」

見下ろしてくる瞳もなんだか熱っぽい、そう思った直後に彼はルティアの身体を抱きしめてくる。

「頼むよ。なんでもする……何でもご奉仕するから……さ……俺……うまいよ？」

なんのことを言っているのかわからなかった。でも彼も少し熱に浮かされたような、掠れ声だったから、よく聞き取れなかったのかも知れない。彼の背中に抱き留めるように手を伸ばした途端、レオンは重心を崩してルティアの身体を床に押し倒した。

「――――あ……」

若々しい青年の身体の下になり、ルティアは動くこともできない。そこに紅茶のお代わりを持ってきたマリーが栗色の目を見開いて、二人の折り重なった姿を見つめていた。

「あの……ルティア様……」

「マリー、お願い助けて。早く……起こして……」

マリーは抱き合うような体位の二人を顔を赤らめて見つめていたから、きっと何かよからぬ想像をしたに違いない。

だが彼が額に汗を滲ませ動かずにいるのを見て、慌ててレオンの身体を抱き起こした。

彼をソファに寝かせるのが精一杯で、ベッドまでは運べない。

「マリー！　フットマンを二人、呼んで。彼をベッドへ運ぶように言って。それから……早く……お医者様を。キール医師を呼んで頂戴。すごく熱が高いの」

「はい。ルティア様」

マリーはエプロンをちょこんと摘んで慌てたように去っていく。

そしてすぐ、紺色のズボンに紺色の天鵞絨のチョッキを着たフットマンが二人駆けつけてきて、レオンの肩と足の両方をかかえ上げる。

「ルティア様。どこに運べばよろしいですか？」

「客室で一番近いところで……いえ、この隣の私の部屋でいいわ」

廊下の奥の南側の部屋に運び込まれてレオンは天蓋付きのベッドの下に横たえられた。

彼の脇に手を入れたフットマンがルティアを見上げる。

「とても熱が高いですね。氷を作り冷やしましょうか？　暖炉の薪ももっと用意しておきますね」

「ええ。お願い。普通の風邪かしら、それで熱が出ているのかしら」

「今町では高熱が一週間続いた後、突然亡くなってしまう流行病がありますけれど」

フットマンのジョエルが、暖炉に薪をくべながら言う。

「いやだわ。レオン様も、かなりの高熱よ。タオルを用意して。着替えのシャツとズボンも。ああ、それよりまずネルの寝間着を」

ルティアはレオンの胸を開いて、用意されたタオルで汗を拭いてやる。

こんなに熱があるならどうして言わなかったのだろう。

池に嵌ったと言っていたのだから、すぐにルイの服にでも着替えさせておけばよかった。

暖かな部屋を用意して、ずっと滞在するように勧めればよかった。

後悔が押し寄せる中、マリーが呼びに行った医者がやっと到着したようだった。


まもなく、たっぷりと顎髭を蓄えたキール医師が部屋に入ってきて、素早くレオンの胸を開かせると聴診器を当てて音を聞く。

「どうでしょう。先生」

ルティアは、目を瞑って動かないレオンを見下ろして、恐る恐る尋ねる。

ルイ・ド・ガーシュ公の死に顔と重なって、急に強い不安に襲われたからだ。

「風邪だと思いますが、熱も高いようですからもしものためにはしか用の薬を処方しておきます。これと……これを食後に一包みずつ飲ませてください。いいですね」

「わかりました。ありがとうございます」

ルティアはキール医師に礼を言って送り出す。

「ルティア様。何か温かなものをお持ちした方がよろしいでしょうか」

ベッドの中のぐったりとしたレオンを見ながらマリーが小声で尋ねてくる。

「マリー。あなたはしかにかかったことがある？」

「はしかですか？　いいえ」

「そう。じゃあ、あなたはそばにいない方がいいかもしれないわね。彼には私がここでついているから、あなたは厨房からオートミールとホットミルクを持ってきて。あと気つけ用にブランデーも」

「はい」

ルティアはベッドの傍らにスツールを寄せた。ナイトテーブルの上に置かれた洗面器と、そして水差し、氷の入ったポットとタオルを置いて、レオンの顔をじっと見た。

解熱作用のある注射が少し効いてきたのか、彼の熱に染まった顔が元のように白くなってきている。こまめに汗の浮いた肌をタオルで拭き取り、額の氷を取り替え続ける。

「う……」

マリーが飲み物を届けにやって来て、ルティアが受け取った。そんな小さな物音に反応したのか、レオンが気づいて呻き声をあげる。

「気がついた？」

顔をのぞき込み、そしてまた額をタオルで拭いてやる。

金色の髪が額に張り付いている、それを指先でそっと払ってやっていると、ふいに彼が身じろいで、そして「あ、う……」と声を上げた。

「ああ、ごめんなさい……嫌だった？」

ルティアは慌てて手をのける。だがその手を彼の熱い手が摑んで引き寄せた。

「きゃ」

あまりに突然だったのでルティアはそのままレオンの身体の上に引き倒される。

「レオン様……？」

胸に押し付けられ、そして背中から彼の腕に抱きすくめられながら、ルティアはどきどきしながら、その名を口にする。

「抱かせて……」

「え？」

「抱かせて……こうしていて……。すごく……すごく熱いんだ……」

「それは……あなた熱があるから。高熱でお医者様が驚いてたわ……。流行のはしかでないといいけど……」

「はしか……？」

「ええ……」

なんとか彼の腕の力を緩めるようにして、顔を上げてレオンの顔を見つめる。

微かに菫色の瞳が瞼の下から覗き、ランプの光りとその長い睫の影を映している。

「高熱……なんだ。熱って……知恵熱しか出したことない……。俺……賢いから……」

「知恵熱ですって？　こんなに高熱なのに、冗談は言えるのね？　それとも熱に浮かされて言った戯言かしら。もう、心配して損したわ」

「怒った……の？　本当に俺のこと……そんなに心配して……くれたのか？」

薄く見ひらき、熱っぽく見上げてくる瞳は、まるで子犬のよう。

「いきなり倒れれば誰だって心配するわ」

「言ったら……弱い男だと……嫌われて追いだされるかもしれないと……思った」

「まさか。初対面の人にそんなことするわけないわ……」

「じゃあ、もっとこっちに来て……。ルティアははしかは……伝染《うつ》らないんだよね」

「ええ、でも……」

「いい香りだ……女の人ってみんなこんなにいい匂いなのか？　それともルティアだけが特別なのかな」

ほうっと香りを嗅いで、うっとりと呟くレオンにルティアは抵抗もできなくなる。

なぜだろう。どうしてこんなに彼に触れられて平気なのか。ルイの息子だからだろうか。

「抱かせてよ……もっと強く……もっと……ルティア自身の体で……抱きしめて……」

湿った艶やかな肌が、ルティアの頬を撫でてくる。首筋に落ちて、それからゆっくりとケープのリボンをとき、その下の胸に触れてくる。

まるで邪気のない掌だからだろうか、ルティアは不思議なほど嫌悪感を感じていない。

むしろ、誰かに触れられることがこんなに気持ちいいのかと思う。熱くしっとりとした肌がルティアの白い肌に覆いかぶさってくる。

胸の上に置かれた手が、女性の乳房の膨らみを確かめるようにして押しつぶしてきてはきゅっと柔肉を揉んでくる。

「あ……だ……め……」

その手を押しのけようとするが、熱っぽいその手は力だけはとても強く、ルティアの身体も容易に仰向けにされてしまう。

「いい匂い……素敵な肌。ミルクみたいになめらか……だね。ルティア……お母様」

「お母様は……やめ……て。あなたみたいな……大きな子……いないもの……」

「じゃあ、偽の恋人……ルイの代わりの愛人でいい……」

「ルイの……代わりの？」

「うん。ずっとこの城を背負って行くのは重いだろう？　だから……そばにいて……支えてあげる……守ってあげる……優しく……」

唇がルティアの唇に落とされる。

そして舌先がちろちろと唇をなぞり、舐めては隙間をこじ開けてくる。

「ううぅ……ん」

「愛してくれる？　俺のこと……」

「あなたが……ルイの息子なのなら……」

「愛して……よ……」

唇を押し付けられて深く舌が伸びてくる。根本まで伸ばされ、舌裏まで丹念に突かれ、舐められれば、ルティアは感じたことのない官能を覚えてびくんと下肢を震わせる。

「ううぅ……あん……」

彼の熱い指先が足の付け根に伸ばされれば、じゅくんと双葉の中から蜜が溢れる。

「もう蜜が……溢れてきたね。俺を本当に愛してくれてるって……わかった。もっともっと……受け入れて……」

レオンはナイトテーブルに置かれていた琥珀色のブランデーを口に含むと、毛布の中に潜り込んで、ルティアの太股を大きく押し広げていく。

「や……いや……」

彼の吐息を感じている。蜜で濡れたその桃色の双葉を押し広げて、彼の唇が淫核に押し当てられる。と、蕾の中に熱いブランデーが注ぎ込まれた。

「ひゃ……うんっ」

びくびくんと体中が淫感に震える。

「あ、ああ……」

淫唇を開かれたまま、彼の舌先が淫核をいたぶってくる。淫核の根が舐め上げられ、小さく恥じらうようにしている蕾にまで舌先が落ちてくる。

「うあ……ん！　ダメ、もうやめて……」

ルイとするはずだった行為。それがあんなことになって、きっと自分はショックを受けていたはずだ。だから、人が恋しくて、花婿という存在を心は求めていたのかも知れない。こうして自分を女性として抱いてくれる男性を、心の奥では結婚前よりずっと強く求めていたに違いない。

（でも、それがいくら似ているからって……ルイの息子……と性の行為をするなんて……）

自分がなんだかとても淫らに感じられて、ルティアは激しく身を捩る。

「だ、め……よ。レオン……さ、……ま」

「何がダメ？　君は俺を愛する運命。愛する宿命。俺のことをこの城でたった一人で待っていたんだ。こういうことだよ。まだ頭では理解していないだけ、俺はあの部屋で一目見て君が俺を待っていたってわかった。ルイは君と俺を結びつけるための存在だったって」

レオンは熱く囁いて、ルティアの蕾を舐め上げては雌芯を激しく吸い上げてくる。ルティアのそこはいっそうレオンのねっとりとした分厚い舌先を感じて、背筋をびくびくと魚のように反らしている。

「あ、ああ……ああ……ん！　だ、め……ぅ……ぅ……！」

彼の舌が、蕾の襞を丹念に舐め上げて、押し広げてくる。

そして蕾の中に舌先を挿入しながら淫らな愛撫を肉襞の奥深くにまで落としてくる。

ねちゃねちゃと乱れた水音が、部屋の中に妖しく響く。

唇を蕾にピタリと合わせて、上下に激しく舌を動かしながら、再びグラスを傾けた彼の口から蜜のようにとろみを持った液体が流し込まれた。

「ああ！　いや……いや……ぁ」

蕾に注ぎ込まれるたびブランデーが熱く暴れて、中がおかしくなりそう。

彼の肉厚の舌が奥のほうまで入り込んで中を巧みな微震で蕩かせてくる。

肉襞がひくひくと震えて感応していく。蕩けるような熱いものが挿入されて、ルティアの蜜道はじわりと淫らな感覚に侵されていく。

「どう？　気持ちいい？　ブランデーを注ぎ込んだんだ。ルティアを縛り付けている観念をこれが打ち砕いてくれるよ……きっとさ……」

「ブラン……デー……？　なんで……そんな……あ！」

かあっと蕾の奥が熱くなった。火箸を突き込まれたような激しい熱。

「あ、熱い……熱い……わ」

彼の囁きさえ、淫芽を震わせ、そしてまだ抜き差ししている舌先の濡れた感覚が、外に抜かれたときの冷気と、中に挿入されたときの熱感の交互に落とされる快楽にルティアは広げられている太股を、自ら開いてしまいそうになる。

「ううぅ……あ、ぅ」

彼はまるで淫芽が美味しい果実だというように唇で挟んでは舌先で舐めてくる。

「ブランデーをそこで飲んだのは初めて？　ねえ、気持ち……いい？」

「い……や……」

「初めてなんだね。じゃあ、俺の舌は？　美味しい？」

「いや……いやあ……」

ぐちゅぐちゅと、蕾の奥を舌でかき混ぜられて、そして今はねっとりと濡れたその周辺を彼の長い指先が何度も何度も突いてきている。その初めての甘くて痛みを伴う刺激にルティアはお尻をびくびくと弾かせながら、肌をじんわりと汗つゆに濡らしていく。

「濡れてきてるね。こんなにさ、これで……気持ちよくないなんて……嘘だよね？」

彼の指は束にされて、まるで男性器のようにルティアの膣道に挿入されてはその奥を突いてくる。

「ひゃ……ん！　い……やああ」

その自分でも想像もしなかった甘い声に、ルティアは恥ずかしくて涙を浮かべる。

「や……ねえ、そんなに……元気……になったなら……もう……」

「元気になったからこそ……ルティアが欲しい……優しいルティアが欲しくてたまらない」

彼の下肢は夜着がめくれ上がっていて、引き締まった太股が覗いている。

ルティアはその足の付け根に何か異様なものが突き出ているのに気づいて、あえてそれから目を逸らした。

それはあの夜、ガーシュ公が見せていた男性器だ。

そして彼はそれをルティアの秘裂に突きたてようとしたまま、亡くなってしまった。

（怖い……）

そう思って、身を堅くする。だがすぐにレオンがその腕を、そして腹部をほぐすように愛撫して、口づけを散らしてくる。

「ルティア……俺、ここに入れて……いい？」

「や……だめ……あなたは……いけない人だもの……」

「奉仕するよ。俺、好きになった人とするの……初めてなんだ……。この城に戻って……ルティアがいて……心臓がおかしくなった。だから……熱が……出てしまったんだな……」

「そんなことって……」

でも実はルティアにも、そういうことがあった。この城に嫁いで来るその前日、風邪でもないのにいきなり高熱が出て父が慌てていたのだから。

「好きな人にするって……どれだけ興奮すると思う……？　こんなだよ……」

彼がルティアの太股に両手を這わせ、そして両方の足をさらに大きく押し開いた。

「あ……」

声を上げるまもなくその中心に硬くて強い塊が押し付けられて、濡れそぼる秘裂の中に挿入される。

「や……だ、め。だめ……よ。だめ、だめ、だめだったら……私は……」

「ルイはもういないんだ。彼の血を継ぐこの俺がルイからルティアを相続するんだ」

ルティアにその理由を断れるわけがない。

彼はルイの息子。この城を継いでもおかしくない正当な息子だ。

ルティアを愛撫しているその右手の中指に輝くのはこの城のエントランスにも堂々と彫刻された印章が聳えている二頭の鷹の紋章。目にはルビーが輝いている。ルイの指輪の紋章とそっくりなものだ。ルティアは膣道の中から熱い火照りを感じていて朦朧としている。

「いい……わ……」

「ふふ。嬉しい。じゃあ俺の奉仕を受け入れてよね」

乳首を爪の先ではじきながら、レオンは下肢を上下に揺する。

「ううぅ……ん！　あ、ああ……だめ……そんな」

まだ、蕾の中に彼の亀頭は入ってこない。秘裂の中を上下して、雌芯を可愛がってくれている。

「此処が気持ちいいんだよね？　もっともっと擦ってあげる」

「あ、ああん！」

義理の息子を身体にのせて、出るはずのない甘い喘ぎが、ゾクゾクとこみ上げてくる。

「じゃあこっちはどう？」

いいながら指の腹で乳首を摘んで押しつぶしてくる。押しつぶしながら乳輪を舐め、そして先端を爪で擽る。

「あ……ああん！　や……ッや……ッ！　そ、そんな……ぁ……ッ」

激しく感じて、背中を反らしては無意識にさらに足を開いていく自分を、ルティアは恥じていた。

恥じているのに、その愛撫の繰り広げられている彼の身体の下から逃げ出す気になれない。思考が蕩け堕ちているのは、膣内に流し込まれたブランデーのせいだろうか。

そして彼はその亀頭をついにルティアの中に挿入してきた。亀頭の先がルティアの初めての蕾を押し開く。それだけで小さな蕾は引き裂かれそうに痛んだ。

「あ、……痛い……」

「大丈夫……慣れないうちはいたいものだよ」

「いたいのは……いや……」

「大丈夫。すぐ気持ちよくなるよ……」

彼は優しく言いながら、乳房をゆるりと回しながら揉んでくる。その乳房への感覚に酔いしれながらいるうちに、ゆっくりと亀頭がルティアの膣道に押し込まれてきている。

「そっとするから……体を柔らかくしていてごらん……ほら、もう此処まで入ったよ」

ルティアの蕾に、亀頭のすべてが収まっているようだった。

それでもレオンのそれは太すぎて、苦しくて、蕾が濡れそぼりながら喘いでいる。

「や……は、早く……抜いて……もうだめ……ぇ」

「まさかこれからなのに」

「だめ……だめ……ぁ」

彼は一度ルティアの願いを聞いてそっと亀頭を抜いてくれる。粘着質の蜜が彼の先端から尾を引いてきらきらと輝くのが恐る恐る薄目を開いていたルティアの目に入った。

(恥ずかしい……恥ずかしいわ)

ルティアの心を見透かしたのか、レオンはそのまま「綺麗だよ……とても綺麗だ。ルティアは最高の女性だ……」そう囁きながら腹部を、腰を、そしてお尻の膨らみに指先をくい込ませながら揉んでくる。

「ひゃ……あん!」

そうして腰を大きく上方に突き上げさせながら、また開かせた淫唇の中に亀頭を突きたててきた。

熱くて硬いそれは、先ほどよりもっと深くルティアを引き裂く。奥に、奥にと、腰を揺すりながら、レオンはルティアの身体を角度をもって挿入してくる。

ぬぷぬぷと、濡れた音がして中に溢れていた蜜が男根の縁に沿って溢れ出す。足の間にその蜜がしたたり落ち、ルティアは流れる蜜の熱さに太股を震わせ、手でシーツを固く摑む。

「あ……や……」

肉筒の中に挿入される男根が、どくどくとうねっているのが伝わってくる。そして自分の心臓の鼓動と共に彼のそれが妖しく体内を突いてくる。

「ん!」

媚肉を擦り上げてくるその塊が、小刻みに前後に動いて、ルティアの蜜で濡れた中はきゅっとしまってはまた押し広げられている。

その腰の動きで雌芯がたっぷりと擦られて、気持ちいい。何かもっと熱いものが溢れだしてしまいそうで、ルティアは子宮のあたりをきつく締め付ける。

「ああ……そんなに締め付けたら……俺も、中から……溢れ出てしまう」

「え……や……ごめんな……さい。私……私……わからなくて……」

「いいよ、君が痛くないなら……それでいい。少し大きく動くから、耐えて」

レオンは、自分が苦しいように眉根を絞って、熱い声で囁いてくる。

（大きく動く……？）

その意味がわからなかったルティアは、だがすぐに彼の腰の動きが変わったのに気がついた。

「ひゃ……うぅッ」

それまでと角度が違う。そして咥え込まされる質量が圧倒的に大きく、深くなっていく。

「あ……ああ！　いた……いたいの……レオン……や……」

「我慢して……我慢して。すぐよくなる。ほら、ここもここも気持ちいいだろ」

彼は大きく広げたルティアの足を自分の膝の上に載せ、そうして身を丸めさせる。乳房を唇に咥え、ルティアのお尻の蕾を指先で愛撫して蜜で濡らしながら何度もお尻の谷間を擦り上げる。

乳房と後ろに加えられる快楽が、中を貫く熱い塊の痛みを多少和らげていく。

「ほら、ここが……君の奥だよ。この内側を突けばきっと……」

レオンはルティアの腰をさらに上に押し上げながら、中の竿を角度を変えて押し進める。

「や……痛い……」

「もっと濡れて。もっと濡れたら……大丈夫だから、ほら、ここをこうすると快楽の蜜が流れ出してくるだろう。これが男を欲しがっている証拠だよ」

「蜜が……？　これが……？」

「ルティアの身体は俺を欲している……そら」

彼がルティアの中を突きながら、その周囲の肉襞を指先でくすぐりつける。雌芯を指の腹できゅっとつまみながら摩擦を加えれば、ルティアのそこは甘酸っぱい刺激に身もだえして、中からどくどくと甘くて熱い蜜を迸らせた。

「ほら、気持ちいいって……喜んでいるんだ。これは女の蜜……男を受け入れるための秘蜜だよ……俺が欲しいって言って」

「い、やぁ……」

「上の口でも聞きたいんだ。俺の男根が欲しいって……ルイのよりいいって聞きたい、この可愛い唇から聞きたいんだ。ルティア……」

「や……よ、いや……」

「言ってくれないと激しくするよ？　身もだえするほど腰が揺れるよ。それでいい？」

レオンは言いながら、さらに激しく抽挿をくり返し、角度を試しながら何度も何度もルティアのお尻を太股で打ち付ける。

そのたび、乱れた水音が激しく立って、それがルティアの中から溢れる蜜の音なのだとわかると恥ずかしさに顔が真っ赤に染まってくる。

「あ、ああ……！」

中のおかしなところが彼の襞で擦られた。突かれて、擦られて、その麻痺してくるような甘い快楽がルティアの心臓を打ち壊しそうなほどどくどくとうねってくる。

咥え込まされたその肉筒が、さらに太く硬く感じて、ルティアは突かれるたび、頭の芯まで痺れが走って失神しそうだ。

「ああ……や……だ、めぇえ……だ、め」

おしっこが漏れる。そう感じる。下腹部が熱く乱れて何もかも熱くて酸っぱい卑猥なものに侵されていく。濡れて粟立つ太股の内側が、ねっとりとしてレオンの身体とルティアの下肢とを繋げていく。

ベッドがくしゃくしゃに乱れ、二人が同じ抽挿の動きで揺らし、中のバネを軋ませている。

「もっと、奥にもっと……挿れるから！」

レオンの吐息混じりの熱い声は、熱のせいなのか、興奮した雄のせいなのか。いずれにせよ、ルティアはそこに咥え込む雄の量に限界を感じて、腰を抜こうと擦り上げる。

だがすぐレオンの腕に肩を乳房を押さえ込まれて、彼の逞しい筋肉の下にあえなく服従させられてしまう。
「逃げるなよ……まだだ……まだ……もっと奥まで……味わうんだから……」
「あ……ああ！　や……激しすぎる……強すぎる……の。や……ッ。ああ……ッ」
ぎしぎしと大きなベッドが壊れそうになるほど、レオンは激しく腰を打ち付けた。
ルティアは彼の腕の中で、嵐に濡れる小さな柳の枝のように責められながら、それでも
いつしか身体の奥深くに淫らな挿入を悦ぶ自分を感じていた。
「どこに欲しい？　どこをもっと突いて欲しい？　言わないと、壊すよ……？　ルティア
のここ……可愛すぎて……壊したくて……たまらなくなる……」
「あ……！　ああん！　はああ……や……ッ」
長くうねる赤い髪が暖炉の炎に炙られるように輝いている。白い肌は汗を小さなダイヤ
のように輝かせ、そして吸い合い、舐め合う唇からは淫らな唾液がこぼれ落ちて、ベッド
をじっとりと濡らしていく。
「もっと！　もっとだ……。ルティア。もっと君の身体を……俺のものにしたい……俺だ
けの花の蜜を……流せ……」
「ああん……ッ！　あッ」
レオンの腰の動きが俄然速くなっている。声は熱く吐息の中に掠れるようで、彼の肩か
ら蒸気が上がっているのが見える。ルティアも朦朧としながら、ブランデーに酔っている

のか咥え込まされた彼の雄の動きに酔っているのかわからないほど、熱く思考が蕩けている。

「行く……よ、ルティア！　もうここで……！」

「……ぉ、おねが……い……。そこを……もっと……奥まで突いて……ぇ……！」

自分が叫ぶ声さえ、よくわからないほど、ルティアの体も心もレオンの愛撫に溶けていた――。

●第二章● 性の奴隷、愛の虜

「どうだった……？　昨夜は気持ちよかった？」

「……や……もうや……あんなこと……一生……いや……よ……」

「そんな子供みたいに駄々をこねないでよ……ルティア……ねえ？」

「や……こんな……痛いこともうしないで……したら……」

「路頭に迷った哀れな子羊は、女城主様に、追いだされてしまうかな」

余裕の笑みを見せているのが、光に透ける金の髪の向こうに見える。

よそから突然やってきた男のくせに。年下で、息子のくせに、なぜか最初から態度が大きい気がする。

ルティアのほうはここに来てなじむまもなく、すべての領地も荘園も見ていないうちに、夫のルイが死んでしまったせいで、未だに借りてきた仔猫のようだというのに。

ここに来て花嫁となってしたことといえば葬式の準備やその旨を知らせる手紙を書き、

葬儀のために来る親類縁者の諸々の世話をして、名前を覚えただけ。そんな雑事で、死ぬほど疲れ果ててしまったのが本当のところだ。ルイの親はすでに他界しておらず、祖父母もいない。兄妹も幼い頃に死んでしまっていないので、ルティアがすべてそういう業務をこなしてきた。

なのに、今頃になって息子が現れるなんて。

その息子は父親の霊廟に案内しろと言うのでもなく、義理の母親の自分に妙に固執して子犬のように懐いてきている。

「ねえ、ルティア。また君のことを抱くよ。俺の愛と最大級の欲望を受け入れてよね」

彼は熱い声で囁くと、もうまた下腹部からそそり立つ雄の塊を露わにしている。

「……あ……もう……またなの？」

ルティアは生まれて二度目に見る義理の息子の猛々しい凶器を見て、凍り付く。

彼にどういう態度で臨んでいいのか、考えあぐねているうちにルティアのドレスは簡単に引き裂かれた。

「あ、レオン……様……や……」

彼は常に自分と繋がろうとしている。そう思うと恐怖で声が出ない。

肌を執拗に撫で回す指先。

柔らかなレースが肌を撫でるような、しなやかな感覚がルティアを襲う。

服を引き裂かれ、胸もとを露わにされる。コルセットのリボンを解かれ、そして乱されたレースの上から胸を摑まれる。

まだほとんどと言っていいほど誰にも触れられたことのない胸が、レオンの手の中でゆっくりとほぐされて、捏ねられていく。

「や……ぁ……やッ……」

喉からつまった悲鳴が漏れるが、彼に抱きすくめられた肉体は、もうびくびくと感じている。ペチコートの中に彼の熱い指先が潜り込んで、ドレスは散りゆく花びらのように空に引き裂かれた。

シルクの下着ももみくちゃになって、ルティアの下に敷かれている。

「綺麗だ。とても綺麗……俺のヴィナス。この美しさを享受することなくルイが消えたのはとても気の毒だと思うけど……ね。今となっては感謝の気持ちのほうが……強いよ」

戸惑いは消えないのに彼が肌に指先を滑らせて愛撫するのをルティアの心と身体は悦んでいるのだ。

滑らかな指先が腹部に滑りへその周辺をそっと爪で触れられればぞくぞくと快感が昇り詰めてくる。彼の手が股を摑みルティアの足を大きく開かせながら、熟れてきている淫唇をも押し開いていく。蜜が糸を引き、ルティアの小さな突起も震えながら立ち上がる。

「ああ。可愛い雌芯だね。ほら、俺の指先をこんなに敏感に感じてる。ぴくぴく震えて熱くなってる。気持ちいい？　気持ちいいんだろ」

「ぁ……んくッ」

雌芯をくちゅくちゅといたぶる指先は、蜜で滑りやすくなった奥にヌルリと忍び込んで蕾の縁をなぞっていく。

「あ……や……ッ！　うぅ……ん、ぁや……」

粘膜の秘洞に入り込もうとしている指が、あまりにまざまざと感じられて、ルティアは身を捩りながら上体を起こそうとする。だがその身体を押し付けるようにして太股と尻がレオンの手により捲り上げられた。

「指は嫌？　じゃあ、やっぱり俺のこれ。もう君を欲しくて欲しくて、たまらなくなっている雄塊を挿入するよ。俺のこの亀頭からも君が欲しいあまりに蜜があふれ出てきている。ねえこの蜜が君の中で混じり合うんだ。気持ちいいと思わない？」

「う……いやぁ」

もう彼の露わにしている亀頭が角度を持って先端を上げ、ぬるぬると雌芯を押し付けながら、蕾の縁をも押し広げている。

「もっと行くよ」

「いや……もう、痛い……のは……や……」

「痛くないよ。もう気持ちいいのがわかってるくせに……。ほら、蕾はこんなに綻んでる。君の膣の中がもうこんなにじゅくじゅく溶けてきている」

入り口が、引き裂かれて血が滲む。それでも彼の言うとおり、ルティアはその痛みのあとの快楽を知っている。内壁が熱いレオンの先端でこじ開けられ、擦られればもう「うぅ

「……」っと詰まった快楽の吐息が喉からこみ上げてくるのを感じている。

レオンが指先で蕾の周囲を丹念に撫で、赤く充血している雌芯をこねくり回せば、もうまた中からどろりと蜜が溢れだしてくる。先端が小刻みに揺らされながら、奥へその蠕動を響かせてくる。へそを舐められればきゅっと中まで硬く締まる。

「ああ、もう感じやすいな。ここもそんなにいいものなのか？」

わざと舌先でへそを舐め上げ、そして唇を押し当てて吸ってくる。

「ひゃあ……ッ！」

思わず大きな悲鳴が口をついて、そばにあった花瓶を手で倒してしまう。

普段触りもしないその部分がそんなに性感の集まった秘所だと思わなかった。そこを吸われながら、後の穴を弄られれば、子宮の中がびくびくと痙攣する。

「ああ、いい……よ。なんてルティアの中は熱くて締め付けてくるんだろう。俺のことがそんなに好きなんだね。もうずっとこうして繋がっていたいくらいだ」

「ずっと入れられていたら……そこ、おかしくなって……あ！　あぅふ……ッ」

へそを尖った舌先で舐められながら、奥の蕾の中に小さな指が挿入される。前から後から貫かれる卑猥な身体が、びんと、背筋の中に針でも挿入されたように痺れをもたらす。

「フフ、今きゅっと締まったよ。俺の雄が、締め付けられて漏らしそうだ。どうしてこんなに狭いの？　ルティア。本当に死にそうなほど君が好きだよ」

「息子……なの……に、私に……こんなこと……して……」

「息子だから、一緒にいられる。義理の息子で……すごくよかった……。俺の息子も喜んでる……ほら、もっとルティアの中で暴れたいって。一つになりたいって」

甘い囁きと共に、うねる雄塊の先が、子宮の奥深くまで突いてきて感じさせようとしている。腰を持ち上げられた姿勢では、レオンがどう挿入しようと深く中を抉るのは明らかだ。奥に貫くその先が、爛れたように熱くなる肉壁をさらに擦ってルティアを朦朧とさせていく。突かれると快楽から喉が開き、弓なりになる背中がシーツに皺を穿っていく。レオンは目の前に揺すられている大きな乳房を口に一杯ほおばって、乳首をきゅっと歯で甘噛みしてきた。

「ひゃ……ぅう！」

子宮も蕾もぎゅっとすぼまり、レオンの肉筒を締め付ける。

「ああ……ああ！　きつい……よ。きつすぎる……」

本当に苦しそうに、でも最高のエロスを感じているような熱いため息。締め付けられたあとはさらに腰を激しく前後に振りたくり、ルティアの快楽の壺を探求しているように角度を変えて擦り上げる。

「ひゃぅん！　あ、ああん！」

中に熱が穿たれたまま擦られる行為が、これほど身も心も囚われる淫猥な媚薬だと思わなかった。レオンは一度中に欲望の哮りを吐き出しても、またすぐにその雄を硬く膨れあがらせてくる。何度でも、子宮が灼けて溶けてしまうような精液を迸らせて、ルティアの身体を恍惚とした人形のようにしても、またすぐ玉のような汗を引き締まった肌の上に硬くそそり上がった肉塊を滑らせながら、ルティアの中を突き始める。

「あ……や、また……？　ま……だ……するの……ですか……」

ルティアは声を火照らせながら、足を大きく開いて、その蕾さえ、ぱっくりとレオンの目の前に晒している。恥ずかしいのに、その羞恥心さえさらなる欲情への一歩なのかも知れない。レオンにだけは淫らに染まりゆく蕾を見せてしまう。

彼はその蕾の口を愛おしそうに舌先で舐め上げながら、雌芯を熱い唾液で満ちた口腔でいたぶり続け、そしてぎゅっと締め付けるように舌先で潰してくる。

「あ、ひ……あん……ッ」

その愛撫をルティアはぶるぶると全身を振るわせ、ひりひりするほど舐め上げられた深紅の乳首を空気に晒しながらも、ソファの上から逃げ出せずに、そのまま陵辱的な行為を受け入れている。

（私……こんなに……されて……肉欲のケダモノみたい。どうしてもっと抵抗しないの……皆が寝静まっている夜じゃないのに。物音で誰か来るかも知れない。盗賊かも知れないって……誰かが来るわ。早くここから……レオン様の愛撫から……逃げないと……）

「ずっと寂しかったんだろう？　この肉体を熟れさせてあげるよ。もっと、酷くいじめながら慰めてあげるよ。俺のルティア……」

優しく響く冷たい声。吐息さえ、押し殺すように囁く声にルティアはやはり抵抗という言葉さえ忘れたように、ただその声に、腰の動きに震わされている。

(抵抗を……しなくては、義理の息子よ？　ルイの息子なの、ブランデーで蕩かされたあのときのように一度ならず二度までも許されることじゃないわ)

身体を丸められているせいで、溢れ出す蜜はお尻の間の秘裂に流れ込み、後の穴も滴る蜜でたっぷりと濡らされている。

そこに彼の指がぐるりと縁を描くようにして動かせば、ルティアの中から潮のようなものが吹き上げる。

「ああ、そんなに気持ちいいんだ。可愛いな。俺のなすがままだね、ルティアは」

そう言いながらレオンの固くそそり立った亀頭は、再びぐっしょりと濡れた蕾の中に挿入された。

ぬちゅり！

腰を前後するたびに、いやらしいほどの蜜音を立てて亀頭がすべて飲み込まれていく。

「あ……ああ……ぁ……んッ！」

初めての挿入のとき感じた裂ける痛みと重苦しい痛みは、もうほとんど感じない。はち切れそうな膣道の痛みと、引き裂かれている小さな蕾の痛みより、蕩けるような快楽がルティアを虜にしてしまった。腰を引いて、そして押し込む動きに蕾が擦れて甘酸っぱい欲望に花弁の中が媚動する。

挿入のたび、ルティアのほっそりとした柳腰がずずっと後方にずれるが、レオンの腕で押しとどめられて、内壁を抉られるほど強く中を犯されている。臀部の膨らみを握り締められ、指で中をいじめられながら突かれる行為は腰を振り上げたくなるほど欲望を刺激する。あまりに恍惚として、喘ぎ声を上げ続けることすらできなくなる。

「もっと、喘いで。ルティア、さあ、ほら……。ここが気持ちいい？　ここはどう？」

「あ、あぁん、ひゃ……ぅッ。き、きもち……い……ぃ……ぁあッ……ん!!」

喉が反り上がって弓なりになった背中に髪が打ち付ける。

中に雄の精液が迸ると、それだけで熱せられて焼け付く体内が疼く。

快楽の縁に何度も追いやられて意識が遠のくが、それはレオンがルティアのお尻を激しく音を立てて打ち付けだしては甘い呻きを聞きたがるから、許されなかった。

「ああ、大丈夫。そっとしてあげる……でもルイのときに処女が奪われてなくてよかった。怖がるルティアを無理矢理していなくてよかった。こんなに細いのだから、初夜で入れたらここが裂けてしまったよ、きっと」

「ああ……んぅっ」

男根を抜いたあとに、中から迸る精気と蜜の混じり合った熱い液体。それを指で掻き回して、レオンはゆっくりとまた濡れた蜜壺に束ねた指を挿入する。

ルティアのそこを徹底的に自分のものにしようとしているのがわかる。

「もう……だ、め……ぇ……許して……。もう……意識が……」

「意識が蕩けだしていくんだろ？　ろれつが回ってないよ。可愛いルティア。頭も身体もリラックスしないと本当の快楽は得られないよ。俺が極上の愛撫をしてあげるんだから……ねえ？　怖くないよ。ルティア……俺は君を愛しているんだもの……ねえ」

甘い囁き。

年下の青年にされていいるとは思えないほど、巧みな性戯への誘導。

厚く湿った舌が肌を這う。彼の舌先が肌に落とされるたび、肌がそこだけ蕩けるような淫らな感覚に囚われて、ルティアはひくひくと乳房を揺らす。肌を舐められるとどうしてか乳首が硬く絞られていく。立ち上がって感度を増すように、もっと愛撫を受けたいと背伸びするように立ち上がる。彼の舌先を、そして指先をも求めるように先端の桃色がふくれあがる。

獣に襲われる獲物のように、恐怖を抱くのに、膣の中は乱暴な雄を求めるように潤っていく。抱きしめられればその痛みに安堵し、乳首を舐め上げられれば下の唇まで震える。

トロトロと蜜が流れ落ち、内ももを濡らす。そして後の穴がひくひくと欲情に蠢く様さえ、彼の目には映っているはずだ。

「こんなに蕾が喘いでいるね。ルティア」

つんと後の蕾を突いて、レオンは微笑む。

「あ……ぅんッ！　や……ぃ、いや……見ないで……」

「どうして？　愛に踊る君のここはこんなに可愛いのに」

見られている。見られながらの挿入はいっそう激しい腰つきになっていて、ぬぎゅッと今まで聞いたことのないほどいやらしい水音を響かせている。

「この蜜の音……ルティアの音。ルティアが俺を受け入れて男根に悦んで流す蜜の音、これは君の本音だよ……？　いやらしいね。ルティアって」

濡れた秘所に咥え込んでいるその男根の巨大さと硬さに喘ぐ下腹。その蕾の許容範囲を遙かに超えているであろう彼の巨根は、さらに筋を張りつめ怒張しながらルティアの処女の壁を裂いていく。

こんなに大きく硬いものを……男の人が皆備えているなんて、信じられない。行為のたびに女性はこんなに巨大なものを体内に受け入れているなんて信じられない。

「い……痛い……わ……もういや……ひりひり……する……の……」

「大丈夫……。優しくしてるよ……」

囁く声は優しいのに、体内に挿入されているその雄は優しさとは対極のところにある。猛々しくルティアの中を押し進んでくる強剣のようなもの。とても強くて硬くて、推し進められるたび、内壁を裂いていくよう。

「優しく……ない……わ、い、い……たいの」

だがレオンは容赦なかった。ぐっと腰を押し込んできながら、レオンが囁く。

「痛いのも気持ちいいくせに。ほら、ルティアのここ、もう紅く染まってる。舐めて欲しいの？　咥えて欲しいの？　たっぷりと唾液で濡らしてやったら、どうせ「あんあん」言って喜ぶよね？」

そしてゆっくりと押しすすめながら、ルティアの蕾のあたりをそっと撫で、そしてまた押し進めてくる。

「ここをつくと、全部の快楽が高まってくるんだそうだよ、どう？」

蕾をつき、後の蕾をもついてくる。ひくひくっと身体の中の襞が収縮する。

「ああ……ん！」

かなり引き絞ってしまったのだろう。中途半端に挿入されている彼の亀頭がぎゅっと肉壁に押し潰されたらしい。腰を猫かなにかのようにくうっとしならせて、呻いた。

「ああ、ルティア……やっぱり君は細すぎだ。俺の雄棒にこんなにもしっかりと絡みついてくる。そんなにこれを好きなのか？　いつも入れておきたいほどに？」

「ち、ちが……」

「ではどうしてこんなに締め付ける……苦しいほどだ……狂ってしまう」　レオンはルティアの身体をひっしと抱きしめながら、そしてまた小刻みに下肢を叩きつけてくる。

「動くぞ……奥に挿れたらもっと君も気持ちよくなる……気持ちよくしてやる……うぅ！」

奥深くに亀頭の太い塊を擦りつけては責め付けてくる。

蜜がぴゅっとあふれて、ルティアのそこは彼の亀頭が擦れていくのを感じている。

「愛してる……ルティア……ルティア……可愛いルティア……俺を愛して……」

小さな蕾は引き裂かれて血を滲ませているというのに、囁かれる言葉に陶酔している。

「毎日毎晩、気持ちよくするから……」

「もう……や……」

未亡人になったとはいえ、義理の息子とこんな爛れた行為を続けていてはいけない。

ルティアには、ガーシュ公の遺したことを片付けなくてはいけない使命がある。

王宮で、美術管財人をしていた彼はこの城にも趣味が高じて多くの美術品を蒐集していた。それの整理もしなくてはいけない。

それまでただ買い込んでは保管していたそれらを、ちゃんと美術館を設立して収めるのがルイの志半ばの仕事の一つだった。

「一ヶ月も……お客様の相手でできなかったの……もう……ちゃんとしなくては……」

レオンの胸を押しのけて起きあがろうとするも、すぐ彼がまた押し倒してくる。

「ダメ……よ」

書類の山が、そこのテーブルにずっと聳えているのが気がかりだった。

「ルイの書斎にはもっとかたさなくてはいけない書類が積んであるのよ。土地のことや税のことだから、いい加減かたさないと」

多くの商業船を持ち、城館を持ち、農地を持ち、馬や犬を所有していたガーシュ公の仕事は常にひしめいていたらしい。ルティアが執事にガーシュ公の代理として任された書類仕事だけでも、もうあと二ヶ月はかかりそうなほど。

「俺が、全部してあげるから」

「だから、代わりにこうして……交わりを続けたいというの？　ダメです」

「いいだろう？　だって俺は君を愛してるもの。誰よりも……」

そういうレオンは、その奥にいつも寂しげな色を滲ませて言ってくる。その瞳を見ると
ルティアは何も言えなくなって彼の言いなりになってしまう。

「この城に戻ってこられるとは思わなかった。父に追い出されて母はすぐに再婚し、俺は
ヒーリス国の寄宿舎に入れられていたから。両親には愛されることを知らなかったな」

いつも冗談めかした話しかしないレオンだが、こういうときはまじめな顔で、話がぶれ
たことがない。

父もなく、母にも捨てられたのなら、さぞ辛い日々だっただろう。

「可哀想だろ？　でもルティアは最初から俺に優しかった。もう君しかいないって思った」

レオンは愛をねだるように、ルティアに唇を寄せてくる。

そして、何度も唇の角度を変えて、舌先をついばむように舐めては乳首を強く摘む。

それがルティアをおとなしくさせるのに、有効な愛の示しだとわかっているから。

「だ、め……」

「乳首……弄られるの好きなくせに。乳首舐められるのも大好きだろう？　わかってるん
だ。ルティアのことは何もかも。遺伝子が……同じだからさ」

「ルイと？」

「ふふ、父と似ていて唯一よかったところかな、ルティアの身体が理解できるよ。感じる
ところはよくわかる。ここも……好きだろ？　ほら」

レオンはルティアの下着の上から乳首を舐め、シルクの布にしっかりと濡れたあとを残してしまう。そして指先で腹部とお尻の両方を撫でながら、後の蕾と前の蕾の両方を一緒になで上げ、突き上げてきた。

「きゃあ！　もう！　だめえ、……やあ……ん！」

そんなことをされればすぐ中から蜜が滴ってくるのがわかっている。そのまま、下着がぐっしょりと濡れるほど彼は指先で愛撫してきて、ルティアが腰を揺すりながら恥ずかしそうに手で自慰を始めるのを優越感に浸った眼差しで見つめていた。

●第三章● 義理の息子と新たなる求婚者

全然気持ちよくない。痛くて痛くてぎゅっと瞑る瞼の脇から熱い涙がこぼれ落ちる。

「痛い……わ、これは、い……やぁ……怖い……もの……」

ルティアはレオンが手にして淫唇の中に挿入していた男根の形の玩具を、汗ばむ手で引き抜いて、喘いだ。

「ルティア……ルティア、泣かないで。玩具は初めてなんだね？　大丈夫。これを入れてかき混ぜても中は壊れはしないから」

レオンは腰を大きく震わせながら、ルティアの白い肢体を振動でがくがくとしなわせる。

蕾を裂かれる痛みを紛らわせようとするように、彼は唇に舌を這わせ、そして首筋に、乳首にと熱い舌を這わせてくる。

口づけは、膣道を収れんさせて彼の雄を破裂しそうなほど締め付け、そして欲望を高めていく。

震える乳房は濡れて輝く双丘になるほど舐め尽くされる。先端を舌先で突かれ、ちゅっと音を立てて吸われれば、ルティアはもう頭の天辺まで彼の唾液で溶かされていきそうだ。

「レオン……様。ここに来てから……これればかり……」

「これればかりじゃないよ。俺はルティアの仕事をちゃんと進めているよ」

「どれを……ですか」

「地方税の変更。地域農民への住居手当。商船の新規買い付けの希望。価格の見積もり。その他諸々。この城の修理修復も計画して、もう建築設計者も業者も決めてある。美術館の見積もり、それのための試算。美術品の目録制作。傷んでいるものの修理修復の工房を設立。それは王宮の美術品の修理修復師と同じ工房にしようと思っていたけれど、他にもっと腕のいい工房から支援がありそうだから、そちらに変更する予定だ」

そう聞くと、確かに様々なことが進んでいるように思える。

「いつの間にそんなことを……本当に？」

「夜、ルティアが寝てからだよ。ガーシュ公の書斎でやりかけの事業を見つけては寝ずに仕事をこなしているんだ。だから。働き者の俺を慰めて抱いてくれていいはずだよね」

愛に関する欲望に狼のようにどん欲なレオンは、今度は途端に下心を隠す子犬のようにルティアの乳房に唇を寄せてくる。子供なのか、大人なのかわからない。

「いびつな奴だと思っている？　大人もだいたい総じていびつだよ。大丈夫。そういえばあのブランシェ男爵に口止め料を払わないといけなくなったしね」

「え？」

「ヴァイス伯爵の訪問のとき、ここにいただろう？　それで彼が莫大な資産を持つガーシュ公の未亡人の財産を狙っていると噂を立てているようだ」

「そんな……そんなことないのに」

「それだけなら放っておくけどね、君のことまで財産目当てで父と結婚して、もしや毒でも盛ったんじゃないかって新聞が書きたてそうだったから金で解決することにした」

「おいくら必要なの？　執事に言って小切手を……」

「君の名誉を守るためだ。もうとっくに俺が払っておいたに決まってるだろ」

レオンはルティアの乳首から唇を離して怒ったように見上げてくる。金色のうねる髪からすねる菫色の視線が、今度はまたとても大人の強さを見せて、ルティアはどきりと胸をときめかす。

「お金持っているの……？　まだ財産分与していないけど……」

「これでも貴族の子息だよ？　母も財産だけは持っているんだ。多少はどうにでもなる」

「そんな……だめよ。私に言ってくれればちゃんとお支払いしたのに……」

ルティアはレオンの頬を摑んで正面を見すえさせる。

レオンは、突然子供か子犬を叱責するような、女主人の顔を見せたルティアを凝視してから嗤いを漏らした。

「おかしいな。ルティアこそ、突然そんな大人の振りして」

「大人です。私はあなたよりずっと年上です。それにここの女主人です。今は」

「これからも、女城主でいてよ。そして俺が城主になり、ここでルティアを守るんだから」

またまじめな顔でルティアの両方の乳房の間にレオンは顔を埋めてくる。埋めながら言葉を発するせいでルティアはくすぐったくなって身を捩った。

「動かないでくれないかな。せっかく胸の甘さを味わっていたのに」

もう一度柔らかな肢体を抱き寄せて、胸に顔を埋めようとするレオンをルティアは冷たく突き放した。

「ダメです。私はこれから執事と弁護士と打ち合わせを……」

「同席するよ、ここの跡継ぎとして、主人として当然だろ」

胸に寄せて乱れた髪を指先で掻き上げて、衣服を直して先に立って部屋を出る。

ルティアはその凛々しいレオンの背中を見つめながら、小さく困惑の吐息をもらす。

(本当に彼は私を好きなの？　愛しているの？　いくらルイの息子であっても、四つも年上で未亡人の私のことなど、彼の代わりに本当に永遠に愛せるの……？)

父が勧めてきているヴァイス伯爵との結婚がルティアの中で揺らいでいる。

あの人は嫌いじゃない。強引すぎないのがいいし、その容姿も落ち着いた態度もとても好感度が高い男性だ。

応接の間に出向いて、弁護士が来るのを待つ間、レオンはガーシュ公の書斎へ行って、新しく遺言書がないか、他に重要な書類がないかを調べると言って階上に上がっていく。

ルティアは先に部屋に入って、指先で髪を直しながら思い悩む。

（このままもし彼がこの城に居続けて、お父様がここに来て、彼を紹介することになったら、なんて言えばいいの？）

まさか、ヴァイス伯爵のときのように挑戦的に『義理の息子』だとか『愛する人だからずっと一緒にいる』なんてレオンも口にはしないだろう。

でも自分に再婚を勧めてきている父が、また先日のように突然ここに押しかけてこないとは言い切れない。むしろ、ヴァイス伯爵と会ってどうだったのかとまだ聞いてこないことが不思議なほどせっかちな父だ。

ルティアが思案しているちょうどそこに、メイドのマリーがやってくる。

「ルティア様。お父上様からお手紙です」

「え……」

なんというタイミングの良さだろう。

マリーが渡してくれた手紙をペーパーナイフで開封する。それにはヴァイス伯爵はすぐにも結婚したいと申し出てくれたと書かれ、求めに応じて早急に返事を決めるようにとの言葉が命令調に書かれていた。

「やっぱり……お父様はこういう方だわ……」

ルティアはその手紙を開いたまま苦悩の色を深める。父のことだから、もう頭の中で結婚式のドレスや教会、招待客に料理まで決めているに違いない。父はいつも何でも自分が思った通りにルティアの人生を決めてしまう。

「今は、まだルイのされていたことを引き継ぐのに一生懸命だと言うのに、お父様は……私の状況を何もわかってないわ……」

呟くルティアの背後に人影が忍び寄る。

「誰からの手紙だって？　もしや父上の？」

ルティアが手紙を隠すより先に、現れたレオンがそれを奪い、読んでしまっている。

「ああ、ヴァイス伯爵はあれからこの城に来ないと思ったら父上に泣きついたか。シャンテ伯は、ルティアとルイとの結婚も早々に決めて一度も会わないうちに挙式を決めた強引な父上だよね？　今度はあのヴァイス伯爵とか。娘をもののように扱い、自分の虚栄心のために地位と財産と将来性のある男と見ると、誰でも結婚させるんだな」

「当たっているけど、そこまでいわなくてもいいと思うわ。あなたの義理の御祖父様だし」

「なんだか複雑だけど、まあ、いいや。人の地位や得ている財産で物事を推し量る人物には俺のほうが優良物件だと思うな。ルティア、早急に父上のところへ行って俺と結婚するって話すべきだ。でないと、この文面の勢いでは王都の大聖堂でも押さえていそうだから」

「そんな！　レオン様と結婚なんて無理。あなたはルイの息子なのよ？　そんなスキャンダラスなこと、お父様が許すはずがないわ。それにシャンテ家の親戚も社交界もそうよ」

「ふしだらだって？　でももう実際、俺とルティアの身体はこんなになじんでいるじゃないか。もうダメだよね？　お互い永遠に離れられない身体だよ」

レオンは手紙を放り投げ、ルティアを抱きかかえるとソファの上に押し倒す。そうして最初から口腔に舌を差し入れるような激しい口づけを落とし、早くもドレスの胸もとに手を入れて揉んでくる。

「あ……んぅッ、ダメ……ダメよ……もう……弁護士の方がお見えに……」

「見せつけてやろうよ。ルティアと俺が抱き合っているのを見たら驚くかな」

「驚くに……決まって……る……んぅうッ！」

唇は糸を引くほどねっとりと愛撫される唇。彼の熱で蕩けて絡みとられているのに、彼の口腔に奪われそうなほど、熱く吸い上げられている。

頭の芯まで彼に奪われそうなほど、激しい口づけ。

それを押しのけるだけの理性がなくなっていくルティアを救い出すように、部屋にノックの音が響いた。ルティアは急いでレオンから身を離し、レオンはつまらなそうに開いた扉から出て行ってしまう。

「ルティア様。贈り物が届きましたよ。お手紙も添えられて」

レモン色のドレスの胸元を慌てて整えたルティアにマリーは大きな薔薇の花束を二つさ

しだして、微笑んでいる。白い薔薇の花束と赤。白い薔薇にはレオンの名前が書かれたカード。そして赤い薔薇の花束にはヴァイス伯爵の名前が書かれたカードが付いている。

「ちなみに、こちらは街の有名な花屋のものですね。大きな馬車で配達されてきましたよ。そしてこちらはレオン様が……お手ずからどこかで摘まれて来たのでしょう。マメな方ですわね。すごく綺麗な白薔薇ですわ。それにどのお花もとても大きくて」

「でもヴァイス伯爵様はわかるのだけど。レオン様はいつの間に？　さっきまで私といたわ」

「前から贈り物を考えておられたのですわ。可愛らしい方。ご自分で渡せないのですね。あれもお花が来たのを知っての照れかくしですわ」

さっきまで強引にルティアを奪おうとしていた彼だったが、今はもう、庭園で犬たちと戯れている。

「白薔薇はルティア様のもっともお好きなお花ですよね。ヴァイス様の赤い薔薇は二番目ですけど。特にこの白薔薇は今の季節にはそうは咲かない薔薇ですもの」

マリーが手渡しながら感嘆している。かかえきれないほどの白い薔薇。白い八重咲きの薔薇は今はほとんど咲くものではなく貴重なものだと聞く。四季咲きでもなく春と秋の晴天時にやっと咲くのだが、少し強い風が吹いただけでも花びらが擦れ、茶色になって傷んでしまうけれど、ここにある薔薇には一切の傷がない。これほど見事な純白はそうはない。

「こちらの赤薔薇はとても高価だったでしょう。王室御用達の店ですよ。お二人にこれほど好かれてうらやましいですわね。ルティア様は」

マリーは感心したように、よい香りを部屋中に漂わせる高貴な薔薇を見て言う。

「まさか！　困ってるわ」

ヴァイス伯爵はわかる。年齢から焦っている気持ちもあるだろうし、父にせかされてもいるのだろう。でもレオンのここまでの熱情は、意味がわからない。

あんなに完全な美貌で何もかも持っているのに、どうして自分なぞに愛を求めるのか。

マリーと他のメイドたちが早くも薔薇をいくつかの花瓶に生けてきて、そして部屋の花台や、テーブル、マントルピースの上にと飾り立てている。

部屋中が可憐な明るさに包まれ、ふんわりと香りたつ優しい空気に満たされる。

「この城の修復も進めていらっしゃって、とても有能な跡継ぎですし、美しいご子息ですわ。今度ルティア様が女城主になることを盛大にお祝いするためにパーティーを開くとか」

「城の修復？　私のためのパーティーを？」

メイドたちははっとした顔で口をつぐむ。

「済みません。お話ししてはいけないことでしたわ。サプライズにされるとレオン様はおっしゃっていましたのに。どうか話したことはお伝えにならないでください」

「ええ。それは言わないわ。でもレオンは知れても怒らないと思うわ」

「もちろんです。レオン様はとてもお優しい方ですし」

「レオンったらいつの間にあなたたちの心まで摑んでいるのかしら？」

メイドたちが、レオンの話題に話を弾ませている。

レオンは不思議な青年だ。来た途端、見知らぬ存在であるはずのルティアに懐いていた。

窓越しに庭師や使用人、猟犬たちと戯れるレオンを見つめていたら、以心伝心なのか彼もこちらに視線を向ける。

金色の髪も、涼やかな菫色の瞳もルイとは違うのに、気を許してしまう。だから、ルイと果たせなかった愛を紡ぐ行為に没頭してしまうのかも。

彼に見つめられると、身体の芯が火照ってきて何かして欲しくなる。

抱き合って抱擁の熱を感じたい。あの優しい口づけを感じたい。柔らかな唇で、ねっとりとした激しいディープな口づけを。巧みな舌使いをして欲しい。

「ルティア！」

手を振りながら、レオンが呼びかけてくる。階下の声は城の外壁に当たって意外と響く。

「ルティア！　下りておいで！　犬が俺に懐いたよ。弁護士も来たから外のテラスで話をしよう！」

快活な青年が金の髪を太陽のように輝かせているのをまぶしく見て、ルティアはカーテンを閉め切って、その声を断ち切った。

「ルティア様？　よろしいのですか？」

「ええ。私、今すぐお父様のところに行くわ。馬車を準備して頂戴」

「馬車の準備はもう少しお待ちください。黒馬車ではなく明るい色合いの馬車ですね？」

「――そうね」

一ヶ月、ずっと喪服で過ごし、部屋には花も飾らなかった。

財産目当てでくるほとんど血の繋がらない親戚や、融資を求める起業者が毎日のように押しかけてきて、その相手をするのに疲れていた。遺産目当ての結婚と思われていたのも知っていたけれど、どうでもよかった。だからレオンが常にそばにいるようになって、やっと頼れる人ができたと感じてしまっているのかもしれない。

「ルティア様。馬車の準備ができました」

フェン執事がノックと共に顔を覗かせてルティアに告げる。

「急用ですか？　レオン様もご一緒ですよね？　お呼びしてきます」

「いいえ。一人でいくわ」

ヴァイス伯爵との結婚を進めてもらうべく父の元に行こうと決めたのに、ルティアの心はまだ大きく揺らいでいる。

（ヴァイス伯爵様はいい方よね。四十歳で落ち着いてるし、軍人で凜々しくて頼れそうで）

胸を張って、ケープのたっぷりとした裾を翻してルティアは玄関から外に出ようとした。

だがちょうどそのとき、レオンが現れルティアの腕を掴むと無理矢理引いて城の中に連れ戻す。レオンはルティアの部屋の中に放り込むようにして扉を閉めると唇を結んで立ち塞がった。

「父上のところに行くんだって？　あの手紙の返事をしに行くのか？　やめろよ」

レオンはもう知っている。返事の内容に気づいて止めに来たのに違いない。

「遺産なんていらないよ。遺産目当てで来たんじゃないって言っただろ。俺、ルティアが好きなんだ。正直に言うと、ここに来てルイが死んでいると知ったときは城も財産も宝石も何もかも受け継いでやろうと思ってた。注がれなかった愛情を財産であがなってもらおうって。でも、ここに来てすぐ俺を自然に受け入れてくれたルティアに一目で恋に落ちた。ずっとルティアと二人でいるには俺はどうすればいい？　身体でつなぎ止めればいいの？」

彼はルティアを抱きすくめ、唇に、首筋に唇を押し付けてくる。ゆっくりと左右の鎖骨を咥えて甘噛みしてくる。ルティアの肌は彼の舌で濡れて艶めき、子宮まで震えてくる。

「ちょっ……レオン様？」

「ルティアはいい匂いがするんだ。下の蕾もすごくいい香りがするのを知っている？」

「ちょっと……！　ダメ、です。あ……ん！　や、やめて……ちょうだい……」

そう拒絶する声がすでに甘くて、まったく真実味が失われている。

「どうして？　ベッドでは毎日何度も嗅がせてくれたじゃない。濡れた蕾を舐めさせてくれて、吸わせてもくれた。それも喜んでここを真っ赤に充血させていたよね」

ルティアの頬が見る間に色づく。

「そんな。だめよ……もうだめなの。これからは……義理の息子として節度ある態度をお願いするわ」

「拒むの？」

彼の声が変化して、とても冷静で傷つけられたような気配を含む。

「ずっと優しくしてくれたのに、急にどうして？　俺は心からルティアを愛してる」

「それは一時的なものです。今は私が珍しいから好奇心を抱いているだけ。それにルイ様を亡くされてレオン様は寂しいのです。お母様もいないから。だから私を代わりに抱いているだけ。いずれあなたは私に飽きるわ。だから私はお父様の命令通りに……」

「飽きないよ。飽きたら俺を殺してもいい。でも……拒むのはなしだ。俺は拒まれるのは嫌いだから」

「うくぅ……」

激しい唇がルティアの唇を襲い舌が即座にねっとりと熱い塊となってルティアの口腔を犯してくる。身体を反転させられて背を壁に押しつけられてしまえば、突き放そうとしても男の強い力を跳ね返すことなど出来ない。

「ん」

「行かないでよ。父上のところにも奴のところにも行かないでくれるよね」

レオンがルティアの腰に手を回し、ドレスを捲り上げようとしてくる。

「だ…め。執事が…来るわ……」

「彼に見せてやろうよ。ねえ……そうしたらルティアも本当の気持ちに気づくんじゃない」

「や……ッ」

太股までドレスがたぐりあげられて、冷えた空気がルティアの下肢を襲ってくる。ルティアの足の付け根にもう手を差し入れて、ドロワースの中に押し込んだ指先で秘裂へ抜き差しを繰りかえしてくる。途端に濡れてくる淫らな粘膜を、ルティアは理性では抑えきれない。欲情を煽られて、喉元に突き上げてくる快楽の吐息を赤い唇から溢してしまう。

「あ……ふぅッ……んぅ……ぁん……ッ」

足元から力が抜けて、ルティアはレオンの身体にすがるようにしなだれかかる。

指先でレオンのシルクのシャツを握り締め、えんじ色のベルベットのジレに頬を押し付ければ、彼の指先はさらにピアノを奏でるように秘芯と秘裂をあまやかな快楽に誘う。

「んぅ……あん！　は……ッ、や……こんな……とこで……だ、め……」

「それでいいんだよ。ルティア。ルティアは俺がいないとこんな風にもしてもらえない。俺だけがルティアにこの淫らな快楽を与えてあげられるのだから。だからあんな男のことは忘れるよね？　でないと……酷いよ？」

ばさりと音をたてて、花がルティアとレオンの傍らに突如として湧いて出た。

花の甘い誘惑的な香りが鼻先に忍び込みそして濡れかかった肌にも染みこんでいく。

深紅の薔薇だ。恐ろしいほどの大輪で見たこともないほどの厚い花びらが重厚感を見せている。その花に気をとられて、レオンも指の動きを止めたとき、薔薇の背後からヴァイス伯爵の顔が覗いた。

「このような時間から抱擁とは、大胆ですね。さすが仲のいい親子ですね」

そう言ったのもむろん、冷えた中に嫉妬の気配を覗かせるヴァイスの声。

レオンは、赤薔薇の奥に覗く黒髪の端整な紳士を、悪魔でも見るように睨みつける。

「大胆なのは、若者の特権だと思っているのでね。それより、あなたは年甲斐もなく大胆ですね。こちらにくるときはいつもアポイントメントもなく、使用人の案内も請わないままに勝手に城内を歩き回るのでしょうか」

「バトラー《執事》殿には城主様に贈り物を届ける旨、伝えたけれどね。勝手知ったるルティア嬢の城だから、あえて案内を請わずに部屋に直接伺おうと思ったまで」

「勝手知ったる……？」

「ああ、一度こちらに来ただけで、城の内部の造りはだいたいわかる。こう見えて、私はヒーリス国に長く大使の護衛官として勤めた。その城もこの城も建築家が同じでね。造りがよく似ているんだ」

「ふうん？　それは……あなたには色々盗まれないように注意をしなくては、ね」

「君は……年配者に向かって口の利き方を知らないようだね。この国においては年上のものは敬わなくてはいけないよ。では、ルティア嬢。立ち話も何ですから、お部屋に入れていただいてよろしいですかな」

「え……え、もちろんです」

「赤い薔薇ならもう充分だよ。俺の一番嫌いな花はあなたのせいで赤薔薇になった。まあ、全部メイドにあげたから今はこの城内部には白薔薇しか咲いていないけど。赤薔薇は嫌いなんだ」

「薔薇はともかくとして、書類のお届けに来たんだ。まあ君がどうしてもそばにいて同席するというならいてもいいけれどね。ショックを受けないように頼むよ」

　ヴァイス伯爵は、大人の余裕を見せつけて、ルティアをエスコートするように肩に手を置くと開かれた扉に入っていく。

　レオンは男らしい厚みのある唇を噛んで、そして勇ましい瞳をして彼のあとに続いた。


「書類はいくつかあるのですよ」

　部屋のソファに腰を下ろしてヴァイスが言う。

　暖炉に炎をともして、そしてマリーとメイが紅茶とお菓子を運んでくる。オレンジピールと、クッキーにふんわり膨らんだスフレ、そして菫の砂糖漬けの載ったチョコのクリームかけのクグロフと、それぞれ凝ったスイーツだ。

　ヴァイス伯爵は今持参した大輪の赤薔薇を、ルティアの傍らの花瓶に生けさせると、満足そうに紅茶を口にした。

　逆に、レオンは邪魔者の赤い薔薇に視界の多くを占拠されてお冠だ。

　紅茶に手もつけずにルティアの傍らに陣取り、貫禄たっぷりにソファに座っている。

「この紅茶の香り。アールグレイですね。香りがとても繊細だ。ルティア嬢の好みでしょう？　そう思って、紅茶の邪魔にならない香りの赤薔薇を持ってきたのです」

「あ、ありがとうございます」

正直、どこでその情報を得ているのかルティアにはわからない。でも、父から話を仕入れているのかも知れない。父なら自分のことを色々知っているのは間違いない。

「で？　書類とは何の？」

ルティアが切り出すより先に、対立する気迫でレオンはルティアの腕を引き、自分の背後に回して尋ねる。

せかすようなレオンの言葉にヴァイス伯爵はわざとゆったりと口を開いているようだ。

濃紺の丈長の上着には蔓模様がびっしりと銀糸で刺繍されていて、光の具合で豪華に輝く。足元は縦縞のソックスで、ズボンとブーツの隙間に微かに覗くのがおしゃれだ。

手には大きなカフスがあり、そこから繊細で高級感溢れるレースが溢れる。

「ガーシュ公爵が国王の陶磁器の蒐集にも手を貸していたことはご存じかな？　国王陛下の夏の離宮に招待する各国の国王や大臣たちをもてなすのに、常にその城の美術品を飾ることを念頭に〝白磁の間〟などの室内の設計なども携わっていたのですよ。それらが計画途中で頓挫していることになり、引き継ぎ事項をいかがするかと思いましてね。彼がその事業を共に行っているものがいるならその人物を推薦しようかと思い……」

「それは……俺がすることではないでしょうか？　ヴァイス伯爵」

レオンは静かな声のなかにも漲る気迫を込めて大人の対応をする。

「だけどね、レオン殿。君はヒーリス国からやってきた異国の者、この国の王宮にまだ認められてもいないということを忘れてないかな？」

「────ッ」

「この国の事業。この国の王の宮殿に入り込んだ事業だ。いくらガーシュ公のご子息とはいえ、それまで異国に暮らしていたものに容易く受け継ぐことなどできるわけがあるまい？」

「我が城の……美術館計画。そちらの進行状況を国王がご存じだったら、この俺に引き続き依頼する可能性が限りなく高いけれどね」

「ほう？　この城の美術館とは」

「父の蒐集品を集めた新たな美術館を建設する計画がある。それを俺が引き継いでいる」

「ほう？」

ヴァイス伯爵が、感嘆と、疑念の両方の感想が混じり入ったような相づちを打った。

「それは楽しみですね。我がエルド国王が君を認める日がいったいいつになるのか。期待してますよ。なんでしたら、この私があなたをエルド国王に紹介してもいいのですが」

国王の信頼厚く、王女の護衛を勤めていた余裕だろう。ヴァイス伯爵はレオンに笑みさえ浮かべて申し出る。だが、「結構」レオンはけんもほろろに言い切って、そしてようやく冷め切った紅茶のカップを取ると、砂糖も何も入れずに一気にすべて飲み干した。

「レオン様。この紅茶は、クリームを入れると美味しいのですよ」

「知ってる……」

「冷めるより前に飲んだ方が美味しいですし」

くすっとヴァイス伯爵が鼻先で笑った。

「ほほえましいな。弟に手を焼かされる姉のようですね。手がかかって大変でしょう」

「――なんだって？」

真っ向から対峙して、レオンはヴァイス伯爵を睨みつける。

「レオン様。ヴァイス伯爵様はお仕事でいらしているのに、けんか腰ではいけません。それに国王陛下にご紹介いただけるなんて光栄です。この城の跡継ぎとして、ガーシュ公の跡継ぎとしてこの国でこれから貴族の務めを果たすなら、早くに国王に謁見を願わなくては」

ルティアはレオンの不機嫌さの理由をわかっているから、なだめるように窘める。

「ルティア。俺は向こうの国でそれなりの交友関係を保っていたんだ。国王とも王妃とも交遊がある……」

「でも、それは君が今までいた国のものだよね？　他国とこの国ではしきたりも違う。いくら友好関係を結んでいる国同士でも、よほどでなければ国王の誕生日にも呼ばれまい」

「ヴァイス伯爵様は……国王の誕生日にも招待されるのですか？」

「ええ。一応。王宮でも王宮護衛隊隊長というそれなりの役職にも就いていますしね」

ヴァイス伯爵は、さりげなく濃紺の軍服の襟元を飾る国衛軍のエンブレムと、フラン国の王宮警備隊隊長の紋章とバッジを覗かせる。彼の襟章や、胸もとを飾る多くのバッジは、見るものが見ればかなりの階級を示しているのだろう。

「すごいですわ」

「あなたの父上が推す相手です。みすぼらしい地位では花婿候補にはしていただけないでしょう。シャンテ伯は家柄を大変重視しておつきあいをする方だと伺っていますよ」

父の、金と家柄と階級で人を判断するような、ルティアが少々浅ましくて嫌っているようなところでも、彼は知っていて受け入れているようだ。

「父のこと……お嫌でしょう。傲岸不遜な性格ですし、内面より外面を重視しますし」

「かまいません。内面が見えにくいものですから、外面で判断するのでしょう。どこかでふるいにかけなくては、大勢の人とすべて同等につきあうことなど不可能なのですから」

ルティアは実の父親で二十三年間もずっとそばにいる相手だからしかたなく受け入れている。でも他の男性にはなかなか耐え難い性格の父だとも思う。それをヴァイス伯爵はすんなりと受け入れているのだから、器が大きいのか達観しているのか、どちらだろう。

「欲望に素直で、感情に素直……か。まあ、年がいくとそういうことにこらえしょうがなくなるからな」

またレオンがよけいな一言を言った。

ルティアは慌てて、レオンの膝に手を乗せて、諌める。

その手をレオンはすかさず掴んで唇に持っていくと口づけた。

「レオン様」

「俺も……感情に素直になろうと思って。ルティアにはいつ何時でも触れていたいから」

「それは……素直なのではなくて、わがままなのでは？」

ヴァイス伯爵も容赦がない。

「客人の前でそのような不作法は、いくら義理の息子であってもマナー違反ですね」

「客？　この部屋のどこかに客がいるのかな？」

ばちばちっと険しい火花が二人の視線の絡みつく先で音を立てて散っている。

「わ、わかりました。あの、書類はこちらで頂いておき、国王陛下には私から、ガーシュ公の書類を執事と調べて熟考してお返事します」

「そうですね。よろしくお願いします」

ほっとして胸をなで下ろす。

「ルティア嬢。私は実はもう一通手紙と書類を携えているのです」

「え？」

これでヴァイス伯爵がここから去れば、レオンがいきり立つこともないだろう。そう思っていた矢先、新たなる火種が投下される。

「父上から……結婚許可証を戴いてきました。指輪もありますのでどうぞ」

「結婚許可証？」

レオンが先にそれを奪って文面に目を走らせる。

「シャンテ伯の……見る目のなさには呆れる」

「あの、レオン様。口を謹んでください。これは本当に父の手紙ですか?」

それには確かに結婚許可証と書かれている。

「父上は結婚前提で私がこの城に滞在していいとおっしゃったのです」

「――――え……」

ルティアも驚いたがレオンはさらに絶句して、その睨みつける菫色の瞳の力でヴァイス伯爵を射貫き、殺しかねないほどだった。

「いくらガーシュ公の強大な護衛兵が城の周囲を守備していると言っても、大切な令嬢が城に一人でいるとなれば心配なもの。それでこの私をここにおこうと思ったのでしょう」

「でも、お仕事は……」

「こちらから通います。昼間はさすがに、ひまな若者一人でも何とかなるでしょう」

「それは……もしや俺のことかな」

レオンが、低い声で威嚇する。

「それはさておき、どのような部屋でも結構です、どれほど小さな部屋でもかまいませんのでお部屋を貸していただけますか」

「ヴァイス伯爵様を粗末なお部屋などに通せません。急いでお部屋をご用意させますから」

ルティアはレオンがまた失礼なことを言い出す前にと、執事とマリーをベルで呼んで、そして指示を出す。

毎日部屋のすべての窓を開け、風を通して掃除をし、時計のねじを巻き、ファブリックを取り替えておくのは容易ではないから、部屋数のわりにすぐに使える部屋は少ない。

「あのでは、南向きの上の方のお部屋を……」

「それは危険だな。ヴァイス伯爵は、この城の中をすでに知っているそうだ。迂闊に中にいれてはそれこそ大事なものがこっそりごっそり盗まれてしまうかも知れない」

レオンはすでに犯罪者でも見るかのような険しい目でヴァイスを威嚇している。

「レオン様。もういい加減になさって。お父様の命令は絶対なの」

「この城で、シャンテ伯の命令は無効だろう？　なぜ、この城でまであの男の意見が絶対でなくてはいけない？　ここは俺が跡を継ぐ城。そうだよな？」

ルティアは攻め込まれて困惑する。確かにその通りだ。ルティアが命令に従わなくてはいけないとしても、レオンが従うことはない。

「レオン様。今日だけお泊めしていいかしら。そうしたら、父にここに泊まるように言われたヴァイス伯爵様も顔が立つし、お父様の言いつけに従った私もいい訳できるわ」

本当は、そうレオンに言うのもかなり緊張した。

彼はヴァイス伯爵が自分の求婚者だということが一番気に入らないのだから。

「ないな。それはない」

「でも……」

手紙と別の結婚許可証は、国の大司教が許した本物だ。それを手に入れたということは父は本気だということだ。

「私はここにもうサインを入れていますから、あとはルティア嬢がサインを入れてくだされば、すぐにも教会に提出し、正式な結婚と見なされます。いかがでしょう」

「『いかがでしょう？』だって？　ダメに決まっている」

ルティアの前でレオンはそれを引き裂いた。

それは内心ほっとすることだったが、むろん顔にも言葉にも出せることではない。

「俺がこの城の城主になる。そしてルティアをこの城の女城主としたまま、俺と……結婚する。だから女一人で心配だとか、盗賊が入るからなどという心配は無用だ」

「レオン様」

レオンはそれまでの冗談交じり毒舌の攻撃とは別の、真剣な眼差しでヴァイス伯爵を見やり、ルティアを見やった。ルティアの胸は高鳴ったが、やはり感情は押し殺さなくてはならない。

ヴァイス伯爵が本気であり、ルティアの父が本気でヴァイス伯爵を娘の次の花婿にと考えているのを知って、彼自身も社会的な地位と立場が必要だと覚悟したのだろう。

「君が彼女と結婚だって？　どうだろうね、実際問題君の実力が計り知れないしね。この私なら現在、王城の護衛隊隊長であることからも察してもらえると思うけれど」

ヴァイス伯爵が美しく飾られて盛りつけられているチョコレートを一つ取る。

菫の砂糖漬けの載っているもので、それを口の中に入れて溶かすと、また満足そうにルティアを見る。

「菫の砂糖漬けとはまた珍しいものですね。こちらの城のパティシエはセンスがいい。こちらであなたと私のお披露目をしたいものです。まあ、一通目の結婚許可証は義理の息子さんの嫉妬によって破棄されてしまいましたが、またいただけばいいことです」

不幸の追い打ちをかけるような言葉にルティアはレオンの心情をおもんぱかって、執事を呼ぶと客室の用意をするように告げる。

「ルティア。本気でこの男を俺の城に泊める気か？」

「だって……」

「再婚相手として、その男を認める気じゃないよね？」

「そういうわけでは……」

「ルティア嬢は父上の方針であまり社交界にも出ておられなかったのですよね。これからは私と共に舞踏会やパーティー、夜会に出席いたしましょう。この城の女城主として数多くの貴族たちにも認知してもらわなくては。私の顔はそこそこひろいですよ」

ヴァイス伯爵の言うことはもっともで、ルティアには否定も反論もできない。

「顔の広さを自慢するとは、年寄りの証明だな。年寄りほど、群れることを望むから。年寄りほど、経歴自慢も激しいと聞いていたけれど、あなたと今少し話をしただけで実感したな。本当だって」

レオンはテーブルに載せてあったデザート用のフォークとナイフを取ると、それでフルーツを皿に取って、小さく切り分ける。それをルティアの前に差しだしたかと思ったら、やおら指先にしたそのナイフとフォークをヴァイス伯爵に向かって投げつけた。

目にも留まらぬ早業だったが、ヴァイスはその突然の暴挙を何とか避けた。

「避けるの、慣れているんですね。まあ、避けられるようにしか投げなかったけど」

そう言うレオンの視線の先には、ヴァイス伯爵が避けたために壁に突き刺さっているナイフとフォークが輝いている。

果物用の刃物は決して鋭いものではないはずだが、レオンはみごとにそれを武器として使える腕を持っているらしい。

「言ったよね？　腕がわからないって。これくらいの腕があればルティアとこの城くらい守れるんだ。でもあなたがこの俺をもっと認めたくなるようにしてあげてもいいけど」

「――私は、別に君に興味は抱いてないのでね。どちらでもかまわないよ」

「この城に一晩でも滞在したいと言うことは、むしろ、死ぬ覚悟でいるってことだよね？この城に滞在して、何を目的にしているのかわからないけれど、まあ、部屋からは出ないほうがいいと忠告しておく」

レオンは言って、この状況にどう対応すべきかと立ちつくしたままだった執事に視線を投げる。

「フェン執事。仕方ない。北棟の翼棟の一階の左の端の奥の奥の部屋を彼の今夜の部屋として用意してくれ。そこ以外使える部屋はないからな」

「承知しました、レオン様。北棟の一番はしの塔の部屋でよろしいですね」

「ああ。外から鍵がかけられる、あの部屋だ。窓に鉄格子の嵌っている」

この城の使用人や執事にとって、レオンはすっかり主人同様の扱いだ。むしろ、彼はルティアよりも主人としての風格を醸し出している。

「レオン様ったら……」

「それが気に入らないなら取り消す。今この場でここから出て行ってもらう。俺はルティアにつく虫は、徹底的に排除する。それがガーシュ公からの遺言でもあるのだから」

「遺言……そんなことが？」

「俺にとっては重要なことだ。俺を受け入れてくれる唯一の存在のルティアが、喪が明けてすぐにまた政略結婚で再婚すると言うのだから」

「レオン様……」

それを言われるとルティアにも反省すべき点が多い。父の言うことを聞かなくてはいけないとは言え、ガーシュ公の喪が明けたばかりだというのも、確かなことだ。

それでも彼が伯爵の逗留を許しただけでも、精一杯の譲歩だとルティアにはわかっている。

レオンの手をギュッと握り締めて、そして指を絡めた。

「ありがとうございます。父のことを……配慮してくれて」

「ふふ、では遠慮なくこちらに滞在させていただくよ」

ヴァイス伯爵は、ルティアに微笑むと席を立ち、執事と共に部屋を出る。

「ルティア嬢。贈り物の花束はそれだけではないので驚かないでください」

うなじで結わえた漆黒の長髪を翻して、軍服の彼は部屋をあとにした。

「花束……」

「ルティアは、あいつがこの城に結婚許可証を持ってきたことが嬉しいのか？」

レオンは立ち上がって、裂いた結婚許可証を暖炉にくべてしまう。

「ルティアは、熱の出た俺を看病してくれた。あんなに献身的なことをしてもらったのは生まれて初めてだったんだ。あのとき、俺の中でルティアは絶対的な女性だと実感したんだ。見知らぬ俺にあんなに尽くしてくれる女性が世界にいると思わなかった。だからそれよりまでよりもっと、もっと……好きになった。誰にも渡したくなくなったんだ」

彼はルティアの背後に来て、そして背中から手を回して抱きすくめてくる。金の髪が暖炉の灯りに透け、燃えるように輝いている。それを見ながらルティアは困惑していた。

「俺だけじゃ……ダメなのか？　俺じゃ、ルティアのすべてにはなれないのか？」

「私……もう明るい未来にだけ夢を見ていていいような年齢じゃないの……まだ私が十代で、あなたより若くて、お父様のような束縛がなかったら……」

「なかったら？　俺とこの城で二人きりで幸せに暮らしてもよかった？」

ルティアは頷くか頷かないか、わからないほど微かに首を縦に振った。父も、社交界も、すべてがヴァイス伯爵との再婚なら、受け入れてくれるだろう。でも他国に長く暮らし、この国のガーシュ公から母と共に城を追われ、今やっとこの国に戻ってきた、いわゆるこの国の社交界からは長く抹殺されていたようなレオンでは、『結婚したその夜に夫に腹上死された曰く付きの花嫁のルティア』を守りきることはできないだろう。

ただ噂好きの口さがないものたちの格好の餌食になるだけだ。

ルティアは必死にありのままの心をレオンに告げようとする。だが、背後から抱きすくめてくるレオンの腕の力はいっそう強くなり、そして唇はルティアのイヤリングを奪い、そのまま耳朶を舐め上げながら情欲的に噛んでくる。

責め立てられる官能にルティアは思わず身じろいだ。

「レオン様……そのようなことをしては……もう……」

「蕩けたくせに」

卑猥な囁きがルティアの耳の中に吹き込まれてくる。

「俺に抱かれて蕩けるくせに。ダメだよ。俺からはもう逃れられないんだから。義理の母親でも、俺はルティアを女として愛し続けて女として抱き続ける。あいつがこの城にいようとも、見せつけるように抱いてやるから」

「レオン様……」

レオンの唇はルティアの耳からうなじに落ち、そして片方の手はドレスの胸もとから忍び込んで白い肌を舐めるように撫で、そして膨らみを掴むと、激しく揉み込んでくる。

「や……」

「ダメだよ。口で何と言おうと、ルティアの心も体も、もうとっくに俺のものになっているんだから。ほら、俺の指先が、ここを掠めただけで、ルティアの身体はどうなっている？　こんなに……熱が上がってきている。もうしっとりと濡れてきてるじゃないか、え？」

レオンの指がドレスの上から肌を撫で回し、太股と太股の間に差し入れられてくる。

「だ……め……ぇ」

ルティアは必死にその手を押しのけようとするが、レオンの腕はびくともしない。そのまま足の付け根の膨らみを撫で、揉みながらふっくらとした淫唇を撫で回している。

「や……や……め……」

執事が戻ってくるだろう。メイドも、お茶の交換にやってくるかもしれない。見られたら噂になるかもしれない。

「ほら、もうこんなにしっとり濡れてきてる……俺が好きだろ？」

レオンは谷間に指先を忍ばせて、奥まって隠れている雌芯を焚きつけるように何度も指の先で掻きだしてくる。

「ひゃ……あぅう……ん、だ、め。やめて……」

「やだよ。そんなこと言って、もっとして欲しいくせに。そういうの、俺を焚きつけるための言葉にしかならないって知っていて言ってるんだろ？　身体だって、俺が抱けばすぐあんあん言って気持ちよくなるくせに」

レオンはわざと、怒りのすべてをルティアの態度にぶつけてきている。それがまったくの図星すぎて、ルティアは紅で赤く塗っている唇を噛みしめるしかない。

「お父様の……城から……出たからには……私、もう社交界で……生きていかなくては……ならないの。だから……今度こそちゃんとした……結婚をしなくては……」

快楽の嗚咽を抑えながら、必死にレオンに理解を求める。だがレオンはその苦しげに、切なげに言葉を結ぶルティアをいっそう抱きしめ、そして谷間に滑らせている指先を増やしてもっと激しく愛撫を続ける。もうそこは、耐えきれなくなったルティアの蜜壺からトロトロと激しく淫蜜を滾らせている。ドレスの裾も次第に捲り上げられて、片方の太股が妖しい色気を見せている。

ルティアもレオンも、無垢な身体がときめいているのをとっくに知っている。知っていても、ルティアはそれに抵抗しなくてはいけなかったし、レオンはいっそう深くルティアに愛を注がずにはいられなかった。

「ルティアは俺とあいつを天秤にかける気だろう？　わかってる。いいよ。もう俺はルティアを俺だけの女にするって決めてるから。あいつを負かして追い出すから」

レオンの吐息は熱く、そして言葉はとても冷ややかだった。

「レオン様」

ルティアの中が燃え始め、太股を合わせせなくてはもっと反応を見せてしまうほど濡れて来ているのを見てレオンは指先をすっと引き、そしてルティアの乳房を揉んでいた手をドレスの中から引いた。

「あ……」

意外な引き際にルティアのほうがあっけにとられて、そして急に泣きたいほどの複雑な気分に襲われる。恋と愛と結婚が複雑に絡まりすぎる。

レオンのことを好きになってはいけない。愛してなどいけないのに。

「いいさ。俺がもっとちゃんと大人びた仕事をして、奴に心が靡かないようにする」

「レオン様……」

「何もかも俺が仕切る。あいつは追い出す。この城で、ルティアのお披露目をするのはこの俺だ。イベントを催すからそのつもりで。そして美術館も早急に建築させる、もう建築資材の運搬は始めているし、赤大理石はヒーリス国の方が産出量が多いからそこから輸入することにする。美術品のカタログレゾネを制作しているけれど、それも他人をいれてもっと迅速に作成完了できるようにする。俺の力がないと言ったヴァイスの鼻をあかしてやるから」

「レオン様……あなたは……まだこの城の……ガーシュ公の正式な子息だとも認められていないのですから、そんな無茶は……」

「無茶をさせるのはルティアだよ。でも俺はそれを乗り越えて、君を俺の戦利品にする」

レオンの甘い菫色の瞳は今は尖って磨かれた鉱石のような輝きを見せている。

「弁護士を呼んで、すぐにでも俺の経歴を照らし合わせ、ルイ・ド・ガーシュ公爵の子息であり継承者だと認定させて」

「お母様はご存命なのでしょう？　お母様に手続きをしていただければ」

「彼女にとってガーシュ公は過去の人だ。その人物と俺との血縁を示すことに力を貸すことはないよ。このことは俺の問題だし」

レオンは言って、テーブルに重ねてあった美術館の計画書や経費に関する膨大な書類をルティアに見せる。

「これ、異論がなければこのまま進める。この城に置いておくより別館に収蔵品すべてを集めた方がこの城自体に強盗が入ることも防げるし、ルティアを危険から守れる」

「ええ……ありがとう」

自分を慕って肌を合わせるのが好きなのだと思っていた。でもこうしてルティアが手をつけられずにいた様々な問題を、レオンはいつの間にかしっかりと処理してくれている。そのことにもルティアは年下の彼に強い男の部分を見た気がして驚きを隠せない。

「見直してる？　見直してるだろ」

レオンはまた見透かしてルティアの顔に唇を寄せた。

「もう、そういうことは言わずに、不言実行のほうが私は好きです」

そう眉を顰め、むくれた顔で言えば、レオンはまたすぐ、その通りにきまじめな顔をして書類の山を向こうのチェストの中から持ってくる。

「いちいちこの山を移動させるのが面倒だ。これからはルイの書斎で俺が仕事をするから、許可をもらうよ。それからカタログレゾネを作るのによその美術館の館長にも手伝ってもらうから、人の出入りも許可してもらう。むろん、収蔵室にも俺は出入りしているけど、あの男だけは近づけないでくれ」

「え、ええ」

あの男、というのはむろんヴァイス伯爵のことだ。名を口にするのも嫌なのだろう。

「それから、ルイの財産のすべてを金庫から出すよ。いくつかある取引先の銀行の頭取にも話を聞いた。どこにどんな領地を所有しているのか、荘園の場所と規模、そして先祖代々受け継いでいる宝飾品や美術品を今後も管理して行かなくては。遺言にもあったしね」

「遺言書があったの？」

「ルイの書斎に入ったらね、色々もしものときのことが遺言書に書き記されていたんだよ。でも俺が全部ちゃんとやるから」

レオンは、その遺言状をちらりと見せてからウエストコートの胸の内ポケットに収めてルティアに笑む。

ルイが結婚前に二回、手紙を送ってくれた。そのときと同じ薄い若草色の封筒だ。

「ルイ様はやっぱり、一人息子のレオン様に託したかったのね」

「面倒をルティアにかけたくなかったっていうだけだろうな。私設美術館も上流貴族は憧れるものだけど、館を建てるにしても面倒なことばかりだし、管理も大変だ。でも全部俺がやるからルティアは俺の背中を見て、ときどき後から抱きしめてくれるだけでいいよ」

こともなげに着々とろもろのことに対処しているレオン。その横顔をルティアはドレスの裾を股まで捲り上げられたままにされていることすら忘れて見つめてしまう。

頼もしくて美しい青年。ルイの息子で自分がルイの未亡人でなかったら、出会うこともなかった青年。彼に慕われ、好かれている自分が誇らしくもある。

レオンは書類を開き、ページを微風が繰るように捲っては、片付けながらルティアの身体を変わらず触れ、うねるストロベリーブロンドの髪を撫でている。

「レオン様、私……お茶を淹れてきますね。奴の部屋の準備、もうできてるね。それからフェイ執事のところに行って……」

「そうだね。朝は雄鳥が刻を告げる頃に出て、帰りは夜盗が辻馬車や貴族の馬車を襲うほどとっぷり暮れた頃になるはずだから」

この城は、日々警護の任務に通うには王都から離れすぎている。忙しいルイは、独身時代のほとんどを王宮の自室で寝泊まりしていたのだ。きっとヴァイス伯爵もそうだろう。

「つつがなく、俺がここの跡継ぎだと認められたら、すぐルティアを花嫁にするよ。そうしたら、ルティアはもうずっとここの女主人だから。ねえ、来週にでもここの大聖堂で結婚式を挙げようよ。それとも王家に挨拶に行ったあとのほうがいいかな。王家の大聖堂を借りられれば豪華な結婚式が挙げられるね」

「だ……だめです！　何をそんな！　いいですか？　レオン様はルイの一人息子。私のように年上の未亡人なんて初婚で迎えるべきではないです」

ルティアも箱入り娘として育てられたが、世間体を考えれば、夫が死んですぐあとに義理の息子と結婚するなど、到底歓迎されることではないとわかるのにどうして彼はこうも無謀なのだろう。

「それくらいの事例はいくらでもあるよ。戦争で長男が亡くなったあと次男と結婚した女性の話だって山ほどあるし。似たようなものだよ。それに俺は政略結婚ではなくルティアを好きだ。そうやって欲のないところ。可愛いところ。それにこの白い太股も」

「きゃ」

レオンは悪戯っぽく言い、ルティアの太股にかかるドレスをより捲り上げて撫でた。

「正直、ルイがルティアにほとんど触れていなかったって聞いて、すごく嬉しかった。比べられてしまいがちだろう？」

「何を……ですか？」

「すべてだよ。優しさとか気遣いとか、性技の善し悪しとか大きさもね。キスの上手さも」

「大きさ……ですか？」

「そう、ここのね」

そう言いながら彼はルティアの手を摑んで、そっと自分の足の間に滑らせる。ルティアは、それが男性器のことなのだと初めて気づいて、顔を真っ赤に染め上げた。

「ルティアのそう言う純粋なところがとても好きだよ。財産目当てじゃなかったってわかってどれだけ君を尊敬しただろう。だから……好きだよ」

レオンは瞳を揺るがせて、ルティアの項に手を伸ばし、唇を唇に押し付けてくる。

「とにかく、社交界に認めさせるのに、俺のお披露目パーティーも開くよ。そうしたらルティアも俺の恋人だと堂々と言える。花嫁になるのにも躊躇しなくなる」

「そんな……。私はまだレオン様を恋人としても認めてなんか……ないですから」

「ヴァイスに言っていいの？　身体も……ここも、もう俺のものだって。だってほら、ルティアの下のお口はもう俺を認めているしね」

彼は書類から身を離し、立ち上がるとルティアの身体を抱きしめ、ソファに押し倒してくる。胸もとに顔を埋めて、両手は背中と腰に回しながら、ドレスを邪険に扱いながら両足を開かせてくる。

「あ……だめ、こんなところで……」

「じゃあ、寝室に行くか？　俺の部屋がいいかな。鍵が厳重にかかるよ。ルティアの部屋も、立派にして鍵を四つくらい造らなくちゃ。この城ももう色々改装しているしね」

そう言えば、数日前から城の裏庭に石工や大工がうろうろしているのを見かけていた。美術館の建築の確認かと思っていたが、城自体の修復も始めているらしい。

「いいえ、私は別に今の部屋で十分ですから」

ルティアは抱きしめられていること自体が恥ずかしい。

「欲がないね。もっと優雅な城で生活したいとか、もっと素晴らしいドレスを着たいとかないの？　俺がルイで、ルティアを花嫁にしたなら、もっと豪華な天国みたいな部屋を作って住まわせるよ。君専用の離宮を作ってそこをベッドルームにしてもいい」

レオンはルティアの身体に指先を這わせたまま、愛おしそうに顔を見上げる。

「ねえ、まだ感想を聞いていないよ。俺の贈った真っ白な薔薇は気に召した？」

「え、ええ……ありがとう……」

「白と赤と……どちらがお好きかな？」

ふいに戸口から声がして、レオンが反射的にその顔を狩人のように鋭くした。

「おや、これはまた。無粋なところに来てしまいましたかな？」

見ればヴァイス伯爵が凜々しいシルクハットと黒のロングコートを靡かせてそこに立ちはだかっている。

「ルティア嬢。息子どのは、今ひとつ真剣に仕事に身が入らないようですね。大好きな母上に甘えてばかりいられては大変でしょう」

「招かれざる客か。何かまた用事でも？」

「王宮に行き、任務をこなしてから父上のもとにも寄りますよ。また新しい結婚許可証を預かってきます。よろしければ一緒に行きませんか？　ずっとこの城に閉じこもっていたのでは退屈でしょう」

ヴァイスがルティアの前に立ち、その手を取ろうとしたが、レオンがそれを許すはずがない。

「結婚……許可証……？　また性懲りもなく？　神に縛られることが好きだな。老人は」

「ふふ。なんとでも。それと、王に申請する証書も大司教から戴いてくるつもりです。あなたのサインが入るだけで、私との結婚が証明されます。むろん、王陛下に願い出て王族も式を挙げる聖堂での挙式も願い出てくるつもりです。私ならば許可も下りるに違いない」

「ヴァイス様……。あの、私はまだ……結婚は……喪が明けたばかりでは……」

「不名誉な噂を吹き飛ばすには、由緒正しき相手と結婚するほうがいいと思います。父上もそうお考えだからこそ、私を選びこうして遣わされたのですよ」

ヴァイス伯爵の言わんとすることはよくわかる。でも、レオンのことも振り切れない。

レオンはしばらくヴァイスを睨みつけていたが、やがて形のよい口を開いた。

「あなたが縛られたいのじゃなく、書類でルティアを縛りたいのか。ルティアを自分のものにする自信がないいんだろ？　ことを急《せ》くのもこの俺に取られたくないからだろ？」

ルティアを片腕で支えるという剛力を見せつけながら、レオンは自分の指からガーシュ公爵家の紋章の指輪を抜いてそれをルティアの左の薬指に嵌めてしまう。

「レオン様！」

「ルティア。父と同い年の男と結婚してもまたすぐ腹上死するよ。二の舞は嫌だろう？」

「あ……」

それを言われると、あの何とも言えない恐怖と気恥ずかしさを思い出してルティアはヴァイスの顔を困ったように見つめてしまう。

「私は今現在も護衛として日々精進し、肉体も鍛えていますから大丈夫。そちらこそ、口ばかりを使って、肉体の鍛錬はしていないようだ。お遊びのナイフ投げでは虫も殺せないと思うしね」

「決闘でもしましょうか？」

「望むところですね」

「では……」

レオンが胸のポケットから白い手袋を取り出そうとするのを見て、ルティアは慌ててレオンの顔を両手で挟んで、そして自分のほうに向けた。

「レオン様。そのようなことをしたら、私は即刻、このお城から出て行きますよ？　お父様の喪が明けたばかりでそんなこと許しませんから」

「――――ルティア……」

レオンは唇を引き結んで、その手を止め、ルティアの腰を抱きしめた。

「ヴァイス伯爵様も大人気がないですわ。挑発しなくても……。レオン様は父上が亡くなっていたことにだけでも大きなショックを受けてらっしゃる傷心の身ですのに」

母にも捨てられるように寄宿舎に入れられていた身だと知れば、もう少し理解を示してくれるだろう。でもそれはレオンが望むところではないはずだ。

「すみません。謝罪します。冗談ですよ。私もそれほどひまじゃない」

ヴァイスはやはり本気ではなかったのか、すぐに謝罪を口にしてルティアに破顔する。

「決闘の代わりに……狩りでもしますか。この城は元は狩りのための城だと聞きました。あまりに美しい風景に囲まれて常居するようになったとか。ちょうど今は狩りの季節。ル

ティア嬢のお披露目パーティーを開くにいい食材が得られますよ」

「狐狩りだな。犬たちが喜ぶ。観客なしでの一対一では勝敗もつけにくい。有名貴族や大商人を招待して、この俺とルティアの城を社交界にアピールするかな」

「レオン様。ヴァイス伯爵様もやめて下さい」

ルティアは勢いで言い出す言葉に歯止めをかけようとしたが二人の男たちはルティアを取り合い競うことに何のためらいもない。

「では私は王女様を招待しましょう。そして仲間の伯爵をふたり。合計三対三の狩りではどうかな。レオン君は隣国の貴族でも呼びますか？」

ヴァイス伯爵が、窓の外に美しく紅葉を始めた森林となだらかに広がる丘を見て言う。

「この国にも……親しい貴族はいる。それにヴァイス伯爵が王女を呼ぶのなら王陛下でいいかな……」

レオンのその発言には、ルティアもヴァイス伯爵も目を見張った。

「王陛下を？　お忙しい方だと言うのも知らないのか。君の国では王は暇なのかも知れないが、この国の王は常に各地を飛び回っている。まさか一城の狐狩りくらいで……」

ヴァイス伯爵は最初こそ大胆すぎるレオンの発言に驚いていたが、途中からは冗談の一つだろうと思い始めたようで、口の端が軽く上がり饒舌になっている。

「王陛下を呼べばその場で俺がルイに代わってこの城の主になったことを認めてもらえる。それに王宮貴族を招待して、その頂点に認められればそのまま社交界で誰もが俺の名を知るだろう。それは……一挙両得じゃないか」

「さすが、若者は単純だな。ガーシュ公は王陛下に認められた存在だったが、突然この国に舞い戻ってきた認識もされていない、息子と名乗る人物を王陛下が認めるものか。それにまだ誰も君が本物の息子だとも認めていないことを肝に銘じておくべきだな。君が一人で惨めな思いをするのは一向にかまわないが、ルティア嬢が同じ目で見られることだけは私は避けたいのだよ。むしろ、そのようなことになる前に、君の元から奪うつもりだがね」

ヴァイス伯爵が、また挑戦的な言葉を言い出したのを見てルティアは慌てて、マントルピースの上にある振り子時計を振り返る。

「ヴァイス伯爵様。お時間がないのでしょう？　私、馬車の準備をするようにフットマンに言っておきます」

「大丈夫。もうその準備は整えてあります。せっかくこの城であなたと過ごそうと思ったのに、職務のせいでままならないことがこの私の胸を締め付けます」

芝居がかった台詞に、レオンは軽く舌打ちをしている。

「浮ついた気分で護衛をして、主人を射貫かれないようにするべきだな。ヴァイス伯爵様」

レオンはそう言って、ライティングビューローの前に座り直すとまた自分の書類に目を走らせ始めた。

「言われなくとも」

ヴァイス伯爵も丈の長い上着のポケットから金鎖を引き出して、懐中時計を目にする。

時間はかなり押していたのだろう。戸口に向かい、そしてもう一度振り向くと微笑んだ。

「君の狩猟の腕に期待しているよ。狐に馬鹿にされないといいのだが」

「犬はこの城の犬を使うこと。品格のない犬を使われるのは父の本意でもないからな」

レオンも負けずに言い返し、ヴァイスはただ口元に薄い嗤いを浮かべたまま出て行った。

「レオン様ったら。私、お送りしてきますから、ちゃんとお仕事をしていてくださいね」

ルティアは眉を下げ、困惑した顔で懇願して急いでヴァイス伯爵のあとを追う。

優雅にうねる階段を降りていくと、玄関前の大ホールのモザイクタイルの上に帽子をかぶって、手袋を嵌めている彼がいた。

「ヴァイス伯爵様……」

階段を駆け下りていくルティアを、部屋からそっと外に出ていたレオンは見送り、そうして挑む目でヴァイス伯爵を睨むとそのまま、ルイの書斎へと上がっていった。

ルティアは微かに聞こえたレオンの足音を気にしたが待ちかまえていたヴァイス伯爵に手を取られた。

「外まで……、送っていただけますか?」

「はい、もちろんです」

外階段の向こうに、立派な造形の施された黒い馬車が止まっている。それが彼の馬車だろう。特注の品だとすぐわかる美しい曲線を持つ馬車だ。

「レオン君が気になりますか?」

「それは……」

「そうですね。ガーシュ公と髪の色は違いますが、輪郭も目元も、鼻筋も似ているとは思います。ですが……彼は結婚の相手にはふさわしくない」

「――あ、あれはレオン様の冗談で……」

ルティアはその言葉をはぐらかそうとしたが、ヴァイス伯爵は真剣な表情を崩さない。

「私もあなたと結婚すべく、様々な役場に調べを出していますが、彼は本当にガーシュ公の子息でしょうか？　ガーシュ公によく似た赤の他人なのではないですか？」

「え？」

「いえ、ずっとガーシュ公が捜していたのに……見つからず。彼が亡くなってすぐ見つかってこの国に戻っていたことがどうも引っかかるのです。偶然かも知れませんが」

ヴァイス伯爵は疑り深いのだろう。そう言って眉を寄せ、階上を鋭い視線で睨む。

「大切な書類の多い公爵の書斎にレオン君を通すのでしたら、ヒーリス国に詳しい人物に彼の素性を確かめられておくほうがよろしいですよ。何せ、亡きガーシュ公は王宮貴族の五本の指に入る富豪だったのですから」

「そうですね」

「あなたを彼が解放しないというなら、私はどんな手段を使ってでもあなたに会いに参りますよ。我が最愛の姫君」

ヴァイスはルティアの前に跪いて、そして手にしていた小さな箱を手渡した。開かれた天鵞絨の箱からは銀色のリングが輝いている。

「これは？」

「婚約を飛び越してお渡しするのは心苦しいですが、我がヴァイス伯爵家の花嫁が代々受け継ぐ指輪です。あなたが私を選んでいいと思ったときに嵌めてください」

求婚の証としてヴァイスはルティアに大きなダイヤの嵌った銀のリングを手渡した。いわゆる結婚指輪だ。

「ぁ、私……でもまだこれは受け取れません。どうなるかまったくわからないのに」

「かまいません。持っていてください。返さなくてもいいのです」

ヴァイス伯爵にそれを渡されて、ルティアは困惑する。強い想いのある指輪というのは、こんなにも拘束力があって気詰まりしてしまうものだと、今初めて知った。

（私が今、この公爵家の紋章の指輪を嵌めているからなのかも知れないけれど……）

ルティアがさきほど嵌められたレオンからの指輪を見つめ、ヴァイス伯爵家のその指輪を受け取ることに躊躇しているのを、しばらく残念そうな目で見つめていたヴァイスだったが、やがてその視線を窓の外の向こうの棟に移して、険しく眉を寄せた。

「ルティア嬢」

「はい？」

「あの部屋は……書斎の隣の美術品の保管室ではないでしょうか？」

彼の目が見上げる南東の最上階の窓が小さく開いて、そこから誰かが覗いていたのだ。

特別な場合を除き使用人も入ってはいけない部屋だから、いるのはレオンのはずだ。

「気をつけてください。彼はまだ信用していい人物ではないのですから」

そう言ってヴァイス伯爵は馬車に乗り込み、御者はその馬車を急がせ、噴水の周りをぐるりと囲む馬車道を蹄の音を響かせて走り去っていった。

ルティアが上階を見上げたときにはもうその扉は閉まっていて人影は見えなかった。

●第四章●二人の獲物はうぶな花嫁　～愛されすぎて怖いの～

大きくドレスを翻して、階上に上がるルティアの前にレオンが立ちふさがっている。

「やっと奴がいなくなったね」

「レオン様……！」

レオンは素早くルティアの右手の指輪の入った箱を見て、そしてむっとした口調になる。

「これは何？　こんなのさっきまで持っていなかったよね」

「あ、それは……」

だが言い逃れをするまもなくレオンはその箱を奪って開け、月のように輝くダイヤの指輪と、その内側に書かれている結婚の誓約の言葉とヴァイス伯爵家のイニシャルを見てしまう。

「やっぱり、ヴァイス伯爵は抜け目がない。油断も隙もないな。こんな指輪を渡してくるとは」

「あの、返して……」

ルティアはレオンの指から指輪を取りもどそうと手を伸ばす。だがその手を遮るように彼が腕を掲げ、その反動で指輪は空に舞い上がった。

「あ……」

窓の外に飛び出して行った指輪をルティアは窓辺に寄ってその行き先を追おうとする。だが、すでに落下先は深い木々に埋もれて見えない。その先には池があるから、もしその中に落ちていたら、もう二度と見つけることなど出来ないだろう。

「――もう、あなたって人は……」

ルティアはレオンを呆れた目で見て、そうして部屋を出て行こうとする。

「ルティア！　どこに行くんだ？　捜しに行くんじゃないよな？　見つかるわけはない」

だがルティアは捜しに行くつもりだ。求婚を受け入れなければ指輪は返すのが礼儀。悩む間は自分がちゃんと保管しておかなくては失礼だ。

「ルティア！」

追ってくるレオンを振り切るように階段を下りるルティアの前に、執事が現れ行く手を塞いだ。

「ルティア様。お客様がいらしております。設計士のニコラ・ル・フィッピ氏と、ジョアヌ氏です。そして彼等が持参しておりますこちらの書類にどうぞ目を通してからお会いください」

　フェン執事はそう言って、分厚い大判の書類と、革表紙で綴じられている何かの設計図をルティアの前に差しだしてくる。

「これは？」

「レオン様が見つけたこの城の蔵書と美術倉庫にある在品目録。そしてルイ様が購入された品の記録と、購入を進めていた美術品、土地などです」

「こんなに？」

「ええ、取引の話が進行中のものも数多くあるようで。そして実は私設美術館の設立に関する具体的な話も止まったままで、設計技師たちから問い合わせの手紙が届いておりました。いかがなさいますか？」

「そんなに……色々もう着手してらしたの」

「ええ。それで資金の調達のお話に伺いました。銀行から借り受けることで話が進んでおりますがよろしいですね」

「ええ、それは……」

「今はまだルティア様が正式な公爵の遺産の後継者ですから、目を通していただいた方がよろしいかと」

「わかりました」

　ルティアは指輪を探すことを諦めた。書類に目を通し、客人に対応することが自分の勤めだ。

「お客様は待合い室でお待ちですので、早めにお願いできますか？」

「ええ……」

「サインは俺がしているからルティアは目を通すだけでいい。そしてカタログレゾネを作るから異論があれば執事に言ってくれ。あとこの城の狩猟番と森番、犬の世話係を呼んでくれ」

「ええわかったわ」

意外にも、ルイの遺した遺産のこと、興していた事業のことなどすべてを任せてくれていいと言っていたはずのレオンが、あっさりとその場を去ってしまう。

ルティアはルイの書斎に入って、その書類を大至急広げて、目を通す。

ルティアには、書類を目にしても、それがいいのか悪いのか。費用の面でも高すぎるのか妥当なのかもわからなかった。まったく判断はしかねることだったが、ルイがそれで進行をしていたのだからそれが故人の遺志だろう。

技師たちにそれをそのまま依頼することにして、ルティアは簡単に指示を与えると面会を終える。

「レオン様は……？」

緊張から解かれたルティアが部屋に戻ると、マリーが紅白の薔薇に包まれた部屋の中で湯気の上る熱い紅茶を淹れてくれる。

「あ、あの……ヴァイス伯爵様からの赤い薔薇は？　二番目の……花束の薔薇よ」

ルティアの問いかけに、マリーは肩を軽くすくめて口を寄せる。

「レオン様が、ちょうど来ていたミルク売りの娘にあげてしまいましたわ」

ルティアは目を丸くしたがレオンならやりそうなことだ。と思うと微笑すら漏れてくる。

「他の娘さんに喜んでいただいたなら……それもいいわ」

「ルティア様は、本当に心の広い方ですね。レオン様が懐くのもわかります」

「そう？　私はわからないわ。ヴァイス伯爵様もあれほど私との結婚を望まれるなんて」

ヴァイス伯爵の大人びたところは何を任せても大丈夫という安心感がある。宮廷でも長年渡り合っている人だ。今さら何があっても揺るがないだろう。

でもレオンのように自分に駆け引きなしで向けてくる情熱は感じられない。彼はよき妻が欲しいのだろう。それぞれに惹かれるし、それぞれに迷いがある。

（結婚はどうせ父が決めてしまうのに、どうして迷うの？　レオン様に惹かれているからこそ迷うのかしら）

薔薇の香る空間で一人で飲む紅茶はとても癒やされる。先ほど、応接室で設計技師や美術館設立管理委託者たちを前にして飲んだ紅茶よりずっと、心の落ち着くものだ。


「はあ」

「お疲れのようですね。会談のほうも上手く進行していないのですか？」

ルティアの深い溜め息に紅茶を注ぎ直してくれたマリーが気遣う。

「そうね。いろいろとなれない言葉をたくさん聞かされて……、お金の話も、美術品の管理状態や、銀行に預けてある昔のカタログレゾネの品番が今も揃っているか確かめて欲しいとか。美術品室には私も入ったことないのですもの。書斎の隣の部屋に宝飾品の一部が収められているとは伺ってたけれど」

「そうですね。フェイ執事や弁護士が知っているでしょう。それと幼い頃ここに暮らしていたレオン様……」

「レオン様はあてにならないもの。いいわ」

「あら、そうですか？　頼りになるお方ですのに。ヴァイス様にお願いするのですか？」

少々不機嫌に彼の名前を言ったのを気づかれたらしい。マリーは、からかうようにルティアに言って、そうして茶器をかたしていく。

「両方の殿方とゆっくりおつきあいされてもよろしいですのに。それぞれいい方ですわ」

「レオン様はともかく……ヴァイス伯爵様は……結婚を大変急いでいるようなの」

「もういいお歳ですからね。ああそれからお食事のことですけれど、今からおつとめでは、夕食には帰られないでしょうね」

「そうかもしれないわね」

ずっとそばにいた姉のようなマリーと話すと、紅茶を飲んだときのようにほっとする。

「レオン様がおっしゃっていたように、もうお嬢様も社交界に正式にこの城の主として顔見せをしたほうがよろしいですし、夜会や食事会を開かなくては。それでは今夜はレオン様とお二人でのお食事をご用意しますわね？」

「——それは……レオン様に聞いて頂戴。レオン様は……どちらに行ったの？」

とうとうそう口にしたルティアに、マリーは薄く笑む。

「気になりますか？　ルティア様」

「それは……当然だわ。食事を一人でとるか二人でとるかは大きな問題よ」

「そうですね。私がお嬢様でしたらレオン様のような恋人はとても欲しいですわ」

「レオン様は四つも年下よ。ルイ様の息子だからってお父様は恋人でも結婚相手でも認めないわ」

「あれほど見目麗しい青年に好かれたら、誰でも悪い気はしませんわ。父上には内緒でお二人と交際するのもいいと思いますけどね、お嬢様はまじめすぎますわ」

マリーはそのおっとりとした顔にからかうような微笑を浮かべている。

「そんな」

「ああ、そういえば狩猟の準備をするようにと言われました。狩りだなんて久しぶり。狐ではなくて二人の殿方の本当の獲物はお嬢様ですわね」

さすが、幼い頃からずっとそばにいてくれているメイドだ。何もかも見抜かれている。

ルティアは二人の男性に想われる喜びと戸惑いにほうっとため息をつき、ふわふわのドレスの膨みを握りしめる。

「ねえ、レオン様はどこ？　すぐにいらっしゃらなければ私一人でお食事を戴くわ」

いつもうるさいほどつきまとってくると思えば、ふっと離れて自分を独りきりにする。その落差が急にルティアを焦らせ、ちりちりとした苛だちさえ駆り立ててくる。だからルティアは思い切って腰かけたばかりのソファから身を起こす。

どうしてこんなに悩まなくてはいけないのか、悩みすぎて疲れたルティアは、レオンの情熱的な懐きかたがいけないのだと腹立たしくなったからだ。

「ルティア様。レオン様はルイ様のお部屋にてしばらく籠もるから誰も入るなと……」

「そう、じゃあ、一人でいただくわ。『誰も入るな』なんて私まで拒絶するなら一晩中かかるかもしれないもの。それとも……美術品を盗んでるのかも知れないわね。ヴァイス伯爵様が注意するよういってらしたわ」

「まさかそんな。急いでカタログレゾネを作るのにとても苦労されているのですわ。先ほども女性の美術家を招かれたとおっしゃってましたし」

「女性？　どうして女性なの？　どなたなの？　今度見えたらお名前を伺って。レオン様だけでも素性が怪しいと言うのに、女性の芸術家だなんて」

この国に自分以外の知り合いがいるのだろうか。ルティアは急に疎外感を覚えて、足元から冷風に包まれてしまったような気分になる。

「やっぱり……一人で食べるわ。今までもずっとそうだったもの……平気よ」

「女性だと気になる？　嫉妬か。嬉しいな。俺の素性が疑わしいなら、早く弁護士を呼んで向こうの国から履歴を取り寄せてもらってよ。ああ、もちろん食事は一緒にとるから」

ちょうどマリーが出ていった扉のほうから、独り言に応じるように声がする。背後から矢継ぎ早に繰り出される言葉にルティアはどきどきしながら振り向く。

「レオン……様」

ルティアの前には想像通りレオンが立ち、そして想像外の姿でそこに立っている。その身体から水を滴らせているのはなぜだろう。

「なんでまた……そんなにびしょ濡れなの？　また犬に追われたの？」

「違うよ。なんでって、ルティアのためだろ」

彼は平然として言う。

「また、私がなにか頼みましたか？」

「頼んだよ。これを捜して欲しかったんだろ」

レオンはルティアの手を取って、そうしてその掌に銀色の輝きを乗せてくる。

それは先ほど窓の外に消えたヴァイス伯爵からの指輪だった。

「指輪……を捜してくれたの？　どこに落ちたかわからなかったのに？　あれからずっと？」

まさか本当に捜してくれるとは思わなかった。

レオンは菫色の目を真っ直ぐに向けて言う。

「ルティアが怒るから。探したんだ。マリーには部屋にいることにしておいてもらってさ」

チャコールグレイのズボンがずぶ濡れなのを見て、ルティアは後悔している。あれは自分が手を伸ばしたことが原因でもある。でもレオンはそのことを一言も抗議せず、ルティアのためにだけ、この指輪を捜してくれた。

「――馬鹿ね」

「ああ、馬鹿だよ。ヴァイスの指輪なんて俺は世界一嫌い。それなのにルティアのために草地を這い回り、木々の中に潜り込んで、あげく池の中まで探して水に濡れたんだ」

「本当に馬鹿ね。また熱が出ても、もう私は看病しないわよ」

ルティアは、ひっかき傷のついているレオンの手をそっと撫でて、ため息のように言う。なんて可愛いところがあるのだろう。自分を責める言葉を言いもせず、ただライバルの贈った指輪を捜してくれるなんて。

「手当てしてあげるから……こっちに来て。どこが一番痛む？」

ルティアは部屋の深紅のソファにレオンを座らせ、手当のためにメイドを呼ぼうとキャビネットの上のベルに手を伸ばす。だがその手をレオンはそっと摑んで引き寄せた。

「一番今痛むのは、ここだ」

そうしてルティアの引き寄せた手を自分の左の胸に当てて顔をのぞき込んでくる。

「どうしたの？　そこを……打ったの？　待って、服を脱がせるわ」

「違う。胸が痛むんだ。俺が大嫌いなヴァイス伯爵のあげた指輪をこんなになるまで捜していたんだよ。だから、何かご褒美をもらいたいな」

「ごほうび？」

素っ頓狂な声をあげてルティアはレオンの顔をのぞき込む。

「そうだよ。このヴァイスの銀の指輪をルティアが指に嵌めるなら、こっちのを俺に頂戴」

レオンが指に触れてきたのは、ルティアの右の中指に嵌っているルイからもらった結婚指輪だ。

「これは……ルイ様から戴いたこのガーシュ公家の紋章の指輪」

「ルティアには俺のやった紋章の指輪だけ嵌めてて欲しいし、これを交換の指輪として紋章の指輪を俺に頂戴」

レオンは指先でいとおしむように紋章を撫でる。

「そうね……レオン様にならいいわ」

ルティアは右手の指輪を抜いてレオンの右の小指にその金の指輪を嵌めてやる。てっきり、「ありがとう」という言葉がくるものと思っていたが、彼はおもむろにルティアの首を引き、唇にキスを寄せた。

「あ……」

「俺からのお礼の気持ち」

キスはやがてなだらかにルティアの首筋に落ちていき彼の手が胸もとを揉んでくる。

「うぅう……ぁん」

ルティアは軽く喘いで、そして彼の手の遊戯に身を任せてしまっている。

（ダメ……ダメなのに……）

彼に抱かれて、彼に口づけをされながら、そっと秘所に遊んでくる指先にすぐ奥底の蜜壺からはじっとりと蜜が滲んでくる。

ルティアはその手を止めさせようとして、彼の小指の指輪を感じながら、いつしか彼の手を自分の秘所の奥深くに導いてしまっている。

繊細な指先が柔肉を揉んでくるのが気持ちよくて、触れてくるのが心地よくてルティアは「はぁっ」と胸の奥から甘い吐息が悶えるような音を出す。

「気持ちいい？　気持ちいいよね。そういう顔だ」

囁かれて否定を口にできないほど、それは当たっている。

「ルティア……俺がご褒美をもらうはずなのに、これじゃあ君に俺がご褒美を与えているみたいだね？　そうだろう？」

「ひゃう……ッ」

ルティアの脚の付け根、奥深くに挿入された彼の長い指先が、濡れた粘膜を撫で、奥から雌芯を撫でつけながら前方に筆を吐くように撫でた。

「は……ぁ……ッ」

ルティアの喉がビクンと撥ねて、そして狂おしい喘ぎを漏らす。

「ここ、気持ちいい？」

抜いた指をまた彼はルティアの奥に挿入していく。

ヌプン！　音がして、彼の湿った指先で漏れ落ちてくる蜜がぬるりとかき混ぜられたのがわかる。

「あ……あッ」

ルティアは甘くて残酷な指先に耐えられなくなって、レオンの身体にしなだれかかる。そうしてレオンの濡れた背中に指を這わせ、しがみつく。

「ルティア……俺を放さないで……。俺も君を……だから君を俺だけのものにさせてよ」

びりっとルティアのドロワーズが裂かれる。

「あ……んぅ」

このまま、彼が濡れた服を脱いだら、きっとあらがえない。

このままソファでも、ベッドでも、彼に抱かれてしまう。

「ルティア様」

ノックの音がしてマリーの声がした。

「ルティア様。お食事の仕度が整いました。レオン様は探しておりますが、まだ見つからず……」

「あ……ああ、そうね。もうそんな時間なのね。……あの、あとで行くわ」

レオンにしがみついているルティアを見て、マリーは一度ごくきまじめな顔を見せたがすぐ横を向いてくすっと笑みを含んだ。

「ぁ、あの。これは違うわ。違うの。よろけてしまって、だからその……」

「ルティア様。私はルティア様のメイドです。なにも言い訳などなさる必要はございません。風か空気のように、私がここにいることなど気にせずにどうぞお続けください」

そんなことを言われても続けられるはずもない。

このままではルティアの乳首が赤く色づき、花芯は蕩けるばかりに濡れて欲望の疼きを抑えきれずに膨れあがる。

「続けていいって。俺は誰の許可なくしても、己の本能のままに突き進む覚悟はあるけどね」

耳もとに囁く声は甘く、そして強くルティアの中に忍び込む。

「だ、め……」

ルティアは自分自身に言い聞かせるようにそう言って、レオンの胸を押し返した。

ぬるっと。彼の長くてしっかりとした指先が乙女の秘芯を撫でながら抜かれていく。その指の残すあと触りにざわつくのはルティアが彼を求めていた証拠だ。

(でもダメなの……)

ルティアはまだ蜜が溢れてくるのを必死に押さえつけながら、こらえている。

「かまわないわ。食事にします。ヴァイス伯爵の頼まれごともこなさなくてはいけないし」

レオンはその言葉にぴくんとこめかみを震わせたが、そのままルティアの前で濡れた服を脱ぎ始める。

「ねえ、マリー。俺の服をこの部屋に持ってきてくれるか？　フリルのシャツとスカイブルーとマリンブルーのストライプジレと、そして黒のベルベッドのズボン、白の靴下と、黒の靴。靴も濡れて水がたまってる」

「はい。レオン様」

「モーニングコートとイブニングだったら、もうイブニングかな」

「ええ。そうですわね。見繕ってお持ちします」

マリーがそう言って去っていくのを見て、ルティアは少々小首をかしげる。

「レオン様はご自分のお荷物を持っていらっしゃっていなかったはずですよね？」

「追い出されるかもしれないのに、勝手に荷物を持ち込むのなんてかっこわるいだろ？　でもルティアが俺をこんなに優しく受け入れてくれたから……だから執事に言ってホテルの部屋から届けさせた。ルイの服では少々横に大きくて縦に足りないからね」

レオンは、マリーが他のメイドと共に衣服を持ってくるのを見て満足そうに頷く。

「着替えをなさいますか」

「そうだね。ルティアにしてもらうからいいよ」

「私はしません。しませんからね。マリー、メイ、手伝って差し上げて」

「はい」

言い返しながらも頬を染めるルティアを見てマリーはくすくすと笑った。

「まったくあなたは、油断も隙もないわ」

またメイも笑う。

「とても仲がよろしくて。まるで以前からずっとここでご家族として暮らしているお二人のように見えますわ。ご家族というより恋人でしょうか」

マリーの恋心を焚きつけようとする言葉が妙に気恥ずかしくてルティアは一人で先に食堂に歩きだす。

「待ってよ。ルティア」

「あなたはちゃんと着替えていらっしゃい」

ルティアは追ってこようとする彼の前で扉を閉め切ってしまった。

(私……どうしてこんなことになってしまったの？　ずっと誰かに……男性に愛されたい恋したいと思っていたのに。二人に好かれればこんなに不安になるなんて)

歩きながら薬指と中指に嵌められているレオンの指輪にそっと触れる。

ポケットではヴァイス伯爵から贈られたシンプルな銀の指輪が揺れている。

この城に暮らしながら、ヴァイス伯爵の指輪を嵌めるのは抵抗がある。父の勧める申し分のない結婚相手。二人ともに心惹かれているなんて、ふしだらすぎる。

食堂に入れば、長テーブルのもっとも奥の主人の席に着くことになる。ボーイに椅子を引かれて座ると、すぐに銀のサービストレーが運ばれてきて、ルティアの前の何重にも重ねられている美しい陶器の皿に赤カブで染まった美しい色のスープが注がれる。そしてサラダと美しい緑のアスパラガス。舌ビラメのクリームソースがけ。牛肉のトマトソース煮込みのパイ包み。ほうっとするような温かでいい香りの食事が並ぶ。

「広い食堂だよね」

着替えを済ませてきたレオンが席に案内されながら呟く。

「こんなに広い食堂で一人きりで食事をしていたの？」

「ええ……そうね」

今は二人のグラスにワインが注がれて、二人のナプキンが崩される。食器に注がれるスープの湯気が二つ。

それを一瞥してルティアは妙に気持ちが落ちつくのを感じている。

この城でルティアが一人で暮らすには不安が多すぎる。四十人もの席を作れる大食堂で一人きりで食事をするのも辛く、本当はルイが亡くなって喪中には自分の部屋に運んでもらって食事をしていた。だから、この大食堂を使うのは、実はまだたった二回目だということも、レオンには内緒にしておく。

ボーイが、最後のデザートにと色とりどりのマカロンを銀の薔薇の型押し皿に載せて差しだしてくる。レオンはそれには手を出さずに、席を立ち上がると、ルティアの傍らにやってきて、手を摑んだ。

「じゃあ、部屋に行って、この美味しいマカロンはそこで食べよう」

食後のコーヒーを一気に飲み干すと、レオンは書類を手にしてルティアの腕をとり、いそいそと廊下に出て大股に歩きだす。

「レオン……様」

ルティアは手を引かれるままなりながら、レオンの躍動するような背中と、彼の速度で靡く金色の髪を見つめている。

彼の手でひらかれる自分の寝室の扉。

彼に引かれて中に入って、背後で閉じられる扉。

琥珀色のランプの元で繋がれている二人の手を見つめて、ルティアは一人で緊張している。

このままベッドに突き倒されるかも知れない。

「さあ、これにちゃんと目を通しておいて」

自分の寝室に彼と共に入ることにルティアは動揺しているのにレオンはまるで自室のようにくつろぎ、ソファに座ったかと思うと、その膝の上にルティアを引き寄せる。

「きゃ」

「『きゃっ』てそんなに可愛い声を出されたら、たまらないな。ねえベッドのほうがいい？」

ルティアはふるふるっと首を横に振る。

レオンが、また自分に必要以上にスキンシップを謀ってくるかも知れないと予感できたから。でもそれを心のどこかで期待している自分もいる。

（だめ……。私、彼の義母なのだから。父はヴァイス伯爵様と結婚させようとしてるのに……この城にヴァイス伯爵も逗留するのに……）

ルティアの葛藤をよそに、レオンはテーブルを傍らに書類を山積みにし、目を通し、まじめな顔でペンを走らせている。

「ねえ……もう下ろして……」

ルティアはずっと彼の膝の上にかかえられていることに耐えられなくなってそう言う。彼の膝の温もりが伝わってくるのが、むずむずとした不穏をもたらしてくるせいだ。

「——レオン様……ねえ、レオン……」

「ああ、何？」

書類から目を放さないまま、彼の手だけが、ルティアの呼びかけに応えるようにぎゅっと腰を強く摑んでくる。

「レオン様ったら。くすぐったい……」

彼が自分をみればすぐよけいなちょっかいを出してくると思っていたのは大きな間違いだったらしい。

少し自意識過剰な自分をルティアは恥じた。

それと同時に、レオンが若さに乗じてすぐに女性を抱くことだけを考えている性にふしだらな男ではないこともわかって、なんだか真剣な横顔に今まで以上に好感を抱いている。

すっとした鼻梁。向こうの睫の先が、ランプの明かりを跳ね返すほどキラキラと輝いていて、ときおりペンの後で前髪を掻きあげるときに覗く額は、賢そうに鼻梁が張っている。ルイと似ているけれど、ルイより素敵だ。そんなことを思ってしまう自分にとまどいを覚えている。

「レオン様……」

「何？」

自分の指に嵌っているこのガーシュ公の紋章の指輪《シールリング》。この指輪が本物だったら間違いなく彼はルイの息子だ。

疑うなんておかしなことのはずなのに。

「女性の美術家を呼んだって聞いたわ」

「そう。美人のね。隣の国のとても目利きの人物だ。だから、仕方なく頼んだ」

「仕方なく？」

「本当は嫌いなんだ。向こうは俺のことがずっと気になっていたようだけど。ルティアのため、ルイのために彼女に手伝ってもらうことにした。仕事を早く片付けたいし」

「美人なの」

「やだなあ、嫉妬か？　いや、ルティアの嫉妬は大歓迎だけどね」

彼はルティアを抱きしめて、そしてかかえ上げると向こうにカーテンを開けて待っているベッドの上に放り出した。

「もう、嫉妬なんかじゃないわ。会ってもいない女性にどうして私が？　ね、髪が乱れるわ」

ルティアは長くうねる髪を気にしてレオンを睨む。

「乱れるのは……髪だけ？　もっとここもかここも……乱れて欲しいな」

レオンはそう言いながら口づけし、手はルティアのドレスの裾を大きく捲り上げている。

彼のまだ傷の見える指先が白い肌を這いながらやがて太股の中に潜り込んでくると、ルティアはびくんと花芯が震えるのを感じてしまう。

「あぁ……ん！」

ルティアは喘いだ。

「ここで抱いてあげる。ルティアの望むまで、ずっと」

「そんな。レオン。あなたはここで書類を……」

「うん。今夜のノルマはもう果たしたから、これからは夜のノルマを果たそうと思っている」

彼はルティアの髪を撫でながら、その身体の上にのしかかってくる。そして口づけを耳朶に落としながら片手で胸を撫で、もう片手で、太股のドレスを捲り上げて脚の付け根に探り入れてくる。

「あ……んっぅ」

柔らかな胸に手を乗せて包み込むようにしながらゆっくりと先端を転がしてくる。

脚の間に忍び込ませた指先は、ルティアの秘密の双葉を押し開いていく。

そして中の淫芽をさがすと小さく捻りそして爪の先で擽りつけていじめてきた。

「あ……やぁ……ん！」

「気持ちよいだろ？　俺にはわかる、ルティアの気持ちいいところ。ここか……ここかここだ」

「ひゃぅん！」

「やっぱりここ、すごく感じるんだね。こことここを一度に揉んだらどうなるんだろう」

レオンはルティアの乳首をつまみながら、もう片手で脚をはしたないほど開かせて、その雌芯をつまみ擦りつけている。

「あ……」

蜜がとろりと奥の壺から溢れ出して、ただでさえ濡れている秘裂の中を満たしていく。開かされているその秘裂から透明で粘り気のある蜜が流れ出して、ルティアの秘所をねっとりと濡らしていく。

レオンはそれを指先で広げ、肌に塗り込めるようにしてルティアの秘所を愛撫している。

「あ……」

乳首を唇に咥えながら、白い肌も大きく吸い上げ、口腔に収めると舌先で柔らかな肌を舐め、そして下から駆け上がるように桃色の乳輪をくるりと舐めあげていく。

ルティアはもっとも感じる乳首を吸われて、のけぞるように背筋を引きつらせて喘ぐ。

「あ……んぅ」

乳首を舐められ、一度大きく膨らみを吸われながら、ゆるりと先端へ流れていく舌。広げられた舌が白い膨らみを舐め、そうして尖った先に移るたびに次第に濡れた赤い舌も尖らせられて、乳首の先端をちゅっと絞られると、びくびくっと震えが走る。

片方の乳房を一本一本の指先で捏ねられるように揉まれながら、もう片方の乳房を彼の口腔で弄ばれていく。濡れた熱い感触が彼の口の中で起きてはもう片方の乳房には強くねじ込まれる指先を感じて、ルティアはそれぞれの刺激に身体がおかしくなりそうだ。

「乳首が……一番反応いいね」

レオンは冷静にルティアの喉の動きを見つめて、嬉しそうに言う。そうしてルティアの乳房を舐め、片手で濡れた蜜口の中に指を蠢かせ、蜜がシーツを濡らすほど溢れさせれば、彼は自らの下肢を探るようにして細かな金のボタンを外して中から逞しい雄を取りだしている。

「あ……」

愛撫に感応しているルティアの濡れた双葉の中に突きつけられる熱い欲望。

それは蕾の狭い入り口を穿って打ち付けられれば、先端を意外なほどするりと受け入れ、そして中の熱い媚肉で包み込む。

彼の哮る雄が亀頭を突き込まれた熱でいっそう固くそそり立つ。媚肉を押し広げ、中の膣道を進むそれはルティアの様々な官能を呼び覚ます。

「ルティア……俺を受け入れて……」

乳房を口に含みながら、彼が囁けば、その舌の動きがまた乳首を擽り、ルティアの背筋をびくびくと蠢かす。

「あ……ぅッ」

彼の手が乳房から離れて、太股の片方を大きく掲げあげ、不安定な姿勢をとらせる。

濡れた淫唇が大きく開かされ、その蕾に潜り込む雄塊がいっそうぐりっと大きくはめ込まれていく。

「あ……あん！」

亀頭の先がルティアの膣道の中を何度も穿ち、そして彼の腰がリズミカルに押し進める。

「ああ……ルティア……」

熟れた淫唇が彼の肉宝を打ち付けられて、静まりかえった深夜の寝室に濡れた音が響き渡る。彼の肌を滑る指先を感じながら、ルティアの下肢は丸め込まれて彼の背中にその脚が回されていく。

彼の引く棒を肉襞に押し込められながら、突かれるその内壁が、変わるたびにルティアの中がぞくぞくと淫らな快楽を垂れ流していく。

肌の外から膣の奥から彼の愛撫に濡れていく身体。

ルティアは乳房を揺らしながら、抽挿をくり返す彼の雄を受け入れている。

「ルティア……嬉しい……俺の……ただ一人のルティア……」

レオンの青年の強くて深い挿入で、ルティアの濡れた秘所からは粟立つような水音が立ち、濡れた肌と肌が打ち付ける音も、寝室に怪しく響く。

「ルティア……ここはどう？」

レオンが恥部のあたりを指先でなぞりながら肉径の穿たれている周囲の襞をゆっくりと撫でる。ぎりぎりの爪先で肉径を受け入れている襞の重なりと雌芯を掠めると、ルティアの膣道内がきゅんと締まる。

「フフ、気持ちいいんだ。俺もすごくいい……ルティアに愛されてるってわかるよ」

彼の吐息に混じった低い声で甘い言葉を囁かれると、ルティアの肌は燃え立ち、そしていつしかレオンの背中に指を這わせて、指先が彼の肉にくい込むほど感じている。

淫唇で咥え込んでいるレオンの肉径が、より膨れあがっていく。

彼の逞しい筋肉の浮き出る腕に包み込まれて、ルティアは喘ぐ。

中をいっそう深く、固く勃起したもので突かれると、ルティアの汗のにじみ出す背中も髪も上下に擦り上げられていく。

レオンと肌がふれあい、重なり合っている部分が、熱く蕩けるようになっていけば、喘ぎを漏らす唇からもねっとりと唾液が滴り落ちてくる。

「ああ、もったいないよ……」

腰を上下に揺らしながらレオンはときおりルティアの唇を舐め、そして唾液を混じらせるように舌先を挿入してきては、ルティアの舌に絡ませてくる。

ねっとりとした粘膜の絡み合いの心地よさ。胸がときめき、膣道が締まればレオンはそれを舌先でも感じさせてくる。

官能の小さな呻きにルティアの中は迫り立てられて膣口が下がってくるのさえ感じている。折り曲げられたしなやかな肢体にのしかかってくる男の身体と押さえつけてくる強い指。乳房に掠めてくる筋肉の浮き立つ腕の拘束力に、ルティアは人知れず燃えあがっている。

レオンの腰の振りが強くなればなるほど、髪を振り乱して喉をのけぞらせる。

「うう……ん！　あ……ぅッ、あん！」

「もっと奥を突くよ、そら！　どう。ああ、酷く蜜が溢れてくるよ。ルティア……貞淑な未亡人のはずなのに……恥ずかしい身体だな」

囁きは甘くて淫ら。そう、自分はわずか一日の結婚生活とはいえ、りっぱな未亡人だ。なのにその主の息子とこんなに激しくむつみ合っているなんて。

白い太股を彼の宝嚢を伝って流れ落ちてくる蜜の感触がこそばゆく、そして胸をざわめかせる。

彼を男として求めている蜜。その蜜がこれほど溢れだしているのは自分が淫らだからだろうか。それとも普通の女性としての反応だろうか。

「レオン……さ……ま」

ルティアは喘ぐが、その声は欲望に激しい息づかいを見せている彼には届いていないようだ。いっそう中の雄を固く張りつめて、ルティアの熱い蜜で満たされている子宮口を突き上げている。

「あ……んっぅ！　は……」

ルティアもそれ以上戒めの言葉を口にすることはできなかった。熱い吐息で体中を満たされ、突き上げてくる雄塊で煩悩以外のまともな思考はすべて突き出され、押し流されていく。

「ルティア……俺を愛して……俺だけを……愛せ……！」

彼の腰の動きがいっそう激しくなった。分厚いベッドがギシギシときしみ、天蓋からなだらかに落ちるカーテンさえ揺れている。

ルティアは、その激しい揺れに自分も身をゆだね、頭の中を空っぽにしながら、彼の熱い飛沫が体内に放出されるのを感じていた。

「ああ……あぁ……ッ、レオ…ン……ッ！」

「うぅ……ッ」

ぐぐっとレオンの背がしなり、腰が、股間がルティアの身体に溶け込んでしまわんばかりに押し付けられる。

二人の熱が同じになって、もっとも激しい音を立てながらベッドの上に倒れ込む。

そしてしばらくはただ荒い吐息だけが室内に溢れていた。暗い室内に唯一灯るランプの明かりも次第に弱く小さくなって闇と共に崩れ落ちていく。ちりちりと輝く汗も静かに闇に消えていった。

（レオン……レオン……）

荒い吐息を感じながら真っ白になっていた。

（ダメなのに……どうしてこんな……ことを続けてしまうの……）

寂しいから？　ルイに似ているから？　レオンのことが好きだから。

レオンが部屋から出て行ったのが感じられた。

「仕事をしてくるから……君はゆっくりここでお休み……」

そういったのが聞こえた気がした。

ゆるりと熱を吐き出しながらルティアは汗と精液で濡れた太股を擦り合わせる。

もっと欲しかった。もっと抱かれていたかった。そんなことを考えることだけでもいけないことなのに。

（レオン……レオン……もっと……して……）

もうろうとした意識の中で、自分の指先で唇を触れる。そして濡らした指先で喉を滑らせ、乳房を握る。少しだけ感じて、びくっと花芯が蠢くのがわかる。

（私……もうこんな身体になって……ヴァイス様に知られたら……嫌われる。それとも……その方がいいのかしら……）

そうしたら、悩まなくて済む。二人の求婚者はルティアには重荷過ぎる。

「――ルティア……ルティア……嬢……」

ただ、異性に名前を呼ばれるだけでも嬉しかった。口づけをされるのも好き。それが親しみを込めた愛撫だったらもっと嬉しい。

そして髪を優しく梳いてくれている手を感じるのもとても好きだ。耳朶を、そして頬を撫でてくる指先が疼くほど気持ちよくてルティアは無意識にその手を掴んだ。

「レオン……様……だ……め……」

気持ちいいからこそ、拒まなくては。ルティアはそこに伸ばされた指先を掴み、けだるい瞼を微かに開く。

男性の白いドレスシャツの袖口が見える。たっぷりとした上質のシルクのシャツ。手首を覆う白いフリル。

「レオン……ダメだって……言ったのに……」

「では、私ならかまわないでしょう？　ルティア嬢」

声がレオンとは違っていた。

ルティアはまだぼうっとしているまなこを緩やかに見開いて、ベッド脇にいる黒髪の人物を確認し、はっとして身を起こした。

「ヴァイス様？」

「ええ。よかった。私を見てもレオン君と間違われたらどうしようかと思いましたよ」

彼はルティアの手を取ると自らの唇を寄せてちゅっと、音を立てて口づける。

「あ……あの、どうしてここに？」

「父上から再度戴きましたよ。結婚許可証。そう告げたら、フェン執事がルティア嬢の寝室に案内してくれたのですよ。私はもうこの城の執事に認められたのだと、とても嬉しい気持ちです」

ヴァイス伯爵は、そう言う通り頬に緩めた笑みを浮かべて声も心なしか昂揚している。

「あ……そうでしたか……申し訳ありません。私……寝ぼうしてしまったのですね」

ルティアは身体に毛布を巻き付けて、改めて窓を見つめる。厚い花柄の織物生地のカーテンもまだ閉められたままで、隙間から白い光が糸のように射し込んでいる。

「今何時でしょう」

「そうですね。もうじきお昼です。だからこそ、フェン執事も私をここに通してもよいとおもわれたのでしょうね」

ヴァイス伯爵が微笑みながら、カーテンを開くと、明るい陽射しが部屋の中を照らしてくる。

「あの……着替えますね」

冷静になれば、夕べはレオンと抱き合ったまま眠ってしまったのだから、今ルティアは裸のはずだ。しかも蜜や精液で濡れているままの可能性がとても高い。

それに気づいてルティアはよけいしっかりと身に毛布を纏わせ、天蓋の下のカーテンの奥に身を寄せる。

「どうかしましたか？」

「私、着替えますので、お部屋……隣の控え室にてお待ちいただけますか？」

ヴァイスはリボンを手にして差しだしてくる。

「こちらを是非身につけていただきたい。贈り物です」

「まあ……」

リボンの先には大変豪華なドレスと宝石の嵌め込まれたヘッドドレス、そしてそれに似合う靴が置かれている。

「レオン君に負けてはいられませんからね。それにあなたを社交界に連れ出すために必要なものはすべてこの私に用意させてください」

「あの、でもそんな、申し訳ないです……」

「好意として受け取ってください。さあ、ぐずぐずしていると私がその夜着を脱がせてしまいますよ」

冗談かと思いきや、実際彼はカーテンを捲り上げてルティアのほうに手を伸ばしてくる。

ルティアは慌ててナイトテーブルの上のメイドを呼ぶベルを鳴らしたがヴァイスは引き下がろうとしない。

「着替えを手伝うのも婚約者の勤めです。お手伝いさせてください。未来の花嫁。レオン君なら……このまま手伝わせるのでしょう？」

ふいに歪められた妖しい瞳。含みのある声。

「どうして……ですか？　なぜそのようなことを？」

「レオン君、このベッドにいたのでしょう？」

乱れているシーツを毛布で覆い隠そうとしたが彼にはお見通しのようだ。

「わかりますよ。彼はとても人なつこそうだ。人恋しい目をしています。私も見習った方がいいのでしょう。こんな風に……」

彼はそっとルティアの頬に指先を滑らせてくる。白い手袋の指先が頬を撫でると、素手とはまた別の感触が触りと肌の下を微震させてくる。なんだろう。どうして頬をなでられただけで、こんなに何かのよからぬ予感を覚えてしまうのか。

「ルティア嬢。この私を哀れと思うなら、唇をお与えください、そしてこの肌をすべて……」

そう言って彼はゆっくりと目を瞑る。

ルティアは逡巡したが、そっと顔を近づけて、彼の頬に口づける。

艶やかな黒髪が撫であげられているから、その整髪料の香りだろうか。微かに草原のような香りがした。

そうして頬から唇を放そうとした途端、彼の長い指が顎を捕らえてきてそうして今度は彼の唇がルティアの唇を覆う。

「ぅぅう……ん」

彼の口づけはおおらかで包み込むようにゆったりとしている。合わせられて体温が伝わってきて、そうしてやがて伸びてきた舌がルティアの唇の隙間を押し広げ、粘膜の中に潜り込んでくる。

舌先はさらに奥まで忍び込むとルティアの戸惑う舌を舐め、そうして搦められれば粘膜が蕩けるように燃え上がり、奥から唾液がとめどなく滴ってくる。

彼の舌が中で遊ぶたび、ぴちゃぴちゃと淫らな音が響く。

こくんと、つゆを飲み込んだルティアをヴァイスは嬉しそうに微笑んで、唇を放した。

「ルティア嬢……受け入れてくれたのですね。とても嬉しいですよ」

ルティアは思いも寄らない行為に動揺し、ヴァイス伯爵の顔をただ漠然と見つめている。

「ルティア嬢が私を受け入れてくださるなら、もう怖いものはない。我が花嫁！」

彼はおもむろにルティアをかかえ上げるとそのままバスルームへと行き、白い陶器のバスタブの中にルティアを下ろした。

シャボンと湯をたっぷりと張ったバスタブの中にルティアは恥ずかしそうに身を浸すしかない。目をギュッと瞑って、泡の中に唇まで隠しながらヴァイス伯爵に身を任せる。

体を洗ってもらい終わると、肌から真珠色の水滴を拭ってもらう。

そして下着を着けながらも、ヴァイス伯爵はルティアの真珠のような肌に下を這わせ、シャボンの香りのする肌をきゅっと強く吸い上げては水滴を唇に含んでいった。

舐め上げられる乳房も、乳首も、朝露に輝く薔薇のように染まっていく。

「身体に……あとは……」

「ええ、もちろん残しますよ、レオン君に見せびらかしてやらなくては」

「そんな！」

「冗談です。大丈夫。彼の前でドレスを脱がなければわかりませんから」

肌を縫うように彼の口づけは落とされ、ねっとりとした厚い舌が広げられては水滴を掬っていく。ドレスから覗く肌には口づけのあとは残らないようにしているらしい。それでもルティアは罪悪感で一杯だった。部屋に現れたマリーの視線すら避けるように俯いてしまう。

「本日お着替えのドレスは、こちらでよろしいでしょうか？」

ヴァイスの贈ってくれた桃色の蔓薔薇の散る空色のドレスは、ふんわりとしてボリュームがありとても豪華なもの。ルティアはこの城に来てからすぐ、喪服に身を包むことになっていたから着るような機会に恵まれなかった。ルイの喪に服していたそのあとすぐ、求婚者から贈られたそのドレスを着るのは勇気がいる。

「お食事はヴァイス様もご一緒に？」

鏡の中のルティアは豪華な絹織物を次々着せつけられていき、喪服に慣れていた未亡人から社交界にデビューしたての可憐な乙女のようになっている。

「美しすぎますよ。ルティア嬢。あなたが花嫁衣装を纏って我が妻になってくだされば私はその場で天に昇っても後悔はありません」

「私は、未亡人です。ヴァイス様はまだいくらでも若い未婚の令嬢を奥様にもらえますわ」

ルティアはあまりに褒めちぎられて、居心地が悪いほどだ。

「あなたであれば未亡人でも、魔女でもいいのです……」

彼が立ち上がってルティアの背後に寄り添うと、濃紺の彼の上着とベージュのズボン、そして黒のブーツという配色は限りなく地味な大柄な男性の前に咲く可憐な乙女がいっそう引き立って、しかも赤みがかった黄金の髪がひまわりのように輝いて見える。

「謙遜ですよ。ルティア嬢。父上がずっとあなたを城にしまっていた訳がよくわかります」

ルイと同じくらいの背丈。同じ年の男性にある包容力。落ちつきのある声。そんなものは確かにルティアの心を落ち着かせる。でもきっと、それはルイを亡くして喪失感を抱いているときに現れて優しくしてくれている殿方だから。レオンもそういう自分の喪失感を埋めてくれる人だったから、つい身体を許してしまっているだけ。しかもずっと孤独だった彼は優しくしてくれる女性を求めているようだから。

「早くあなたと舞踏会に赴きたい。お茶会も開きましょう。そして読書会や詩の会、夜会や……ポーカーの会はいかがです？　狐狩りのイベントが、無事に我が勝利に終わってからのことになりますが」

「ええ。あまり華やかなことは苦手なのです……トランプくらいしかできませんし」

ヴァイスは薄い空色の瞳で柔らかく微笑む。

「あなたのそういう可愛らしいところが好きですよ」

ヴァイスはせっかくルティアがほどいた手をまた巻き付けてきて、ルティアの動きを拘束している。

柔らかでいて強い抱擁。大人のやり口。

ルイが生きていて新婚生活を送っていたらこんな風にいつも抱きすくめられていたかも知れない。がっしりとした力のある腕は、やはり軍隊で鍛えられたものだろう。

その逞しい腕に身を任せられればどれだけ楽だろう。何も考えずにこのまま彼の城に行き彼の花嫁になってしまえば、父親も大満足するだろう。

(でも私にはレオン様が……)

「美しい。ドレスもヘッドドレスも似合ってよかった」

「ありがとうございます。このように贈り物を戴いて」

「私にその纏った姿を見せてくれればそれだけで私にとっての贈り物ですよ」

レオンのように、『着せたドレスは脱がす楽しみのためでもある』なんてすかしたことを男前の顔を突きつけて言ってきたりはしないだろう。

彼は、見守るように頭上から見下ろして、ルティアの顔を仰向けるのが好きなようだ。

ルティアは微かに唇を開いてその口づけを受け入れる。

(彼でいいのよ……お父様が認めている方だもの……)

「そういえば……隣国にいる親友に今レオン君のことを訊いているのですが、不思議なことに彼の名前を友人は聞いたことがないらしいのですよ」

「え？」

「他にも怪しいことがあるのです。街ではこの城で深夜に仕事のできる美術品に詳しいものを高貴な方が探していると言う噂があるのです。そのせいかこの城には急にレオン君の知り合いと称するものたちが出入りし、馬車を裏門に止めているとか。そうなのですか？」

ヴァイスは美しく着飾ったルティアの姿を鏡に映しながら、鏡の中に話しかける。

「わかりません。設計技師の方も来ていますし、女性の美術家も見えたそうですけれど」

ヴァイスが指摘したことはルティアの胸を騒がせる。

「レオン様に直接尋ねればきっと疑いが晴れるかと思いますから……」

「果たして事実を彼が話すでしょうか？　そもそも隣国に彼の伯爵家はあるのでしょうか」

含みのある言葉を織り交ぜながら、ヴァイス伯爵はルティアを見つめた。

「本当に彼はガーシュ公の息子ですか。母親までいないなど偶然にしては……」

ヴァイスの言葉が最後まで告げられるより先に冷ややかな声が遮る。

「油断も隙もないな。ルティアの寝室に入り込んでいるとは。俺の宝物に何をしているのかな？」

鏡の中にいつの間にかもう一つの人影が映り込んでいた。戸口にもたれかかるようにしてヴァイス伯爵を睨んでいるのは菫色の瞳。レオンだ。

「あ……」

ルティアはその鋭い瞳に鏡が割れるのではないかと思ったほどで、身を震わせた。

「噂をすれば影だね。レオン君」

対峙すれば微かにヴァイス伯爵のほうが背が高い。そしてさすが倍近い年齢差のせいもあり、ヴァイス伯爵は軍人で鍛え上げられたと言うこともあり、全身がしっかりと締まったものだと言うことは服の上からもわかる。ヴァイス伯爵の衣装はコートを脱げばやはり地味な色合いのものとはいえ金色紋章やモールに彩られた軍服だ。

「遅いお帰りだね。それとも早いお帰りだったのかな？」

レオンもヴァイス伯爵に負けじと皮肉を口にする。

「あ、あの……こんなところではなんですから、食事にいたしましょう」

ルティアは、その二人の次第に暗黒の押し寄せている状況を危惧してそう声を上げた。

「そうですね。不毛な毒舌であなたを煩わせるのは本意ではないですからね。ルティア嬢」

彼はルティアの手を取り、舞踏会にでもエスコートするように廊下に出ようとする。

「待て。ヴァイス！　伯爵」

「何かな？」

突然力一杯、ルティアの引かれる手を掴み、ヴァイス伯爵の腕をも掴んで振り向かせたレオンに、ヴァイス伯爵は動じずただ冷静な眼差しで振り向く。

「俺も一緒に食事をするぞ。俺はルイの息子でこの城の主人なのだから」

レオンはいっそう背筋を伸ばし、この城の主だと主張しているようだ。

ヴァイスはその様子に気づいているだろうが、いたって平静な面持ちで頷いた。

「――まあ、今はまだあなたはルティア嬢の義理の息子でもあるのですから」

「ええ。俺もあくまであなたを客人として食事に同席を許可します」

閑静な城の廊下で、不似合いな激しい火花が散るのが、ルティアにもはっきりと見えた。

熱い戦いは、広く壮麗な食堂でも続いている。彼等はそれぞれルティアの隣と前に座して、静かに食事を進めている。

その静けさには、ひそかに漂う男同士の女性を取り合う思念が潜んでいるのだけれど。

メインの洋肉を平らげたあとに、ヴァイス伯爵がナプキンで上品に口を拭いながら言った。

「我らのために、弁護士に早くすべて綺麗にしてもらった方がよいでしょうね」

「あの、一度来ていただいていたのですが、レオン様が……病気のために帰っていただいていたようで」

「病気？」

「そう、フフ。意外と病弱なんだな。これが」

口直しの赤ワインを、音も立てず戴きながらレオンは口の端を引き上げ、前に座るヴァイスを見上げる。

わざとらしく優雅にナプキンで口を拭うと、「デザートは何がいいかな？　ヴァイス伯爵」そう、この城の主であるかのように尋ねる。

あくまで客人《よそもの》扱いを強調したいらしい。

「いつも三種類ほど作らせているんだ。今日は、ルティアの好きなババロアとクレームブリュレ、そしてショコラケーキの生クリーム添えだ。ちなみにルティアは何を？」

「全部……いただくわ」

ルティアは前に座る二人の男性を前にして、少々照れながら居心地悪く視線を落とす。

ここにきて、いつもデザートは一種類だったけれど、レオンが一緒に食べるときには常に三種類のデザートが出てくるのは、料理長やパティシエが気を利かせているのかと思っていた。でもそれがルティアの好きなものをレオンが指定して作らせていたのだと知って、なんだか嬉しいような、恥ずかしいような複雑な気持ちだ。

「そうですか。ルティア嬢が好きなものなのでしたら、では私も全部」

ヴァイス伯爵は、ほほえましいという視線を向けて笑む。

「それならば、当然俺も全部だ。頼む」

ボーイは銀のワゴンから、銀のトレーのカバーを外して、中からレードルで取り分けながらそれぞれの前にサービスする。

「どう？　ルティア。美味しいかな？」

「美味しいわ。とっても」

レオンのよい返事を迫るような菫色の瞳は、その戸惑いがちな答えでもキラキラ輝く。

本当に、子犬のように素直で、そして感情がはっきりとわかりやすい青年だ。こんな青年なら義理の息子であっても、そうでなくても、いっそう大事にしてやりたい。

でもヴァイスはレオンの言葉に張り合うように言葉を続ける。

「この城の料理人は腕が立ちますね。これでしたらすぐにもこの城で昼食会や夜会を開いて、あなたを社交界デビューさせなくては。まあ、私の城で行ってもいいのですが」

「あなたがここですることは、狐狩りでこの俺に敗北し、負け犬のようにすごすご退却することですよ。ヴァイス伯爵。日取りはもう来週に決めました。めぼしい貴族には招待状も送ったので、敗北の日のために、もう少し謙虚な言葉遣いを学んでおいてはどうですか？　あなたのその口の利き方では親しいという王女様もいらっしゃらないのでは？」

ルティアは二人の張り合いに根負けして、ナプキンで口元を拭うと席を立つ。

「あの、私、いろいろと書類を見なくてはいけませんから」

「そうですか。では私もお手伝いを……」

「俺が手伝うからいいんだ。俺とルティアの問題ですから」

「レオン……様」

ふいにレオンがルティアの手を掴み寄せ、腰を奪うと唇に唇を押し付けてきた。彼の舌が即座にルティアの唇を舐めると、無意識にルティアの甘い唇は隙間を開く。

舌が潜り込めば、歯径をまさぐり、官能を溢れさせてくるのはレオンにとっては容易のようだった。あっさりと舌を奪い絡め取ると、今さっきまで食していたショコラの甘さをかき混ぜて、奪いとる。唾液で甘く蕩かせると、糸を引かせながら、ゆっくりと唇を放した。

すべてヴァイス伯爵の目の前で行われたつかの間の艶技。

ヴァイスは、唖然としているのか無言で二人のただならぬ濃厚な口づけを見つめている。

「あ……」

「ルティアは俺のものなんだ。遠慮して早く出て行ってくれるかな？　ヴァイス伯爵」

レオンはさらにとどめを刺すような言葉を向ける。

「なんですって？　ダメよ。そんなこと……」

「さあ、俺の中においで、ルティア。もう偽るのはやめだ」

レオンがしょうがないなというように表情を緩めて、改めて強くルティアを抱き寄せる。

「偽るって？　何も偽ってなんて……」

ルティアはレオンが何を言い出したのかわからずにとまどいを浮かべたが、レオンは平然として艶笑する。

「偽っているだろう？　俺たちがただの義理の親子じゃなく指輪を交換し合った恋人同士だってこと、この伯爵に教えておかなくては。もっと出しゃばられてしまう」

「レオン……！　あなたなんてこと……」

ルティアは青い眼を丸くして叫ぶ。叫んだつもりだったが、予想以上にレオンの発言が衝撃的だったために、声が掠れて音にならない。

ぱくぱくと魚が喘ぐようにルティアはレオンを見て、そしてヴァイスを見る。

レオンはそんなルティアを連れ立って、手を引いて階上に行くと部屋に入り戸を閉める。

「レオン様！　どうしてあんなことを？」

あれよあれよということだったから、ルティアは発言の機会を逸していたが、部屋に入ればレオンはもうルティアの手を放し、机のほうに向かっている。

「しつこいからさ。あいつにルティアをやるわけにいかない。ルティアはこのガーシュ公爵家の娘だ。花嫁だ。そうだろう？　離縁されたわけじゃない」

「そうだけれど、でもだからといって、レオン様と私が……恋人同士になったなんて嘘をヴァイス伯爵様に言うなんてどうかしてるわ。それにあのキス……」

「あれでわからなかったら、ヴァイス伯爵も耄碌しているってことだな」

「レオン様。早く誤解をとかなくては」

「俺への遺言があったって言っただろ。『万が一我が身に何らかの事故があり、不慮の事態になって帰らぬことになったときには、今捜している一人息子のレオンに継がせる。大事な花嫁、ルティアを彼に託すと、ここに記す』ってルイが俺に手紙を残してる」

「うそ……よ」

「嘘なものか。ほら、これを見つけた。ルイの遺言状」

ルイが使っていた見覚えのある若草色のレターペーパーだ。そしてレオンに渡されたそれを開くと、確かに今彼が言った内容が書かれている。

ルティアは唖然とした。

「これ……本物？」

「そう。そこにサインがされて、封筒にはシールリングも押されていた。俺と結婚しないとルティアには遺産相続はないそうだよ。それって、ルティアの父上にも当てが外れたことになってショックは大きいんじゃないかな？　ヴァイスもだ。ルティアの遺産をあてにしていてあんな風にしつこいんだろ」

ルティアはどぎまぎした。

ルティアの父が守銭奴なのは宮廷の貴族たちの中では知れ渡っているだろう。だからこそ、ルティアを二十三歳まで外にも滅多に出さず、自分が選りすぐった男を綿密に調べ上げて、財産や城の所有数まで調べあげて、一人娘を嫁に出した。年齢が四十代でもかまわずに。

「王宮ではうわさになるほどルティアの父上は金に汚いそうだよね。ルティアのような欲のない娘が、あの父親から生まれたなんて驚きだね」

事実ではあったものの、レオンの言葉は過ぎている。

「それ以上の侮辱は許せません。あなただって、この城でルイのあとを継ぐつもりなら王宮で勤務し、ヴァイス伯爵様のように功績を認められている方に後ろ盾になっていただかなくてはいけない立場でしょう？　この国に住むのなら、ちゃんと王宮にご挨拶に行かなくては。こちらの王陛下や王妃様にご挨拶に行ってはないのでしょう？」

「ないよ。ずっと外国にいたって言ったじゃないか。そうだ。じゃあ、明日にでも一緒に王宮に行って、王陛下にご挨拶しよう！」

ルティアは、レオンの破天荒な行動に苦言を呈したつもりだったが、レオンは逆に叱られたことに感激して、ルティアに正面から抱きついている。

「ちょっと待って……レオン様！」

「ルティア。二人で王宮に行って、そこで二人でガーシュ公爵家を継ぐと宣言しよう」

「待って……それは……待って」

「どうして？　まさか、ヴァイス伯爵と結婚する気じゃないよね？　父上の言いつけ通り彼と結婚したら後悔することになるよ」

レオンはルティアの身体を抱きしめて、そして服を脱がしていく。

「何を……」

「何って、俺が一生懸命ルティアの代わりに書類を整理し、印鑑を押しているときにヴァイス伯爵に何かされていないか確かめるんだよ。ルティアだってこのガーシュ公爵家の宝物の一つだと俺は思っているからね」

いいながらもレオンの指先は巧みにルティアのドレスを下ろし、腰にたまった上衣のシフォンとフリルであふれかえっているような身体を机上に押し倒す。

そこにも積まれていた書類がばさりと落ちて、磨かれた床に散らばってしまう。

「あ……」

「気にしないで。気にしたら……もっと酷くするよ？」

「レオン……」

「寝ずに君のためにこの書類を探してた。亡きルイのためにも君は遺言状の通りにする義務がある。そう結婚の誓約書に書かれていたのにサインしたよね？」

彼はルティアを押し倒して、仰向けにしたまま、机の引き出しを開けてその一番上にあった革の紙挟みの中から一枚の証明書を取り出してルティアの目の前にかざす。

それは確かにルイとこの城の聖堂で神父の前でかわした結婚証明書だった。

「ルイ・ド・ガーシュ公爵の妻となるルティア嬢はガーシュ公爵の任をそのまま受け従うことを誓う。ガーシュ公爵に生涯尽くし、そしてガーシュ公爵家を継ぐものとしてその責務を全うするものとする』そう書いてある誓約書にサインがしてある。これはルティアのだよね？」

彼が言うとおり、その文面は読み上げられた気がする。サインもした気がする。緊張していたし、まさかこんな日が自分にくると思っていなかったから舞い上がっていて、求められるままにサインをした。

「ねえ？　そして俺にはたった一人の息子。『この公爵家を継ぎ、この城を主城として守るべし』と書かれている。俺はこれにサインをした。弁護士が来たらこれを渡して正式な書類として認めさせる。国王にもそうご挨拶に行く。だからルティアも覚悟をして」

「でも……だめよ……」

「ここは……ダメだって言ってないよ……」

レオンはルティアの脚を開かせて、その間に指先を滑らせる。

そうして白い肌になじませるように何度も上下にさすりながらいつしかルティアのドロワースの隙間に指先を忍ばせた。

「あ……」

びくんと、ルティアの脚が震える。

「フフ、俺が君の身体の手ほどきをしたんだよ。感度がとてもよくなったね。もうこんなに蕩けてるの？」

レオンは自分も机の上に身を乗せると、あっという間にルティアの身体を開かせて肩の上に下肢をすべて背負いあげてしまう。

「きゃ……」

スカートのすべてが捲り上げられて腰の周りに花のように固まってくしゅくしゅになっているそのドレスを、彼が引き裂いて、床下にシフォンの花びらが無数に散る。

ルティアは驚いて声を上げ、身を起こした。

「ダメ、このドレスは……」

「ヴァイス伯爵の贈り物だろう？　高そうだよ。だからこそ、引き裂いた。俺の女なのに他の男の贈り物を身につけるなんて、どうかしている」

そう言って、レオンは言葉の端々に怒りを滲ませる。

「でも、だからといって……断れないわ。ヴァイス様は私の社交界における後ろ盾にもなってくださる方。お父様のところに何度も通って私との縁談を進めて欲しいといってくださった方だもの。未亡人になった私には……とてもありがたい方だわ」

だがレオンはいっそうルティアの脚を大きく広げてその足の付け根の金色の茂みを指で探り、その中から溢れ出す蜜の熱を感じ取ったようだ。その秘密の膨らみの中に指を挿入しながら秘裂に添って前後にゆっくりと滑らせていく。

「あ……んぅ……ッ！　や……」

隣にルイの写真が飾られている。

結婚したら、そこに二人の写真を飾ろうと言っていた豪華な銀の花飾りの付いた写真立て。

「ほら。ルイにも見せてやろうよ。俺たちの激しい愛蜜の行為をさ」

レオンはその写真立てをわざと近寄せ、そしてルティアの淫唇の上に置く。

「ううぅ……」

濡れた秘裂の中に銀の静謐な輝きを挿入されて、ルティアはひくひくとそこを震わせた。

濡れた媚肉の間にその精緻な花の彫刻が擦って、淫芽も擦られて、さらに先端を巧みに潰されたり擽られてルティアは身を捩って彼から逃れようとする。

腰の周りにコルセットのリボンがまとわりつき、レオンはそのリボンを机上のペーパーナイフで軽く引き裂くと、押さえつけて、腰から引き抜いたベルトでルティアの両手首を縛り付けた。

その手はレオンの片手で簡単に頭上に押さえつけられ、気がつけば濡れた秘裂の間から写真立てが落ちている。冷えた銀の代わりに熱い肉塊が押し付けられていて、ルティアの蕾はぐぐっと押し開かれる痛みに痙攣する。

「蕾……開くよ。ルティア。俺のこれを受け入れようとしている。君のここ……とても濡れて……熱くなってる」

レオンは片手でルティアの両手を束ね、脚で太股を開きあげ、そして唇で片方の乳首を濡らしていく。もう片手では左胸を覆い尽くして掌で先端を尖らせて行く。

「ねえ、俺の舌で濡らされていく乳首と、掌で擦り上げられていく乳首、どちらが感じる？」

「ひゃうぅ……」

ビクンと背中を跳ね上げた。濡らされている乳首が彼の言葉で吹きかけられて瞬間的に冷え、そしてとろみのある唾液が柔らかな乳房を伝い落ちていく。その媚感にルティアは身を捩って抵抗を試みる。

「や……やめ」

「どうして？　ルイが見ているから？」

彼は写真立てをルティアのすぐ顔の横に置いて嗤う。

「や……」

　顔をそらそうとしても、レオンはルティアの小さな顎を摑んで離さない。ルティアの目にきりりと引き締まったルイの顔が目に入る。そして彼の眼差しに晒されながら、肌を露わに剝かれ、腰を高々と持ち上げられて秘された蕾まで冷気に晒されている自分が恥ずかしくて仕方ない。

「ルイにこの可愛い蕾を見せてあげた？　それくらいはしてあげたのかな」

「そんな……こと……や……」

「この可愛い蕾。この桃色の秘裂をルイに見せてあげたのかって訊いてるんだよ？　ルティア」

　レオンはルティアの乳首にもう一度尖らせた舌を置き、上下に激しく叩きつけてくる。

「うぁ……ッ！」

　身をギュッと引き締めて目を瞑るとルティアの淫唇をもう片手でなぞり始める。亀頭のはめ込まれたそこは、巨大な塊を無理矢理押し込まれた痛みと不安感にばくばくと蠢いている。排除しようとする肉体の反応と快楽の予兆を覚えていてその予感にうわずっている肉体。

　ルティアはその微妙な感覚の狭間で苦しくて身を捩る。

「ああ、もっと奥に欲しいんだね？　挿れてあげる」

　彼が腰をしなやかに一つ突き二つ突き、その動きで肉棒はもっと奥深くに突きたてられていく。擦られる雌芯がびゅるっと感じて、中から蜜がこぼれ落ちてくる。押し開かれる蕾と中の肉襞が蜜に濡れて動きと共に押し出されていく。

秘裂から溢れ出す蜜と、内ももに流れて冷えていくその感覚にルティアはまたギュッと目を瞑った。

早く欲しい。でもそれははしたない行為でもある。

ルイだったらよかったのに。彼はその息子だ。世間的に許されない相手。

「俺はルイよりきっとすごいから……ルイを味わっておいてもよかったんだ。ねえ、ほら、でもルティアはもう俺を求めてる。こんなに」

彼の舌が這う乳房は硬く張りつめていき、彼の指が揉み込んでいる片方の乳首は悶えるように形を変える。

先端の乳首はなだらかな真っ白な丘から欲望の高まりを彼に感じさせるように固く尖って真っ赤に膨れ上がっている。

濡れた舌がその先端をなめ回せば、ルティアは蜜壺の中からまた溢れ出す淫らな蜜を感じている。

腰が動き、彼のものを締め付ける肉襞。

「ああ、気持ちいいよ。もっと欲しいの？　もっと俺が欲しい？　このルイの机の上で俺たちもっと深く繋がろうよ……ルティア……ルイがうらやましがるほどに……」

ぐぐっと腰が押し込まれて、ルティアの知らない内側の襞がこそげ落とされるように亀頭が蕩く。

「んぅ！」

気持ちよい熱い感覚。体内のレオンの雄を体中で締め付けてしまう。

「ああ……！　ああ、いいよ。ルティア。俺がそんなに好き？」

「好きじゃない……ダメだもの……」

「いつまでそんなこと言ってるの？　聞き飽きたよ。それは年上の建前なの？　俺を好きになったら世間体が悪いからだろ？　でも遺言書があるんだから大丈夫。平気だよ。心おきなくよがってよ」

レオンは意地悪く胸と胸を寄せ、両方の乳首をいっぺんに舐めながら嗤う。

たっぷりと唾液を滴らせながら舐め上げる水音が胸の間からも、そして彼が抽挿する淫唇の間からもぴちゃぴちゃと聞こえてきて、ルティアは恥ずかしさから白い肌を赤く染めた。

「ああ、身体がこんなに反応してるよ。これで俺が嫌いだなんて、口にしていて恥ずかしくない？」

彼が腰を穿つたび、ルティアの唇から甘い喘ぎが迸る。

汗が額に滲んできて、レオンはその額に指をやる。

「ふふ、情熱で熱が上がってきてる……もっと……熱くさせてあげる。ほら」

ぐぐっと中の雄が亀頭をあげたのがわかった。打ち付けてくるその硬さが、ルティアの息を止めんばかりに責め付けてくる。レオンの固く膨れあがった雄棒を咥え込んでいる淫唇が弾け散ってしまいそう。

快楽の蜜がトロトロと流れ落ちて机の上に水たまりを作っていく。

「蜜、漏らしすぎ……だよ？　ほら、こんなだ」

彼が指ですくい上げてルティアの顔に撫でつける。

熱い蜜は頬の上で瞬時に冷えて、ルティアはぶるっと身をすくめる。

その動きで、レオンの雄棒はまた中できゅっと締め付けられたようで、彼も抽挿を激しくしながら身を震わせる。

「ああ、いい感じだ。もっと締め上げていいよ……俺の子供を早く産んでよ。ルイの家系を繋ぐのが俺たちの役目。ねえ。俺の義理のお母さん……そして俺の……最愛の人……」

「ど、どうしてそんな……意地悪なこと……」

「ルティアが俺に意地悪するからだよ。俺、こう見えても怒っているんだよ？」

「ほら、ちゃんとルイを見てよ。ルイに見守られながら俺はルティアを抱いてやるから」

彼がそう言うなり、肉塊の先端を押し込んできた。

「うぅ……ッ」

「どう？　俺の……ルイのより……大きいといいな。ねえ、どう？」

「おおきい……と……思う……わ」

声を絞り出すだけで、ルティアの中の媚肉が動きレオンは心地いいらしい。いっそうしなやかに大胆に蠢かせば、ルティアの中をまた別の角度で責め上げてくる。

腰が動き、赤金のうねる髪が机の縁から流れ落ちて、金の輝きと汗のきらきらとした金粉のような輝きがルティアの濡れた肌を彩っていく。

「綺麗だ。もっと俺のものにしたい……もっと、もっと……俺だけのものに……！」

喘ぐような囁きがレオンの唇から漏れる。

彼の皮膚から熱が伝わり、次第に激しく打ち付けられる腰とその脚の根元にある宝嚢がルティアの蜜と共にびちゃびちゃと激しい音を立てている。

「あ……ううあん！」

押さえつけられている手が机と摩擦を激しくして、熱が生まれる。

レオンの抽挿がより激しくなれば、ルティアの髪が宙に舞い、そして肩が、背中が机の上で蜜と混じり合ったような音を立て始める。

机が床と擦れる音がぎしぎしとなり、広くくすんだ部屋の中に、性に乱れた熱い気配が満ち始めている。

「ああ、素敵だ……君なしじゃいられない……ルティア……」

机の上でぐっとルティアの背中が押し上げられる。腰が捲り上げられていて、淫唇が大きく見えている。その隙間にくい込むようにレオンの赤く怒張した雄棒がめり込んで、彼が腰を押し上げてくるたびに、ぬるりと奥に導いていく。

「あ……ぅンッ」

小刻みに動かされ、内壁を潜り込んでくるそれが亀頭の窪みでいったん止まる。

「ああ、気持ちいいな……ルティアの胸も……ルティアのこの膣道も……熱くて、……それにしっかりと締め付けてくる」

いやらしい内壁は、レオンの深く突き上げる雄塊をしっかりと受け止め、上下に擦られるたび、快楽に熱を放つ。

「ああ……んぅッ！　ああひ……ッ」

膣奥を激しく突かれて、ルティアは激しく悶えた。

顔を横に振り、髪を嵐のごとくまき散らす。それほど、我を忘れるほど気持ちいい。

ダメなの、その気持ちが身体の外に熱として吐き出されてしまうほど、レオンに愛撫され、咥え込まされている熱塊は肉体に激しい性の快楽をねじ込んでいる。

「ルイと……していなかったんだよね……俺が最初の男……。とても素敵だ……。素敵だよ……ルティア……」

ルティアの背中が冷たい机の輝きを蒸気で染め、そして「はあはあ」と喘ぐ唇を乾かしていく。のけぞらされる背中と喉が、色っぽく濡れながら上下する。

「君のことを初めて見てときめいた。やっぱり俺のものになる運命だったね。もう誰にも触れさせないから……！」

繊細な部分を指先でいたぶられ、責め上げてくる雄棒の強さに内壁が熱く灼かれる。

中に彼の熱と圧力を感じて、ルティアは腰を持ち上げ彼の背中に脚を強く絡ませる。

なんてはしたない格好だろう。こんな淫らな母親はいるだろうか。そんなまともな思考が微かによぎったが、それもレオンの雄が膣道で蠢き、びゅるるっと精液を迸らせれば、もうその天国の蜜と太陽の熱に灼かれたような激しい快楽に溺れていき、甘くて白い世界に堕ちていた――。


「――奴から君を守らなくては……ルティアをここには置いておけない……」

誰かがルティアを抱きかかえ、部屋の外にと連れ出していく。

「――レオン様……どこに……？」

「いいところだよ」

レオンはルティアをこの城に幾本か聳えている円塔の一つ、南塔へと連れて行き、その薄暗い螺旋階段を上り詰めるとそこにある扉を押し開けた。

重いきしみの音が響いてこぢんまりとした部屋が広がる。

その部屋の奥に彼はルティアを抱えたまま連れて入った。

「――レオン……様？　ここは……どこ……？」

「この塔の天辺に……閉じ込めておくよ」

「え？」

「ルティアがあの男に触れられないように」

「そんな。だって……どうして」

　ぼやけた瞳に映るレオンの顔立ちは、高い丸窓から射し込む光を真っ直ぐに受け、凄みさえ感じるほど美しい。

「この塔にね、不貞をはたらいた妻を閉じ込めておくのが昔からのガーシュ公爵家の習わしだから」

「不貞って……」

「不貞だよ。だってガーシュ公爵家で妻の座に着きながら、他の男に求婚されて悦んだんだ。指輪まで贈られて」

「あの指輪は……ただの……一度も……嵌めてない……わ」

「へえ？　本当に？　それはとても嬉しいな。でもここには……俺の母親も閉じ込められていたんだよ。だから……ガーシュ公爵家の妻のこれも伝統かな……」

「お母様……離婚されたという……」

「絶世の美女と謳われていたんだ。本人にその気がなくても大勢の男性が求婚してきた。それにルイは耐えきれずに離縁した。母はいつまでたっても若く美しく、二十三歳のときによその国の国王に見初められて結婚した。俺は母が十五歳のときの子供だった。それで結婚に邪魔だったから寄宿舎に入れられたんだ」

彼は奥に聳える立派な木の椅子にルティアを下ろす。

「ここはね、大昔は罪人の拷問部屋だったらしいよ、だから鎖とか枷とか普通にあって。鋲の打たれている椅子とか。どう？　ここでプレイするの」

「え？　ええ？」

ルティアは突拍子もないことを言い出すレオンに目を見ひらいて、言葉を失う。

「冗談だよ。今はしない。……ただ……この枷はつけておくよ。俺のものだって印にね」

「レオン……様」

「悪くはないと思うんだよ。だってルティアはさっき俺がベルトで縛ったとき、興奮していたもの」

「レオン？　興奮だなんて……失礼だわ」

ルティアは頬を染めて、青い眼をレオンに向ける。レオンは、あんなに自分を綺麗だと賛辞しておきながらそんなことを思っていたのだろうか。そう思うと、頬だけでなく、その羞恥心が全身にまで回っていく。

レオンは、甘い菫色の目でルティアを見ながら腰をかがめてのぞき込んだ。金色の前髪がちらちら輝くその下から、悪戯っぽい目がもう一度のぞき込んで、そしてやおら唇がルティアの唇に重ねられる。

ちゅっとついばむような可愛い口づけがされて、くすぐるくらいのすぐ近くで囁く。

「興奮って……いい意味だよ?」

「い、いい意味の興奮なんてないわ。ふしだら……だってことよ」

「ふしだら。それは俺に対してだけ発揮されるルティアの素敵な裏の顔なら大歓迎だよ」

「――――レオン。あなたは若いのになんでそんなに……」

「性におおらかかって? だって、俺、奔放な母のせいでこの城を追い出されたんだよ? ルイに追い出されたのだから。それくらい男なら受け入れろって、幼い頃から思っていたよ」

「ああ……」

ルティアはレオンに同情の眼差しを向ける。

「でもそれとこれとは……」

「いいから、ここでじっとしていて。ここにならヴァイスもさすがに入ってこられない」

「でも……それは……約束違反では……ないの? 狩りで決着をつけるという約束は?」

ルティアは次第にはっきりする意識の中、塔の部屋の震えるような寒さに身震いする。

「いいんだよ。抜け駆けって言葉がある意味がなくなるだろ? そもそもさ、あのルイの書斎にこの城の住人でも何でもないヴァイス伯爵が侵入していること自体が、不法侵入だよ。俺が正式に弁護士にこのガーシュ公爵家の跡継ぎだと認められたら、あいつを犯罪者かつ、泥棒で訴え、警察に投獄させることだって出来るんだから」

「そんな……」

「この城には巨額な財宝が眠っている。数多くの美術品や宝飾品がね。国王さえうらやむような財宝だ。この美術品を公開すると言えば、国王もこの城を訪れる。ヴァイスが王女を招くのなら、俺はこの国の国王を招いてみせる。彼らの前で逃げも隠れもしなければそれが俺がルイの本当の息子だという証明にもなるのだから」

「そう……なの……」

ルティアはそう答えてからまた問いを投げかけてみる。

「レオン様。狩りのお友だちは……大丈夫なの？　その方たちも……この城の財産で集めるつもり？」

「寄宿舎には大勢の王族や貴族がいた。だから、友人のつてでこの国の王宮に関する情報も得ていたよ。ガーシュ公のことも……君の噂も」

「そう……」

レオンの答えにはそつがない。ヴァイス伯爵が言っていたような、身分を偽っているような怪しさは感じられない。

「ねえ。俺がここにいつもやってくるよ。食事もお茶の時間にもね。だから狐狩りの日までここで俺のことだけ考えて過ごして。俺が君と城のために尽力している間ここにいて」

レオンはルティアの長い赤金の髪をそっと撫でつけると、耳朶に、頬に、そうして唇に口づけを落として微笑む。

その柔らかな微笑みはやはりルイとよく似ている。

（ヴァイス様の気のせいよね……。夜にルイ様の書斎に入り込んでいるのも……美術品のカタロググレゾネのため。裏門につけている馬車も彼が美術品を修復するためよ）

「ルティア……」

ルティアが脚の枷の重みと手首の枷の重みを感じながら、苦悩の表情を見せたのを、レオンはここに置いていかれる寂しさだと思ったらしい。柔らかで優しい口づけをしてくる。それでも結局は、ルティアの口腔すべてを独り占めしたいと言うように、激しく吸い上げ、舌を貪ってくる口づけに変化していっていたけれど。

レオンが扉を閉めて錠をかけ、階段を下りていく音が次第に小さくなっていく。

閉じられた狭い塔の中の一室を、ルティアは拘束されながら眺め渡した。子供の隠れ家のような空間。机や鏡、小さな椅子など一通りのものはすべて揃っている。

天窓にはステンドグラスが嵌められていて、そこから色鮮やかな光りが射し込んでいる。

（この塔にお母様が……。ルイ様の前の奥様が……）

レオンにとって複雑な思いだろう。そしてルティアにとってもこの拘束はとても複雑な気持ちだった。

（捕われて嫌じゃないなんて私本当に……どうかしてる……）

どれだけ時が経っただろう。ルティアが正確な時もわからず椅子の上でうつらうつらとしているうちに、コンと何かが石壁に当たった音がした。

「――――え？」

ルティアが顔を上げ周囲を見渡せば、そこには黒髪を揺らめかすヴァイスがいる。

「ヴァイス様？　どうして……」

「し。ここに来たことがばれたらレオン君がまた怒るだろうからね」

「それはそうです……だって……彼は…」

「ルティア嬢。その枷は？」

「ああ、これは……レオン様が私がここから逃げないようにって……」

「酷いことをするな……」

「あのでも……彼は……あなたが私に会いに来て触れるのを警戒してここに……」

「本当に？　彼はこの城の美術品を持ち出そうとしているのを、阻止されるのを警戒しているのではないですか？　大丈夫。私があなたもこの城の美術品も何もかも守りますよ」

ヴァイス伯爵がそう囁きながらルティアの手に嵌められている鉄の枷を撫で、その鉄輪が当たっているところを舐めて癒やしてくれる。

それが今の彼にとって、すぐに性的な行為に結びつくものだとは思わなかったが、肌に彼の優しい愛撫を受けているルティアには、どきどきと胸がざわめく行為だ。

「あの、ヴァイス様……。私は大丈夫……ですから」

「そうですね。これを解けばレオンに気づかれ、もっと遠くにあなたを連れ去られてしまう。あなたが正式にこの公爵家の主となってから、存分に愛の行為を重ねましょう。狐狩りの勝負では絶対に……なんとしてでも私は彼に勝つつもりです。あなたを賭けているのですから」

「でも……狐を残虐に殺したりはしないでください。どうか……」

「あなたは……塔の中に拘束されていながら、狐の心配ですか？」

ヴァイス伯爵は驚いたように薄い水色の瞳を見開く。そうしてからルティアの身体を抱きしめながら籠もった笑みを、しなやかなうなじにそっと押し付けた。

「狐狩りは、狐を多くの猟犬で追い込んで狩るものなのですよ。猟犬に嚙み殺させることが習慣だったのです。最近は猟銃で撃つことも多くなりましたが、でも、巣穴に追い込んで嚙み殺させるのも、銃で撃つのも禁止したいとおっしゃるのですね。わかりました。そのようにいたしましょう。愛するルティア嬢の望みですから」

ルティアは小さく頷く。

「私を賭けて、多くの血が流れるのは嫌なのです。ルイの喪が明けたばかりなのに……こんなこと……それも私のためになんて、本当に申し訳ないもの」

「ルティア嬢はやはりとても優しいですね。だから私はあなたに強く惹かれるのでしょう」

ルティアの唇にためらいがちに口づけをし、ヴァイスはまた名残惜しそうに、ルティアの手に口づける。

「狐狩りの日に、窓の外を見てください。あなたへの贈り物が見えますから。毎日少しずつ、あなたに結婚の儀の贈り物を届けますよ。その日を楽しみにしてください」

そうして彼はもう一度、髪に隠れた目立たないところに唇を当て、愛おしそうにきゅっと吸う。そうして桃色のあとを残すとまた隠し扉の奥へと姿を消していった。

ルティアは腰を上げ、立ち上がりかけたがまた気が抜けたように椅子に座り込む。

胸が大きく揺り動かされてる。

どうしてこんなことになるのかわからない。ふたりの人が自分を奪い合うなんて幸運があるなんて思ってても見なかったのに。彼らは本当に自分を愛してくれているらしい。

（どうしよう。どうしたら……いいの……）

窓の外にはそれまで亡かったほど大勢の人の気配が裏庭から立ち上がってくる。

美術館設立のための人々だろうか。

狐狩りの準備の人々の集まりだろうか。

それとも――。


『――あなたを賭けて、絶対に勝つつもりですよ……』

『ルティアを絶対に手に入れる。ルティアが本当の俺の獲物なのだから』

レオンとヴァイス伯爵。二人の声がルティアの心に交錯する。

ルティアは椅子の背にかけられている枷の鎖を最大限に延ばしながら、重い椅子を少しずつ窓辺に寄せて、そして外の光景をほんの少しだけかいま見られるようになった。

緑の奥に森が見える。そして小さな厩舎には真っ白な馬が飼い葉をはんでおり、その傍らに大きなリボンのかけられた純白の馬車が置かれている。

「あれが……ヴァイス伯爵様の贈り物……なの？」

彼の趣味らしい魅惑的で上品な馬車だ。

ルティアはそのリボンで飾られた白い馬車と白い馬を窓から眺め下ろして、また複雑な思いに胸を揺らす。ヴァイス伯爵は、もし、自分がルイの遺言に従わず、一文も持たない未亡人になって城から追い出されたとしても、好きでいてくれるだろうか。

そんなことに迷いを浮かべるルティアの青い瞳が、別のものに留まった。

向こうの棟の最上階から、何かロープに吊されて、下ろされている。

帆布で包まれているその形、大きさから小ぶりな絵画ではないかとルティアは思って、立ち上がり、もっと様子を見ようとして、窓辺に立ったその人物の姿を確認した。

「レオン……様？」

レオンが南棟の最上階から持ち出しているのがルイのコレクションの絵画や美術品なら、どうしてもうじき国王陛下がこの城に来るというこのときに持ち出すのだろう。今レオンが携わっているのは、美術館設立に際して、どの作品を本当の展示物にするのか。蒐集品がちゃんとカタログレゾネ通りこの城に揃っているのか、と言うことのはずだ。そしてその美術品の状態も確かめるため、ルイの先祖からのコレクションがあるはずではあるが、それがちゃんと今も引き継がれているか、美術品倉庫室に保管されているかを確かめる作業のはず。なのに、どうしてこっそり窓から持ち出しているのか。

彼が地上の誰にそれを託しているのか、確かめたくてルティアは思い切って椅子を引いた。とても重い椅子で、それまでは椅子を移動させようなどとは思わなかったが、どうしても見たい。怪しい盗賊団でも待ち受けていたら、レオンの素性は本当に怪しいものになってしまう。ヴァイス伯爵の言うとおり、この城と公爵の位を乗っ取り、財産を奪いに来た怪しい人物になってしまいかねない。

ルティアが必死に窓辺に椅子を寄せて、のぞき込むと、その南棟の木々の下には、狐狩りやパーティーに伴う雇われの金物師、大工、石工たちが詰め寄せて、慌ただしく仕事をしている状態だった。

猟犬を扱う犬飼いたちも、犬たちも、訓練のために連れ出されている。静かな城内もざわめきに満ちている。

その向こうに大きな荷をかかえて幌馬車に乗り込んだ黒いマント姿の女性がいるのを、ルティアは偶然発見した。

女性だろうか。黄金の髪がフード付きのマントの隙間からこぼれ落ちている。美しく豪華な巻き毛のようにも見える。そして裏口からレオンが現れて、その黒いマントフードの女性に頰を寄せて一言二言話し二人で馬車の中に乗り込んでいった。

その馬車は客室を磨き上げる街の煙突掃除屋や暖炉掃除の掃除夫、大理石磨きや天上のシャンデリアを磨き上げる職人たちの馬車に紛れて城門から外に走り出していったようだった。

「レオン様……どうして……」

レオンが自分に任せてくれれば成功するから、と言ったことはあながち大げさではないかも知れない。まさかこの城でのイベントを企画してこんなに早くに何もかもが整えられていくとは想定外だった。ルティアが自分で〝この城の女主人として〟昼食会を催したり、夜会を開こうとしても、到底こんなに迅速にすべての手配はできなかっただろう。

でも、どうしてこの城の美術品をこっそりと城外に持ち出しているのだろう。

ヴァイス伯爵が言っていた、裕福な貴族の城から美術品がこっそりと持ち出されている盗難事件がこの二年ほど急増しているのがわかったという、あの言葉。まさかレオンがそれに加担しているなどということはないだろう。ないはずだ。

（偶然よ。あれは……何か理由があってのこと……あの女性も……美術家を呼んだと言っていたその人よ。何も怪しくなんてないわ）

ルティアはしばらく塔の中で監禁されて過ごしている。腕も脚も緩やかに拘束されている。メイドたちもレオンに何か言われているのか、この部屋には来なかった。

ヴァイス伯爵がおそらく建築家の癖を見抜いて、隠し通路を見つけ出してこっそりと塔の部屋にやってくる以外、ここにはレオンしか来なかった。

でも、ルティアはいつ彼がレオンとかち合ってしまうかと、気が気ではない。

「――ルティア嬢……」

「ヴァイス……様……もうダメです。ここに来ては」

ルティアは深い悩みの中。早く狐狩りの日が来て欲しいと願いつつ、それでも二人の男性が自分を賭けて戦うことを思うとその日が来て欲しくないとも願ってしまう。

レオンに話してしまいたくもあり、話せない悩みでもある。

ヴァイス伯爵が早くすべてを調べ尽くしてくれればいい。そうも思う。

「――そうですね。でもこうしてあなたの美しい姿を日に一度は見なくては、私は狂って死んでしまいます」

「でも、レオン様に見つかったら……」

「レオン君が私に何かできるとでも？　できませんよ」

ヴァイス伯爵は余裕の笑みを見せる。

「でも……」

「レオン君が私に嫉妬するのが可哀想。そういうことですか？」

ヴァイスはルティアの唇に甘いキスをのせてくる。

「私もガーシュ公の息子さんには敬意を払っておりますよ。本当の息子なら特に、ですね」

「レオンは、本当の息子です。ここにはルイ様の依頼した探偵が連れてきました。ルイ様の与えた公爵家の指輪も持参しています。公爵が亡くなって、彼が何を息子に渡していたか知らないものではそんな風に証拠を揃えることもできません。遺言書も……」

レスに纏わすルティアの拘束された姿をほうっとため息をつきながら見下ろしている。

…


「遺言書？」

「いえ……そのようなものが……あるらしいと……」

「そうですか。遺言書……ですか……」

含みのある言葉だった。だが彼はそれには言及せずに、赤く輝く長い髪を白い薄絹のドレスに纏わすルティアの拘束された姿をほうっとため息をつきながら見下ろしている。

彼はルティアの、パニエがようやく脚の付け根を何とか覆い、コルセットもリボンが外されかけてくびれた腰に溢れている姿を見ながらうっとりと呟く。

「彼のすることは理解に苦しむ。ですが、こうしてあなたの美しい肌を淫らに晒し続け、彼しか見ることができない環境に閉じ込めている心境は理解できるのです。愛する女性を自分だけのものにし、小さな塔に拘束したいというのは男なら当然の欲求なのでしょうね。私があなたをここから救い出せないのも、そのせいかも知れません。酷い男だと軽蔑されてもいい……あなたを抱きたい……この指であなたを喜ばせ、天国へ……共に」

彼はルティアの乳房をゆっくりとこね回しながら、その胸の膨らみを舌で舐め上げながら先端の桃色をしゃぶりつける。そうしては、深く乳房を全体的に吸い上げ、白い肌を咥え込み、後の蕾にまで指先を回していく。

ルティアの尻肉を摑んでこね上げては、後の蕾の縁をくりりと怪しく撫で回し、そして秘裂を前後に撫でつけてくる。そのあまりに巧みな指先で、ルティアはもう蜜をとろとろと蜜口から溢れさせてしまう。

てくる。

「あぁ……ンッ」

「もうですか？　もう？　まだ軽く指先をあなたの肌にのせただけなのに……意外なほど感じやすいですね。それとも娼婦のような淫らな身体をお持ちかな？」

ねっとりとした舌を這わせながらヴァイス伯爵はルティアの蜜壺に奥深く指先を突きたてくる。

「や……あ、の……ヴァイス伯爵……様」

「ええ。私はあなたに無理強いをするつもりはありません。ただ、あなたが魅惑的過ぎて、どうしてもこうして触れたくなってしまうのですよ。ですから……ここに……私のものを挿入するのは……まだまだ……。でも私の指技はどうですか？　あなたを満足させていますか？　もっといやらしい声を上げさせることもできるのですよ？」

彼の指はルティア肉道の中の何とも癒えない部分を突いてきていて、そしてそこを何度も激しく突き始める。

「ヴァイス……様……ダメ……です」

「大丈夫。まだ、あなたとここで最後までいたすつもりはありません。それでもこの私の指先が、あなたを私から離れなくすることはできるのですよ。私の黄金の指先で」

「あぁ……ぅッ……！」

ヴァイス伯爵の指が束ねられてルティアの蜜壺に奥深く挿入された。肉襞を押し開き、いやらしい、水音を立てながら掻き回してくる。

「気持ちいいでしょう？　どうです？」

「や……」

ルティアは顔を俯けて、その問いから逃げようとする。だが、そうすれば、ヴァイスはあっさりとやめてしまうだろう。

「返事がないのですね、では」

彼が膣道を指の腹でゆっくり愛撫し、ときとして激しく掻き回して入り口をぴゅくぴゅくと感じさせながら奥へと潜り込むのを、ルティアは胸を激しく揺らしながら耐えている。

感じる声を上げてしまうのを、ヴァイス伯爵に聞かせるわけにはいかない。はしたない娘だと知られたくなかったし、レオンに調教された身体を彼には極力知られたくはない。

「私の指先ではあなたを満足させられませんか？　やめますか？」

「や……」

ルティアは頬を赤く染め、そう思わず口走ってしまった自分を恥じた。

ヴァイス伯爵は微かに口元をつり上げて、そして抜きかけた指先を魚のように揺らめかせながら再びルティアの濡れた膣道の中をかき混ぜてくる。

入り口を擦り上げながら、奥まで行かせるに足るほどヴァイス伯爵の指は長く、ルティアの中を淫らなまでにあおり立てていく。

「ううぅ……ンッ」

「もっと、奥まで挿れましょうか？　ルティア嬢。私の指はあなたの求めるままにいきますよ。欲しいなら、欲しいとちゃんとおっしゃるべきです」

ヴァイス伯爵の声は冷徹で、それでいながらとても卑猥なものだ。ルティアはギュッと目を瞑って、でも喉元にこみ上げてくる愉悦には耐え難くなっている。

「ぁ……もっと……」

「もっと、なんですか？」

ぐちゅぐちゅと、濡れた水音を立てている彼の指先に耐えながら、ルティアはもう一度唇を嚙みしめる。

「もっとして欲しいですか？　もっと奥まで挿入して欲しいですか？　でしたらそうおっしゃってもらわなくては」

彼はそう囁きながらもルティアの耳朶を唇で挟み、吐息でくすぐるようにしてくる。それでもルティアが言葉を喉の奥にため込んで苦渋の表情をしているのを見ると、さらに尖らせた舌先で耳の穴に挿入して舐め上げてくる。

「あ……」

耳穴と蕾の周辺を小刻みに舐め回されて、ルティアは肌を震わされる。

ここで彼の求めるまま『もっとして欲しい』なんて、言ったらそれこそ自分は淫乱な娘になってしまう。

ルティアは枷に嵌められた手首に痛みが起こるほど、彼の指先から逃れようとして腕を引き、脚を必死で閉じようとしていた弊害で、ルティアの枷の当たる部分は赤くあとがついている。

「ルティア嬢、強情を張らずに……おっしゃい。あなたのここはもう限界のはず」

淫靡な声に誘われて、ルティアの乳房も、蕾も花弁もじゅくじゅくと粟立って来ている。

「あ……」

「ほら、……ここから乙女の涙が吹き出しますよ。そのほうが恥ずかしくないでしょうか？」

「乙女……の……涙……？」

ぐっとこらえながら、聞き返す。

「ええ。こうするんです。そうすると、あなたの身体から欲情の涙と聖なる液が迸る」

ヴァイス伯爵は、ルティアの中に挿入した幾本かの指を中の襞を掻き乱すようにおもむろに動かした。脈打つように、激しくケダモノが暴れるように、ルティアの敏感に腫れ上がったそこが彼の巧みな激しい愛撫におののき戦慄する。

「——あ……ッ！　ああん！　ひゃああ……ん！　や、だ……だ、めぇえ……」

がくがくと、膝が震えた。腕にいっそう力を込め、指先が掌にくい込むほど力を込め、握り締めて耐える。

「ひゃあ……あう……ッ」

ルティアの中から掻き出してくる彼の指が、蜜よりも淡く透明な液体を止めどもなく吹き上げさせた。

「あ……ああ！　あはぅ……んぅ……ッ」

悲鳴なのか喘ぎなのかわからない。甘く淫らに狂った声がルティアの赤く染まった唇から漏れ続ける。

「ほら、お願いするより恥ずかしい結果になってしまいましたね。可哀想にルティア嬢。あなたはもう私の虜。あなたは私の指から逃れられないのです。私の前でこんなにも恥ずかしい痴態を晒してしまった。あなたの猥らな秘密を私は握ってしまったのですよ……」

彼の淫靡な笑みが、大人びた彼の整った顔に張り付いている。

「――――お願い……します……」

ルティアは声にならない声でヴァイスに囁く。

掠れた声で懇願の言葉を口にする。

快楽と羞恥心の狭間。

犯されるのではなくて、身体を大人の男に愛撫される快楽を教え込まされている。

それは背徳の甘い愛情。

枷で拘束されているから、逃れられない。

父親の許可を得ている男性だから、ルティアが心から彼を拒むわけにはいかない。それでいて、この城の後継者であるレオンの命令もルティアには逆らいがたいものだった。

（だから二人の人に愛されることを……受け入れているの？　ここに拘束されてから、レオン様があまりしてくれないから……だから私の身体は……！）

レオンがルティアの部屋を訪問すると、必ず彼は食事をさせて、そして水桶を持参してルティアの身体を拭いてくれる。

ルティアの髪を梳かして軽く三つ編みにしたり髪飾りをつけて、まるで着せ替えのように愉しむと、美しい姿のまま放置していったり、場合に寄ってはルティアを抱いて、椅子に繋いだまま、とてもアクロバティックな姿勢で身を繋げ、拘束されたまま、ルティアの身体は次第に男の欲望に晒されることを受け入れていく。

「ルティア……ねえ、気持ちいい？」

「は……い……」

レオンがねだるように言うと、ルティアももうその卑猥なお強請りの言葉を口にできるほどには慣れてきている。

まだまだ恥ずかしくて、顔を俯けてしまうルティアだったがレオンはその顎を持ち上げて、わざと自分の目にルティアの眼差しを向けさせる。

「ねえ、俺を好き？　俺を愛しているよねえ」

「ええ……」

そう応えるとレオンはとても満足そうに笑んで、またルティアの乳房をまさぐりながら、その太股をかかえ上げて身を膣道に穿ってくる。

「あ……あん！」

ルティアの甘い声を聞くといっそう激しく腰を揺り動かし、そして哮る熱い雄塊を中に中にと抽挿を激しくしていった。

ルティアも、手の枷と脚の枷を強く肌にくい込ませながら、彼の雄塊をできるだけ自分の気持ちいいところへと押し付けるように腰を揺らめかす。

「ん……ぅ」

「気持ちいいか？　ここ？」

レオンが囁きながらさらに中を掻き乱してくれれば、ルティアは腰を後方に突き出し、そして彼の手に引き寄せられ、引き戻されながらまたさらに深いところで雄塊の先端と繋がっていく。

焼け落ちて蕩けるような激しいうねりにルティアは意識を失っていった。


それからレオンとヴァイスはルティアの監禁されてる塔に交互に通い詰めていた。

レオンが去ってしばらくするとヴァイスが隠し扉からこそりと現れて、レオンの口づけのあとの残るルティアの身体をそっと、そして肌に熱がいつまでもジンと堕ちているようにわざと巧みな愛撫をくり返す。

「どうして……」

「大人の愛情を、あなたに味わっていただきたいのですよ。尽くす私の愛情を」

ヴァイスは甘く囁きながら、ただ自身のものはルティアに使わず、ひたすら唇と指先での愛撫を施す。

「あ……」

ルティアは拘束されながら、ただ、二人の男から受ける愛情に困惑している、

(どうしたらいいの。私……)

「逃がしませんよ……ルティア。私には父上からの許可証があるのですから。それにレオンとあなたが身体を繋げていることなど社交界に知られたくはないでしょう? その秘密だけでもあなたを私につなぎ止めることができる……」

ルティアに、ヴァイスは口づける。ちゅっと音を立てて唇に、そして徐々に乳房に下りていく彼の口は巧みに舌を覗かせて、そして乳首の先を尖らせた堅めの舌で丹念に舐め始める。

「あ……ぁ……ッッ」

すでにその乳房を這う口づけを感じるだけでルティアは、ぞくぞくと下肢を戦慄かせ、そして蜜を蜜壺から流れさせる。

蜜が流れれば彼はその蜜を指先で掻きまぜて、肌の上に乙女の羞恥心を広げながら、ルティアの喉を呻かせる。

秘裂の中にその指先を何度となく潜り込ませれば、そのたびにルティアは胸を震わせながらお尻を椅子の布の上ではじかせて、ぎしぎしと軋ませた。

「あ……ッ! ああ! ……ンッ!」

「くす、可愛い声ですね。さあもっとお強請りしていいのですよ？　奥まで……欲しいのでしょう？　そら、もっと奥まで……」

ルティアは長い髪をうねらせながら肩からこぼし、そして頷く。

「ふふ、素直な令嬢は大好きですよ。大好物です……ルティア……」

そうして男根よりも長いような彼の指が四本も纏められてルティアの秘裂を潜り込み、蕾の中に挿入された。

指先が小刻みに揺れ、ルティアの燃えるような媚肉をかき混ぜながら奥へ奥へと突き抜けてくる。その卑猥な動きにルティアは背中をのけぞらせ、またすぐそれをできるだけ奥に受け入れようとして身を丸め、恥丘を前に突きだしていた。

ヴァイス伯爵の、思いのままに、濡れた白い身体を闇にくねらせ咥え込んだそこをびゅくびゅくとおののかせながら――。

「ルティア……ルティア……聞いている？」

（誰……？）

肌がざわめく。

レオンの呼び声、ヴァイスの呼び声。その両方にルティアは甘い官能を感じるようになっている。

そういう身体にされてしまった、と言うのが正しいかも知れない。

二人の声。二人の言葉。それぞれ対照的でいながら、両者ともにルティアを従える権力と地位がある。

そして二人とも、ルティアを誰にも渡したくないというほど愛してくれている。

一人を選ばなくてはいけないことがルティアに科せられているなら、どうしたらいいのかわからない。

父の許可する人になるだろうか。

「ルティア……ねえ、聞いている？　可愛いな。この寝顔……長い睫。なんてゾクゾクさせるんだろう」

この話し方で誰だかわかる。

「起きないと、襲うよ？」

レオンの声だ。そう思って瞼をゆるゆると開けば、そこに黄金の髪を散らせながらルティアの頰に、唇に口づけてくるレオンの長い睫が見える。

「あ……」

彼の唇のこそばゆさにルティアはぴくりと肩を震わせ、そして彼の微かな吐息に開けた瞼をまたきゅっと瞑る。

「ふふ、やっぱり可愛いな。ルティアは」

「そんなこと……より、もうここから出してください。この枷も……」

「枷も外してくださいって？　どの枷のこと？」

ルティアは言われてはっとして自分の手足を見る。薄暗いカーテンの中だったが、その白い手首にはもう鉄の重い無骨な枷の光はなかった。

「ねえ、ルティア。今日だよ。盛大なパーティーのあの花火が聞こえない？　あのラッパの音。そして興奮している犬たちの吠え声が」

確かに、窓の外から盛大な花火の音が響いてくる。

「レオン……様……？」

「今日が勝負のときだ。狐狩りだよ」

「狐狩り？　今日？」

ずっとこの塔にいてわからなかった。そう言おうとしてルティアは周囲を見渡してみる。そこは塔の中の秘められた艶儀のくり返されていた監禁の部屋ではなかった。

「あ……？」

「ねえ？　ルティア。ここがどこで、誰が枷を嵌められているって？　まさか、枷というのは、この豪華なダイヤモンドの腕輪のことかな？」

「そ、それは……」

「ねえ？　これは俺が贈ったものじゃないようだけど、どうしたのかな」

「あ……」

どうしてだろう。ヴァイス伯爵が毎晩訪れるたびにルティアに様々な贈り物をくれた。

この幾重にも重なり連なるダイヤのブレスレットの腕輪。それはヴァイス伯爵が外してそばのチェストに収納していたはずだ。なのにどうして今ルティアの手首に嵌っているのだろう。

「ふうん。誰が贈ってくれたかは容易に想像つくけれど。それも今日までだ。俺の目だって、節穴じゃない」

ルティアはどきどきしながらレオンの顔を見る。

「誰かがルティアに素晴らしい贈り物をしたのなら、俺がそれを上回るものを贈ればいいだけだ」

レオンは、黒い燕尾服を纏い、チェックのアスコットタイを首に巻き、黒いズボンに黒いブーツというハンティングの正式な衣装を纏っているのがわかる。

整った顔に冷えた眼差しだというのに、その瞳の奥底には激しい闘志を燃やしている。

「ねえ。絶対に俺がルティアを手に入れるよ。花嫁にしてみせるから。楽しみにしていて」

「レオン様……」

そこにいる彼は、逞しき若き金色の豹のよう。

「今日の狐狩りで、ヴァイス伯爵に勝ち、ルティアを独り占めする。名実ともに」

血気盛んなレオン。その力強さと、ルティアをそこまでして独り占めしたいと思ってくれていることに、ルティアの心が大きく揺れる。

「レオン……様」

「奴が……贈ったものも俺が狩りに勝った暁には全部捨てさせてもらうけどね」

レオンは甘い瞳に強い闘志を燃やしながら、ルティアの手首をそっと持ち上げる。

「俺がいつもちゃんと薬を塗っていたから、手首にも痕が残っていないね。それに……さっきも俺がルティアを入浴させていたの、気づいていた？」

「え……」

「ふふ。ルティアの身体、隅々まで洗ってしまったよ。君が見たこともないような、この濡れた可愛い蕾の奥も、花弁の内側の、桃色の甘い膨らみもね」

「や……」

真っ赤になっていくルティアをレオンは裸のまま部屋の奥の黄金の鏡の前に立たせて、そして背後からその素肌に指先を這わせる。

「あ……や……」

「このさざめきに……俺はめろめろだよ。ルティア。さあ、君も今日の主役だ。狐狩りにも参加してもらうよ。始まりのラッパの傍らで、犬たちにスタートをかけて」

「私が……開始の合図を？」

「そう。もうじき王陛下到着の合図が鳴る。そうしたら、二人で出迎えをしよう」

レオンは戸口に向かってベルを鳴らす。

戸口の外にすでに集められていたのだろう。待ちかまえていたメイドたちがぞろぞろとルティアの部屋に押し寄せてくる。

手に手に大きな箱や小さな箱を持ち、恭しくティーテーブルに下ろすと、次々と開ける。

その中には、ぴんと張ったシャンタルの生地で作られた引き締まったデザインのドレスが入っており、色味もしっかりとした深みのある赤。

深い緑色の天鵞絨で作られた襟が付いたジャケットは前が短く後方がとても長い。スリットの入っている燕尾服のようだ。

「乗馬をするためのドレス。ルティアは乗らずにテントの下で王陛下とお喋りしながらでも待っていてくれていいけれど」

「待っていていいの？」

「ああ。だって……危ないだろう。あの猟犬のすべてが森を駆け抜けるんだ。ルティアが美味しそうだと狙われたら困るし、下手くそなハンターに間違って撃たれたら危険だから」

「でも……」

この城の女主人として、初めてのイベントをただ見物するだけでいいのだろうか。

「ルティアの役目は王陛下やアンヌ王女、そして貴族たちの話し相手も務めることだよ」

「そう……ね」

あまりにレオンにそう勧められれば。そうしなくてはいけないような気にもなってくる。

「レオン様。本当に狐を撃ち殺したり、犬に噛み殺させたりしないで。生きたまま連れてこなくては、捕獲数のうちに入れないから」

「了解。腕がいる狩りになるな。俺はそれも可能だけれど。ヴァイス伯爵はどうかな」

「軍人だもの。それはお手の物だと思うわ」

「手加減ができるのは女性の肌に対してだけかもしれないけどね」

レオンは意味深げに囁きながら、ルティアの項に指先を這わす。

それはヴァイス伯爵がルティアを感じさせるのに、一番最初に指を置くところだったから、ルティアはぎょっとして身をすくめる。

「ああ、やだな。もう感じてしまった？　たったこの指……だけで？」

またレオンはすうっと、うなじから鎖骨に指の先を動かして、そしてルティアの胸もとに潜り込ませると、ふいにぐりりと乳首の先端を爪先でねじ込んだ。

「ひゃあ……ぅ」

「いい声だ。俺のルティア。その声を聞かせるのももう今日からは俺だけにさせるからな」

ルティアの秘所には、その肌を淫らに這う指先の感覚で、もうジュクンと蜜が染みだしてきている。

「ルティア。俺のものにするから。そうしたらあいつをこの城に出入り禁止にする。父上の結婚許可証も奴が君に贈った馬車も腕輪も指輪も全部、薪にして燃やしてやるから」

「レオン様……！」

菫色の瞳が燃え上がるのをルティアは肌をぞくりとさせながら見上げている。瑞々しい肌。

包容力のあるたくましい胸板。

タイプのまったく違う二人の男性にこれほど愛され、求められる日が来るなんて思ったことがなかった。

「さあ。俺のルティア。この城の女城主として、共に大広間に行こう。君は綺麗だ……」

この城に来たときから泰然自若としてはいたが、ルティアを塔に閉じ込めて、城に残されていた様々な課題をこなしていたと言う彼は、この数日でいっそうしっかりと、このルイの城にて存在感を増している気がする。

レオンはとても大人びて、この城の主として堂々としている。

「ルティア嬢」

レオンと共にいるところにヴァイス伯爵がやってきて一礼した。

「今日はまたひときわ素敵ですね。とても素晴らしい衣装です。お似合いですよ」

「ヴァイス伯爵が贈ったものではなくて残念だったな」

レオンが早速、口でやりこめようとしている。

「それはどうかな。私は乗馬用にブーツも手袋も、タイピンも特注して贈ってあるのだよ？　そこまで君は目を行き届かせていないようだったけれどね」

「タイピン？」

レオンの目が光った。

そしてルティアの首に巻いてあるフリルレースのアスコットタイを見て、悔しそうにそ

の、目を歪める。

「ち、このタイピンか」

大粒のダイヤモンドの周りに小さなダイヤがぐるっと取り巻いている、上品でいながらとても高価そうなダイヤのピン。

それはヴァイスの贈り物だったらしい。

「え？　そんな……こと……私……」

「ルティア。俺は今大きな疑いを抱いたぞ。もしや他にも奴が贈ったものを身につけてはいないよね」

若々しい躍動感に満ちたレオンはルティアのドレスを掴んでむしり取ろうとする。

「レオン様。お戯れがすぎますし、お時間がございませんわ。王陛下をお待たせするなんて、新しいこの城の主としてあってはならないことです」

マリーが現れ、レオンの傍らでそう忠告する。

「せっかく美しく装っているのです。今からのお着替えは無謀ですわ」

レオンはそのマリーの言葉にルティアのドレスを剝くことを諦めた。

「――仕方ない。おいで。俺がエスコートする」

「待て。レオン君。私も彼女をエスコートさせていただきますよ」

「ヴァイス伯爵様。なんで……？」

「ヴァイス伯爵。あなたはこの城には勝手に入られては困るのですが」

レオンはルティアを背後に回して腕を摑みながら、ヴァイスを睨む。

「そうかな？　私は君ではなくルティア嬢に許可を戴いている、そして彼女の父上の結婚許可証もね」

ヴァイス伯爵は、ルティアの身体をレオンがしっかりと拘束しているのを目の当たりにしても、大人の余裕を崩さない。

「ふ。その自信も今から崩してやりますよ」

「崩されるのはどちらかな？」

また、二人の間に火花が見える。

「あ、あの……私、皆様にご挨拶に伺わなくては。さあ、レオン様。ご一緒に」

ルティアはレオンの手を引いて、階段をさらに下りる。

正面玄関から大きく広がるエントランス。そこから蔦飾りの彫刻のある円柱が並び高い天井に伸びている。

吹きぬけの大空間からすでに大勢の貴族や大商人たちがひしめくように集っており、そこから奥の大広間まで、花畑が続くように、シャンデリアやランプ、そして人々が身に纏っているその豪華なドレスで、大理石の床が埋め尽くされている。

こんなに大勢の人を見たのは初めてだ。

ルティアはこの城の女主人として、彼等の前で毅然としなくてはいけない。

それはわかっているものの、やはり怖じ気づいてしまい、階段を下るその脚が震える。

「ルティア様」

裾を持っていたマリーが、ルティアを促す。もうここからは彼女は裾を持ったりはしない。そのままルティアの長いドレスは緋色の絨毯の上を流れるはずだ。

ルティアの手をレオンが取って、そして階下に歩き出す。

「あの方が？　花嫁になられた方なの？」

「それで初夜にベッドの上でルイ様は亡くなられたのですって？」

やはりルティアが一日限りのルイの花嫁だったことは社交界に知れ渡っている。

羞恥心を打ち消すように声を絞りだして、ルティアは挨拶をした。

「初めまして。皆様。この城の女主人となりました、ルティア・ド・ガーシュと申します」

ルティアは大勢の刺さるような視線を感じて、なかなか考えていたような挨拶を口にできなくなっている。

「ルティアは我が大事な義母であり、そしてこのガーシュ公爵家を継ぐ私のもっとも大切な女性です。どうぞ、今後末長くこのガーシュ公爵家の女主人として。そして私はガーシュ公のあとを継ぐレオン・ド・ガーシュ。どうぞよろしくお見知りおきを」

レオンはまったく動じることなく、優雅に花のある一礼をして貴族たちの前で悠然と挨拶をこなしている。

年の行った目つきの険しい老貴族や、やり手の大商人。口やかましい貴族の夫人たちが、刺すように見つめてくる中、レオンは優雅に嗤った。

「彼女と共にこの不肖の息子がこの国を乗っ取らせていただきますので、どうぞごゆるりと我が城でくつろいでいってくださいませ。余興は様々用意しております。料理は常にご用意させていただいております。王宮に次ぐ広さの珍しい花々の咲き誇る庭園で、ご婦人方はくつろいでください。後ほど亡き父のコレクションでありますす美術品をお目にかけます。父の夢であった美術館に収蔵するべく集めてきた逸品も数多くあります。このたびはそのぶれオープンもかねまして、特別に門外不出の作品ばかりを集めました、南棟とその下の別館を開放しておりますので、どうぞ類い希な世界の美を堪能してくだされば存じております。そしてまずは躍動感溢れる我が城の犬たちをご覧ください。彼等の美しさは野山を駆けめぐるその躍動感です。この領地では大変久しぶりになります狐狩りを行いますので、同行を希望される方々はどうぞ、こちらまで」

レオンは言って、窓の外の庭園の奥、緑の屋根を覗かせる東屋を指した。

「東屋にて、観賞用のくつろぎの場をもうけてありますので、ご婦人方はそちらでどうぞ」

レオンの指先に従って夫人方はそのほうに大広間を去っていく。

「レオン様」

ルティアは声を絞って彼に囁く。

「レオン様。ルイ様のコレクションをこんな日に解放するなんて」

「今日は特別に名品を公開する。それも目玉としたルティアの為のイベントだよ」

レオンはゆとりの笑みを向けてくる。

そうして彼は黄金の髪を靡かせ、燕尾服の尾を靡かせて、階段を下りきると颯爽と緑の庭園の中に広がる石の敷かれた広い通路を走っていく。

「ぁ、レオン様……」

「馬を用意してくるから東屋で他の貴婦人方とお喋りしておいで。大量の生きた毛皮を持って戻るから、楽しみにしてて。多くの祝福を得ながら俺と結ばれるその瞬間をね」

「結ばれるって……そんな……」

ルティアは、今し方自分達を鋭くも好奇の目で見ていた貴族たちの群れを思い出して、ぶるっと身を震わせる。

「俺が君を守るから……！」

レオンは再びその後ろ姿を遠くにしながら叫んできた。

ルティアは右手にルイの指輪とレオンの指輪を嵌め、もう片方の手首にヴァイス伯爵から贈られていたブレスレットを輝かせながら、その両方の輝きを握り締める。

「私も……いくわ。狩りを見守るわ……」

「ルティア嬢。素敵でしたよ、先ほどのあの優雅な挨拶。堂々としていて、それでいて瑞々しく可憐。こんなに素晴らしい未亡人は世界中のどこを探してもいません」

「ヴァイス伯爵……様」

ヴァイス伯爵がルティアの背後から歩み寄ってきていた。

「待っていてください。どんなことをしてもあなたをこの手に入れて見せます。男同士真っ向からの対決であなたを勝ち取ってみせますよ」

ヴァイス伯爵の言葉には、いつも通りの余裕を感じられたが、その言葉の端端にはレオンを何としてでも打ちのめしてやろうという、強すぎる狂気のようなものを感じてルティアは不安さえ覚えてしまう。

「ヴァイス伯爵様……」

「ああ、私の狩りのグループが来たようです。では、ルティア嬢は私の帰りを待っていてください。安全な場所で、ね」

ルティアは、また彼の言葉に一抹の不安を覚えた。

どうしてそれほど自分を城の中に置いておきたがるのだろうか。もともと彼はルティアの行動に口を出すことはなく、レオンが自分を抱くことにさえ、表立って嫌悪を露わにし、妨げるような態度は取ってこなかった。それは二人の間で火花が散ったり言葉のやりとりがトゲトゲしかったりはしていたけれど。

「勝負を賭けているのですよ。私は。あなたをどうしても手に入れるために」

そう言う彼の背後に、今日の狩りでグループを組む貴族たちが青いフェルト帽子を被り、赤い燕尾服を着用し、白いズボンに黒のブーツという正式な狩りの出で立ちで現れる。

燦然と輝く猟銃を手にしている。

「準備は整ったかな?」

レオンと、そのグループを組む貴族二人が馬上の人となって現れた。

レオンを筆頭に居並ぶ二人の紳士も頭に青い帽子を被り、胸に金ボタンの連なる黒の燕尾服を纏っている。

ヴァイス伯爵と、その背後にいる貴族の青年二人は、帽子は黒。上着は赤。そう綺麗に別れているのでグループ分けに顕著なようにと衣装も指定したのだと思われる。

「同じ狐を追うことは禁止。もしも同じ狐をそれぞれの犬が追ったときは、先に狐を捕らえたものの獲物とする」

「狐を先に三頭捕らえたものが勝者となる。それで間違いはないかな？」

「間違いない。ヴァイス伯爵」

レオンは帽子のつばで押さえ込まれている金色のウエーブのかかった髪を手袋の嵌められている指先でくいっとあげた。

彼等に距離を置きながら、男性貴族たちは遠巻きにして猟番たちに犬が連れて来られるのを眺めている。

女性も少数馬に乗っていたが、それはほとんど高い位置からその狩りの様を見たいがためのもので、レオンやヴァイス伯爵と共に、森の奥まで走り込むわけではなさそうだ。

馬上で楽しそうにお喋りをしている彼女たちは、乗馬服でもなく、ふわふわのレースとフリルの重ねられた舞踏会用のドレスだし、馬上で日傘を差しているのだから、明らかに馬を高いソファかなにかと勘違いしている。

ルティアは、招待客がくつろいでいるのをみて安堵する反面、この狩りが自分とレオンとヴァイス伯爵にとってどれだけ大きな意味があるのかしらない彼らに、妙な憤りさえ覚えてきてしまっている。

「おい、ヴァイス伯爵殿。狐は生け捕りにするのか？　それが今回の特殊なルールか」

「まあ、なんと物好きなルールなんだ」

尋ねてきた貴族は口ひげをさすりながら心の底から感嘆したようだ。

そうして隣にいた友人らしきに肩をすくめながら顔を見合わせている。

「ではなぜ銃を持っているんだい？」

「銃は、森の中で恐ろしい獣に襲われたとき、使う、ものですよ。保身のためにね」

「ああ、熊かな？　狼とか」

「そうですね。撃ち殺す目的でなくても、脅すのには十分役立つものですよ」

ヴァイスが言って、レオンを見つめる。

「ヴァイス伯爵は……狩猟の腕前もなかなかだと聞いていますよ。どうぞお手柔らかに」

レオンは菫色の目を挑戦的に輝かせて言うと、城の狩猟番から手渡された銃の革ひもを背に回して再び馬に乗る。

「では紳士淑女の皆さん。今から我がグループとヴァイス伯爵のグループで競います。勝利の行方をお楽しみに。同行される方は狐や熊に間違われないようにご注意を！」

レオンは軽快な声で言って、馬の手綱を引く。

「終了は聖堂の鐘の音で告げる。森に迷ったものは、すぐこの城の庭園に戻るように」

そう言うと森に向けて栗毛の馬を走らせる。そのあとを、他の貴族が、そしてヴァイス伯爵が続き、多くの狩猟番たちと共に、放された犬たちが矢のようには知りだした。

貴族たちの中で、狩りをその場で愉しみたいというものは少なかった。

「狐狩りでありながら、狐を殺さないルールとは、これはまた変わっているよな」

「血湧き肉躍らなくては狩りではないと思うがね」

ルティアは、そういう年配の貴族の声に何と答えていいかわからない。

一般的に、ひまをもてあまし、刺激的な遊戯を求めて止まない今王宮に蔓延っている享楽主義の貴族たちの楽しみという狩りは、血なまぐさいものなのだろう。

浴びるほど酒を飲み、珍しいものを食し、そして女性を相手に欲望を満たし、荒々しい男の本能の大部分を戦の内今のこの国で狩りや闘牛、そういったもので発散する。

「ルティア公爵夫人？　なぜこのような狩りを催されることにされたのでしょうか」

早くもルティアには、マリーやヴァイス伯爵が心配していたような、早すぎる夫の死による未亡人への周囲の好奇心が突き刺さっている。

「公も氷くさい。半年ほど何も音沙汰がなかったかと思えばこのように若い令嬢を妻に迎えていたとは」

「その嬉しさゆえか、莫大な遺産を残して早世されてしまわれたのは遺憾だが」

貴族たちは、ルティアを責めているわけではないのだろう、でもこういう大勢の貴族たちの集まる場所に出ているだけでもルティアは大きく動揺している。

公の場で、多くの貴族が自分に注目している。最初、この城の優美さとレオンが気を配ってくれていた新しい装飾品の数々に目を奪われているかのように思われていた彼等だが、やはりもっとも注目していたのはルティアだった。

娘ほど年齢の違うルティアとの結婚を知らされていたものはごく少数だったらしい。

年若い妻の、お披露目の場であるかのようなこの狐狩りと、晩餐会のイベントは、成功しても失敗しても、口さがないものたちの格好の話題のネタにされるだろう。

それは今、ここに集まったすべての貴族たちがルティアに視線を注いでいることからもはっきりとわかる。

「あの……」

ルティアがなんとか言葉をひねり出そうと震える唇を開こうとすると、隣からレオンがすがすがしいまでの声を張り上げた。

「この催しは未熟ながらこの公爵家を継ぐ私が企画したものです。ルティアは義理の母となりまして、この私の斬新な企画を許可してくれたとても心の広い女性です。私は今後、この城を彼女と共に守って行こうと思っておりますので、亡き父のあとを継ぎつつ革新をもたらしていけたらと思っております」

「レオン殿は、長くヒーリス国に留学しており、そちらのやり方をよく学んでおられるとか。なるほど、サプライズの招待状といい殺傷なしの狐狩りといい、革命的だな」

「アンヌ王女様を招いたのはヴァイス伯爵様だとか。お気に入りだそうですわね」

老公爵の連れであろう老婦人もそうルティアに水を向ける。

王女は向こうのテーブルに孔雀のようにたっぷりとした宮廷衣装のドレスを広げ、大きな羽の扇で煽いでいたが、皆がこちらを振り向き、視線を向けたのに気づくと、扇を持つ手を優雅に振って見せた。

令嬢や夫人方が取り巻いていて、ルティアはなかなか話すことすら叶わないでいたが、おとなしいのか、それとも知らない貴族と今さらここで会話をするのもおっくうだというのか、それほど会話が弾んでいるようでもない。

髪が乱れるのを嫌い、ドレスが汚れるのも嫌って、狐狩りなど到底興味なさそうな若い王女だ。

「これはガーシュ公爵夫人の今後が非常に楽しみになりますなあ？　ボンド伯爵」

白髪の年配の商人らしき男が唸る。

「ルイ夫人ではないのではないかな。ガーシュ公爵夫人か。ガーシュ公爵家夫人をヴァイス伯爵とその義理の息子が奪い合う、というわけですかな。これはなかなか興味深い」

貴族たちは、このイベントを愉しむ余裕に満ちている。ガーシュ公の一日限りの花嫁。表だって紹介されることなく未亡人になった若きルティアを取り合う二人の男というイベントさえ、彼等にとっては余興に過ぎないようだ。

ばかばかしいほどレオンとヴァイスが盛り上げれば、それで彼等のルティアに対する風当たりは弱くなる。

夫人たちも、最初はルティアに大富豪の未亡人になり、巨万の富をその身に受け継ぐのだろうと嫉妬にまみれた視線を向けていたのだが、二人の大げさな求婚のおかげで、まるで芝居を見ているような享楽的な視線になっている。

それはそれでどうかと思うが、ルティアへの悪意が弱まったのを明らかに感じる。

「さあ、ではその戦いの結果を早く知りたいな。狐狩りで勝負とはまた一風変わった勝負もあったものだ。どうせなら決闘なんかが見せ物としてはいいと思うが」

「皆様。このたび私が特別な皆様を招待しましたのは、この催しにて、この美しい城がいっそう華やかになることが約束された美術館の設立を決めたこととの祝いの場でもあるからです。レオン様がガーシュ公の跡継ぎとしてこの城にいらして、自ら美しく磨き立ててくださいました。生まれ変わった城とこの季節ならではのジビエ料理をご堪能ください。ワインも白から赤まで、皆様が口にされたこともないような珍しいものを用意してございます」

ルティアは、ばくばくする心臓をなだめながら出席者たちに朗らかな笑みと共にそう述べると、ボーイが持ってきてくれた貴重な菫の砂糖漬けの乗ったトリュフを手にして王女の元に運んでいった。

「どうぞ。アンヌ王女様」

「ありがとう……」

彼女は小声で言って、その菫の乗るトリュフを指先に摘むと唇に放り込む。

「とても珍しいショコラですわね」

多くの夫人に囲まれ、多くの紳士に囲まれていながら、ごく普通にルティアに話しかけ差しだしたショコラを口にしてくれる王女に、ルティアは少々ほっとしている。

銀の皿を持つ手が小刻みに震えたが、王女はルティアが差しだしている銀の盆を受け取って、周囲にいた貴族たちに薦めてくれた。

「さあ、皆さんもどうぞ。私だけでこれほど美味しいショコラを食べてはいけないものね。でしょう？　ルティアさん」

「あ、ありがとうございます」

王女はともかく、周囲の貴族たちもルティアに向けていた〝異質なものを見る目〟を和らげた様だった。

他の貴族にとって、この城にやってきたのは、レオンが出した招待状を受け、ルティアがどんな娘かを見に来たという目的しかなかっただろう。

もしかしたらルイの息子、レオンを見に来たというものもいるかも知れないが、それよりは一日きりの花嫁であった未亡人に興味を惹かれたもののほうが圧倒的に多いはずだ。

「女主人自ら……このようなことをされなくても大勢ボーイがおりますのに」

「この城にわざわざお越しいただきました。感謝の気持ちです」

「ヴァイス伯爵にあなたと仲良くして欲しいと言われたわ。彼のお気に入りなのね」

「そんな……お褒めにあずかり光栄です」

「それほどは褒めてないわ。それよりね、狐狩りに連れのものが同行したいと言っているの……彼女にも馬をよろしくね」

「承知しました」

ルティアは精一杯のもてなしの心を持って彼女に微笑む。

ヴァイス伯爵が招待してくれた、王宮の女性においてもっとも権力を握っている女性だ。今後、自分がガーシュ公家の妻であり、この城の女主人であり続けるのに必要なんだろう。

ルティアはうわべだけの言葉であったとしても、自分を無視したり、馬鹿にしたりしないでくれた王女に感謝して馬を一頭用意するよう近くの馬丁に指示を出す。

「始まったわ！」

「ああ、狩りが始まった！　すごい数だな。あの犬たちもガーシュ公の宝だそうだぞ」

周囲の貴族たちが色めきたつ。向こうに乗馬服に身を包んだ男たちの姿と、革ひもを靡かせたハウンドセッターを何十頭も纏めて連れた猟番たちの姿が見えたからだ。

ホルンが高らかに鳴り響き、犬たちがいっせいに駆けだした。丘陵を走り矢のように森の中へと消えていく。そのすぐ後を馬に乗った貴族たちが燕尾服を靡かせ、髪を翻しながら駆け抜けていった。

「――――レオン様。ヴァイス伯爵様。いったいどちらが勝つかしらね」

アンヌ王女が傍らに来ていてルティアに声をかけてくる。

「ルティアさんは…二人の殿方に強く思われていて幸せね？」

「そんな……レオン様はあくまで義理の息子ですから」

「そうかしら？　あの方は情熱のすべてをあなたに注いでいるように思いましたわ。あの熱い眼差しをごらんになっていないのですか？」

アンヌ王女は、扇で口元を覆いながらもブルーの瞳をルティアに向けてくる。

「あんなに熱い殿方の眼差しを受けて、気づかないとは変わった方。それとも、都合が悪いことに目を瞑っているだけなのかしら？　真実から目を逸らすのは罪だけれど」

ずきんと、胸に太い杭が突き刺さった気がした。

「あの……」

「ふふ、わかっているの？　それとも本当にわかっていないの？　わかっていないのなら……狐の数にかかわらず、ヴァイス伯爵を選んで再婚するのがベストだと思うわ」

「アンヌ王女……」

「そうしたら……私がレオン様をお慰めするわ」

「え？」

アンヌ王女が唐突になまめかしい指先をルティアに差しだして顎を撫で唇に触れてきたのに、ルティアは驚いて身を固くする。

「レオン様はとても好みだわ。美しいし頭も良さそうだし、あんな方がこの私の……王宮に……我が国の王族になってくれてもいいわよね」

「そんな……」

ルティアの中に急にとりとめもない嫉妬と焦りが滲んでくる。

美しく地位のある王女が急にレオンをいいと言い出すなんて、想像もしなかったから慌てているのだと思う。でも、やはり不安な気持ちも急に強くなったのは否めない。

「どうしたの？　急にそんな不安そうな顔をして。大丈夫。ヴァイス伯爵が勝つわ。あの方は軍人ですし、狩りの腕も相当なものよ。何せレオン様と場数が違いますもの。いくらでも獲物を仕留めてきますわ。安心してヴァイス伯爵をお選びなさいな」

「え……ええ」

ルティアの生返事がわかってしまったのだろう。彼女はさらに言葉を重ねてくる。

「あなたがヴァイス伯爵を、私がレオン様を、手に入れる。それでうまくいくわ。ああ、でも……あの方が許してくださらないと」

アンヌ王女が視線を向けた先に、ひときわ豪華な大きな帽子をかぶって、胸もとの大きく抉れた黒いドレスをまとった女性。そのしゃんとした背筋、細くて華奢な体型なのに大きな胸もと、ルティアは彼女を見たことがある。

（あれはあの……レオン様と一緒に絵画を持ち出して馬車で行ってしまったあの女性？）

「ジャニス様。こちら、ご紹介するわ」

彼女がこちらに歩み寄ってきてルティアは慌てて、腰をかがめて正式な挨拶をする。

相手も王女に軽く会釈をしてルティアにはさらに大きく頭を下げる。

「ジャニス様。こちらのお城の未亡人。ルティア様ですわ」

「ああ。初めまして。あなたがこちらのお城で未亡人になられた方なのね。お若いのね」

金色のうねる髪。

太い縦ロールが白い肩の上で弾むほど豊かな髪。そして小さく尖った顎に、輝く緑の瞳。とても魅惑的な猫の様な眼。真っ赤な唇がきゅっと口角をあげてルティアを見る。

「初めまして」

小さな白のパラソルをくるくると背中で回しながら彼女は言う。笑っている様で笑っていない。すっと伸びた背筋。綺麗な金の縦ロール。きゅっとしまった顎。あの女性だ。

「あなたがルティアさんなのね。ふふ、可愛らしい方ね。レオンが言うとおりだわ」

彼女はルティアを見て、くるっともう一度白い手袋の嵌められた手で回して、近くにいた殿方に顔を向ける。

「あなた、私に馬を用意して頂戴な。あの狐狩りを追いかけるわ」

「夫人。承知しました」

「狐狩りの森に入るのは危ないと思います。おやめになったほうが……」

ヴァイス伯爵に、そう言われていたルティアはもう引かれてきた馬のほうに視線を奪われているジャニス夫人に声をかける。

「あら、どうして？　狐狩りは女性だって同行するのよ。あちらの国では普通だわ。あなたも同行すればそれぞれの男性がどんな風に狐を……目指した獲物を追い、どう射止めるのかわかってよ？」

ジャニスは緑の目を明るく輝かせて、パラソルを白い馬を引いてきた馬丁に任せる。赤い馬掛の馬に馬丁の置いた足置きから小さな白のブーツの足を乗せてひらりと馬の背に乗った。

横座りになって、その白いリボンのちりばめられたブーツを小さくばたつかせている。

「ああ、いい馬ね。さすが気位の高いガーシュ公ね。馬もいい馬ばかり揃えているわ」

そう言うと、その横座りのまま手綱を持ち、引いて馬を走らせ始めた。

レオンやヴァイス伯爵たちが入っていった緑の森に馬を走らせる。

彼女の取り巻きの男たちが、慌てて馬を頼んで、そしてあとに続こうとする。

口元に魅惑的な大きなほくろがある。あれは、遠目でもなんとなく見えていた彼女の特徴だ。そしてあのなで肩も、白い胸もとも、美しく妖艶な引き締まったウエストも、一目見たら忘れられないほど整ったものだった。

「大丈夫よ、彼女は乗馬も狩りも手慣れてるの。隣国ヒーリスの国王夫人よ。レオン様が招待したのね。彼にとっては特別な方だもの。仲直りしたようでよかったわ」

ルティアはまたアンヌ王女の思わせぶりな発言に胸をきゅっと締め付けられている。

「特別な方？　仲直りって……」

「彼女はレオン様の〝特別な女性〟なの。一番気にし続けていた女性だと思うわ。国王の妻にはなかなか会えずに辛かったでしょうね。お互いに」

ルティアの中になんだか嫉妬の炎がちろちろと燃え始める。

自分に内緒で、隣国の国王夫人を招待していた。しかもあの女性は前からこの城に訪れては彼が荷下ろししたものをこっそりと馬車で運び出していた疑いのある女性だ。

今ああして男たちを引き連れてレオンたちの入った森に入っていったのも、なんだか意味もなく怪しいと思えてしまってルティアは、思わず馬丁に馬を頼んでいた。

「あら、あなたも同行なさるの？　狐狩りは女性には残酷な狩りだと思うわ」

「狐を殺してはいけないと……お願いしてあります。ガーシュ公の喪が明けたばかりです」

「そんなこと、殿方が言うことを素直に聞くと思っているの？　どうせ血が騒いで殺してしまうわ。犬たちも、主人とはいえ普段から主従関係を結んでいない貴族の言うことをどこまで聞くかわかったものじゃないのだし、さきほどヴァイス伯爵の銃を手配した猟番が銃に弾を詰めたと言っていたわ。それもどちらかの銃には不良品が混じってしまったかも知れないと……」

「不良品の弾ですか？　そんな。どうしてそれをもっと早く教えてくださらなかったのですか？」

ルティアはアンヌ王女の言葉に奇妙な苛立ちと焦りを覚える。

「あら、どちらへ？　ヴァイス伯爵からあなたのそばにいて欲しいと言われているのに」

アンヌ王女はいきなりドレスを翻すルティアに驚きの眼を見張る。

「申し訳ありません。整備不良の銃など危険すぎます。狩りは中止にさせますから！」

「あらあらあら」

王女は訳のわからない声を転がしながら、笑う。

ルティアは、馬の手綱をきつく絞ってから一気に馬を走らせた。

「あらあら、あんなに飛ばして大丈夫かしら……気をつけないと森の中は本当に危ないのに……まあ、彼女はこの森の女主人だもの、まさか銃で狐と間違われて撃たれたりはしないはずだわ」

笑みを消した赤い唇で小さく呟いた言葉は、むろんルティアには届いていなかった。

●第六章● 森の中で淫らに指を言わされて

「酷いわ……酷いわ」

訳もなく唇でその言葉をくり返しながらルティアは森の中の一本道を走らせる。

固く踏み固められている大地と、緑の下草を蹴りながら白馬は走る。ルティアは久しぶりの乗馬であることも、それまでは習っていたとき以外の遠乗りではほとんど横乗りではなく、男性のように馬にまたがったライディングスタイルだったことも忘れていた。

周囲が立ち枯れの木々や、紅葉した木々の光景に変わっていても、なかなかレオンたちの一行には追いつかない。

それでも遠くで犬たちの吠え声はずっと聞こえていたし、人の声らしきものや猟笛の音が聞こえているからまるで見当違いの方向に走っているのではないようだ。

ルティアはその声が大きく聞こえるほうに走っている間は、不安というものは感じなかった。

ただ、ガーシュ公の城に来てからずっと、レオンとヴァイス伯爵にかまわれ、二人を自分だけの男性だと知らず知らずに見ていていい気になっていたのだと、思い知らされた。

(他の女性が彼等に熱い視線を向けることを、こんなに嫌だと思うなんて。こんなにも、一人占めしていたいと思っていたなんて、独占していることに心地よさを感じていたなんて…)

頭の中が熱く燃える。そんなルティアの目の前に突然、何かが走り出してきて馬の前を横切った。

「きゃ……」

あまりに突然で、何が飛び出したのかもわからなかった。

それは大きな猪のようでもあり、狐のようでもあった。茂みから茂みへずいぶん細くなった一本道で、馬は驚いて前足を高く持ち上げ後退する。

「あ……」

必死に手綱を握り締めたがルティアはあえなく放り出されて地面に叩きつけられた。

まだ、またがっていたならよかったかも知れない。でも上品に横乗りしていたために鞍から滑り落ちたルティアは、しばらくその場から立ち上がることも出来ずにいる。

「いた……」

足首を捻った気がする。上体を起こしながら乱れたドレスの裾を捲って、ふくら脛まであるブーツのボタンを指先でゆっくりと開いていく。ブーツボタンを開く道具がないから、指先で苦労してボタンを解いてく。

そうして白い肌が覗くと、そこはもう微かな赤い腫れが見えている。

押すと痛むが、それほど大事にもなってはいないようだ。

「まったく……嫌になるわ。もっと乗馬を練習しておくのだった……」

呟きながら立ち上がり、馬を探すが、馬は驚いてしまったのかその場にはもう姿が見えなくなっている。

「やだ……」

狩りをしている森の中で、馬もなく、場所がどこなのかもわからず放り出されたルティアは心細くてたまらなくなる。

そこに立っていればいいのか、どこかに歩いた方がいいのか、それさえも判断できない。

幸いまだ太陽は高く、すぐに日暮れになることもないだろう。

そう思って、来た道を帰るのも悔しくて、ときおり犬の声のするほうに歩くことにする。

幸いまだ森の中の道は続いており、木々もそれほど道を隠してきてはいない。

秋の景色になりつつある森の中は、裸になりかけた紅葉樹木もあり紫や赤い木の実が目にも鮮やかになっている。

ルティアはそれをちぎって、道に一粒ずつ落として歩く。そうしておけば道に迷うこともないはずだ。

「ルイ様の領地でも私、満足に森の中を散策したこともなかったわ」

犬の声も聞こえなくなれば、狐を脅すためなのか、ときおり聞こえてくる銃声もほとんど聞こえてこなくなる。

「あの銃声……狐を殺しているのでないといいけれど」

撃たれた獣が血を流していれば、ルティアの前に差しだされたときわかってしまう。それほどヴァイス伯爵もレオンも愚かではないだろう。

森の中の静けさに吸い込まれてしまいそうで、ときおり怖くなってくる。

城の周辺の広大な森林と丘陵。それが塔から見渡せるすべて、ガーシュ公の領地だと聞いて、途方もない広さだと知った。そして春や夏の離宮のある地方に行けばさらにもっと広大な領地があると言う。ルティアにはそれらすべてを管理管轄する能力はとてもない。

やはりここはレオンに譲り渡すべきではないだろうか。

自分がヴァイス伯爵に受け入れられて彼の城に嫁げばここをレオンに譲ってもヴァイス伯爵は文句を言わないだろう。

ヴァイス伯爵が、この広大な土地と財産、美術品目当てに自分に近寄って来たとは思えない。むしろやはり父の口車に乗ってこの結婚に乗り気になったのだという気がする。そこそこの年齢になってこの国に戻ってきた彼に、ルティアと結婚して欲しいとせがまれたに違いない。

今日で決まる。

今日のこの狩りの結果で、自分がどちらの言うことを聞くのか決まってしまう。

ヴァイス伯爵はレオンの言うことに納得するだろう。

父もヴァイス伯爵が身をひくと言えば、父もそれ以上彼に無理強いはできないだろう。

（でもレオン様が勝利したときは……父はまた何か文句を言ってくるわ。きっと……。それでも彼が自分を好きで結婚すると言ったらどうしよう）

きっと迷いながらも心のどこかで嬉しいはずだ。

どちらに求められても、どちらも拒否できない理由がある。

こんな中途半端ではいけないのに。

王女が言っていたような計算高い女になってしまうのに……。

「猟犬は……私を襲わないわよね。そしてこの森には凶暴な狼はいないわよね」

馬はどこに行っただろう。少なくとも馬が帰ってこなければ、ルティアはこの森から一人で城に戻れる気がしない。誰かと行き会うか、誰かが探してくれなくては、この森の奥から出ることは怪我をした足では難しいだろう。

「このドレス……せっかくレオンが選んでくれたのに、裾がずいぶん汚れてしまったわ」

乗馬をするはずのドレスで森の土道を歩いているのだから、当然汚れてしまう。

「せっかくの……ドレスを汚したくはないわ」

ルティアは大げさなほどスカートを捲り上げて腰で抱え込むと足元がすうすうするのも気にせずに歩き始める。

多少寒さが身にしみようと、自分を思ってくれる人の贈り物を台無しにするのは忍びない。

そうしてどれだけ歩いただろう。

近くでがさりと枯れ葉の動く音がした。

(――何?)

馬の蹄の音や、猟師たちが持っている鈴の音色は一切近くでしていない。獣に違いない。

その獣が、ウサギや雷鳥ならいい。もっと恐ろしい熊や狼だったらどうしよう。

ルティアは何も武器を持ってきてはいない。

その音のほうに、顔をやって、そして身を固くする。

また、がさがさと音がする。

枯れた草が揺れてこちらに何かが近づいてくる。

ルティアは戦うための武器になるものがないかと周囲を見渡す。そこにはちょうど枯れて落ちた小枝があった。握り締めて振るうにふさわしい長さと太さのある枝だ。ルティアはそれを握って、そして大樹の陰に隠れようとした。

ガサ。

音は近づいてきて、そしてすぐそこに黒い塊が現れた。

「――――」

それはルティアの前で獣のような匂いを振りまいて、そして蠢く。

「あ……」

ルティアは身を一瞬引きつらせてから、安堵の息を深くついてその場にしゃがみ込んだ。

それは大きな鹿だった。

入り込んだ犬の大群と猟師たちが、鹿を追い立てて不必要に彼等を移動させていたのかも知れない。数頭の鹿の群れが行きすぎて、最後に小さな子鹿があとを追っていった。

鹿はルティアの存在に気づいていたようだったが、何も武器を持っていないとわかっているのか、少し立ち止まって視線を巡らせる鹿もいたが、そのまま前方に向かって走って行ってしまった。

ルティアはまた静けさの中に取り残されて、そして一度しゃがみ込んだ足で再び立ち上がるのがおっくうなほど疲れていることに気づく。

もともとこの城に来てルイに死なれてから、それほど歩くことのない生活だった。そして今は足をくじいている上に歩きにくい、土の道を延々と歩いている。

「誰か……来てくれないかしら……。こっちに狐がやってきたら……レオンかヴァイス伯爵が追ってきてくれるのに……」

ルティアは、ここにしゃがみこんでいても仕方がないと立ち上がり、気に寄りかかるようにしてから歩き出す。

水が飲みたい。そう思う。

そして水の気配がするほうに徐々に歩いて行くと、そこに人影があるのに気づいた。

「あ……」

誰かこの森に来ているのだろうか。冬に備えて木こりが薪を作りに来ている頃だろう。レオンたち以外の、普通の猟師も森に伺ってきているかも知れない。

ルティアはその方にそろそろと音を立てずに近寄っていく。

馬が楡の木に繋がれているのが木陰から見えた。

木漏れ日の下。金色の輝きをちらちらと見せているのがレオンだとすぐ気づく。

「レオン……！」

ルティアは彼が自分を探しに来てくれたのだと思って、駆け寄ろうとした。

だがそこにはもう一人の人物がいて、その人物の白いしなやかな手がレオンの頬をそっと捉えて口づけしているのが見える。

（え……？）

大きな帽子のブリムから金色の巻き毛がこぼれ落ち、そして肩まで開いた黒いドレス。白い胸もと。それは先ほど狩りを見学に行ったジャニス・リー国王夫人だった。

思わず息を呑んで、立ち止まる。

彼女は自分より背の高いレオンの項に手を回し、顔を引き寄せて口づける。

その口元はブリムで隠れていたものの、ルティアは凝視できずに思わず眼を逸らした。

どうして彼と彼女がここにいるのかわからずに、ただ動悸が激しくなっていく。

「怪我をするわ……本気にならないで」

「でも、本気にならなくては負ける。あの男は意外と強いよ。年寄りなのにね」

「あなたはまだ若いの。彼女に尽くすことで身を滅ぼすと思わないの？」

「思わないよ。何より今は勝負に勝ちたい。そういう強い思いを抱かないと得られるものも得られない」

「危険なことだと思うわ。気をつけて。彼は……銃に普通より多くの弾を込めているわ。それは彼の仲間の貴族も同じじよ？　もしかしたら……あなたのことを……」

ルティアがレオンに忠告しようとしていたことを彼女が先回りして告げてしまった。

それはルティアがここに来た意味を打ち消してしまうことで、ルティアは、しばし呆然として小声で彼等が語らう言葉を聞いている。

聞いているはずなのに、素通りしていく言葉に、レオンとジャニス国王夫人がとても親しい間柄なのだということだけははっきりと伝わってくる。

彼女は今もレオンの項に両腕を回して、レオンは身を微かに折るようにしながら彼女の腕を振り払おうともしていない。

「銃に弾丸か……まあ、撃たないことが前提の今回の狩りだけれど、彼らがいる方向から銃声はときおり聞こえてくるしな。危険回避のためには使用することは許されているけれど、俺はまだ熊にも狼にも会ってないし」

「だから手段は選ばない。そういうことよ……気をつけてね……」

「わかっている。それより、ジャニス。こんなところにいつまでもいないで、城に戻って欲しいな。俺のルティアのそばにいてやって」

「どうして？」

「貴族の夫人たちの多くは狩りよりもガーシュ公の城の調度品や宝飾品が目当てだろ？二人でそれを案内してやってよ。そういう約束で呼んだのに」

「あら。つまらない。あなたがようやく私を華やかな場所に連れ出して、本当の間柄を公表してくれるのだとばかり思っていたのに」

ジャニスは、甘えたような声でレオンに抱きついている。

「そんなことはいつでもできるけどね。今は男の勝負をつけている最中で、ジャニスのことを考えている場合じゃない。それに……絵のこと。ばれないようにしてくれないと」

「大丈夫。私の馬車はとっても大きいもの。しもべも大勢連れてきているわ。一番近いお部屋にしてくれたおかげで行動し安くていいわ」

「そう。それは助かる」

「このお城は本当に美術品の宝庫よね。あなたのものになるなら、私も一肌脱ぐわ」

ジャニスは甘い声を潜めながら、またレオンに抱きついた。

二人の秘密の逢い引きを覗きみてしまったような居心地の悪さに、ルティアは身体がどんどん冷えていくのを感じている。

なのにそのまま身を固くして、二人の様子をうかがっているしかない。

「俺のものに？　そうしたいの？」

「もちろんよ、だからこそ、こうして隣国からわざわざ来たわ。本当はあの娘、ルティアのことなどそれほど気にしていなかったわ」

「ガーシュ公の花嫁なのに？」

「ええ。あなたがこの城に来ていると、この城の跡継ぎになりたいというから、協力しに来たの。あなたを一度捨てた償いとしてね」

「また俺を捨てたりしないよね？」

「もちろんよ……」

胸がずきずきと痛む。

ジャニス夫人は、レオンの恋人だったのだろう。

そして彼がこの城を手に入れるための手助けをしている。そのために、わざわざここの城にやってきた。あの美しい国王夫人はレオンが好きで、レオンもあんなに懐いている。

ルティアには見せたことのない、どこかぶっきらぼうでぞんざいささえ感じさせる男らしい姿。

特に今は狩猟の姿をしているからだろう。

青い帽子から溢れる金の髪をうっとうしそうに指先で掻き上げて、そしてようやく抱きついているジャニスの胸を押しやった。

「ああ、犬が鳴いてる。いかないと。ああいう吠え声のときは必ずいける」

「無理しないで、銃で撃ってしまいなさい。狩りで無茶をして死ぬものも多いのだから」

「わかってる。でもルティアとの約束だし、俺に不可能はないから。生け捕りにして十匹は持ち帰るよ」

彼は馬の背にあるロープと網を見上げて、そして馬上にまたがった。

「未亡人との約束より、あなたは王家と世間の人々にとっても大事なの。そしてあなたは無事に私の元に戻りなさい。いいわね？」

ジャニス夫人は叫んで、彼が勢いよく茂みを飛び越えて大樹の向こうに消えていくのを見つめている。そうして犬と、猟笛にまみれた森のざわめきをあとに、向こうの小径に繋いであった白い馬にまたがって、元来たほうに戻っていった様だった。

ルティアは握り締めていたドレスから指を離すことが難しいほど、くい込んでいた白い指を見下ろして、そして唇を噛んだ。

ジャニス夫人があれほどレオンと密接に結びついていた間柄だなんて思わなかった。

彼が絵画をこっそりと持ち出していたのも、何かもっと単純な理由があると思っていた。彼女が画商の娘か何かで修理修復を依頼しているだけかと思っていた。このイベントのために額を調えるために彼女も呼んだに違いないと、不審に思いながらもいつしか勝手に好意的に解釈していた。

（なのに……この城を……乗っ取るためなの？　それで……私の信用を勝ち取るために狐狩りで勝者になると……誓ったの？）

ルティアはそこから動くこともできなくなってしまう。

足の痛みとか、疲れとかそう言うものより心が痛む。頭の中が混乱していて、今これから自分がどう行動していいのかもわからない。

そのままましゃがみ込むことすらできず、立ちつくす。

向こうで何十頭もの犬が吠え立てている。レオンのグループが狐を追い立てて取り囲んだのだろうか。

今はレオンに勝って欲しいともヴァイス伯爵に勝って欲しいとも思わなかった。

二人とも、自分を利用しようとして近寄って、そして夫を半日で亡くした哀れな未亡人を落とすために甘い言葉を囁き、籠絡してきたのではないか。そうとしか思えない。

「捕まえたぞ！　狐の家族だ。これでもう八匹だ」

レオンの仲間の伯爵が、意気揚々とした声を上げているのが聞こえてくる。

レオンは本当に約束を守って、生け捕りにしてくれている。

それは嬉しい。

「レオン殿！　もう何匹かは猟銃で撃ってしまってもいいのではないですか？　そこの湖で血抜きをして渡せばレディにわかるわけがありません。網に入れて連れてくる間に死んでしまったと言えばいいのでは？　実際そう言うことはしばしば起こることですよ」

「ダメだ。ちゃんと生け捕りにして。できるだけ、怪我一つおわせずに、ルティアに可愛らしい姿を見せられるように」

「そうですか？　手間暇かかるのにな。犬たちも、かみ殺したくてたまらないのを抑えているんですよ。彼等、狐狩りと言えば、狐を穴に追い込んでかみ殺すものと教えられていますからね」

「だから、それをするなと言っている。実際、こうして生け捕りができている。大丈夫だ」

「ですがもう犬の匂いが森に充満しているでしょうから、警戒しているはず」

「あと二匹くらいなんとでもする。ヴァイス伯爵たちはそう簡単にはいっていないはずだ」

「確かに。年配の男たちには森の狩りはきついでしょうね。慣れはあっても動きは遅い。ああ！　いましたよ」

また犬たちが猛然と吠え始めている様だ。

犬たちの吠え声も、猟師や犬番たちの笛の音も、別の方角に声が向いて行くのがわかる。

馬の蹄や小さな鼻をならす音も小さくなる。

ルティアはこちらに犬たちがやってこないことを願いながら、訳もなく涙をにじませた。

なんだかとても惨めだった。

たった一人慣れない馬に乗り、森の中に入ったのも、レオンの身を案じてのことだった。

ヴァイス公爵が何か企んでいそうだったし、ジャニス夫人は平気で森に入ったのに、自分はためらわれたのも悔しかった。

（でも……結果として……来なければよかったの……？）

レオンとジャニス夫人の深い関係を知ってしまった。

彼女はレオンをガーシュ公の跡取りに押し上げようとしている。もしかしたら、ルイの本当の息子ではないのかも知れないとさえ思えてくる。

（そんなことはないわ……だってブランシェ男爵がちゃんと証拠を揃えて来たのだもの）

そんなことまで疑う様になってしまった自分を情けなく思ってしまう。

他の女性がレオンを好きで、自分の知る以前のレオンを知っている。それだけでこんなに悔しくて不安な気持ちになるなんて、思わなかった。

「あの女性が……レオン様の……恋人だったなんて……」

ふらりとして、木の根に躓いたルティアは、乾いた地面に倒れ込む。そのとき、柔らかな胸がルティアの身体を抱き支えた。

この森の中にはあるまじき、上質なベルベットの肌触りだ。

「ヴァイス伯爵様……」

「し」

ヴァイスは、赤い上着の上に黒いコートを掛け、目立たないようにしているのだろう。指を唇に当てて、レオンに気づかれないようにルティアの身体を抱き寄せる。

「大丈夫ですか？」

「ヴァイス伯爵様……どうしてここに……」

「様子を見に来たのです。狐を捕るための罠を……かけておいたのでね」

「――――罠？」

ルティアがその禍々しい言葉の真意を探ろうとしてヴァイス公爵を見つめる。

彼は容赦なくルティアを抱きしめ、そうして唇を奪った。

「ええ。そうです。狐もあなたも私のものにすべく罠をかけました。だからこうしてあなたは彼の黒い真実を目の当たりにした。そして彼はその天罰を受けなくてはいけない」

「天罰……？」

「ええ。今から彼は大変な事故に遭うと思いますよ。神が定めた器に収まろうとしなかった。大それたものを手に入れようとしたその罰を」

彼が奥を見つめて底冷えのするような声で囁く。

そのとき突然木々の向こうで大きな銃声が響く。

「あ！」

犬たちがいっせいに吠え、そして男たちの声が響いた。

「何……？　何があったの？」

「暴発ですよ」

「――――！　暴発？　銃の？」

「ええ。銃を迂闊に使うとこうなる。手入れを自分自身でちゃんとしておかなくてはいけない。それが狩りに出る男の常識です。戦に出ることと同様に危険な行為なのですから」

ヴァイスは、嫣然と笑むとルティアの身体を抱き起こして馬の背に乗せようとした。

「待って……待ってください……」

ルティアはヴァイス伯爵の肩や胸を叩き返すようにして、その行為から逃れようとする。

「暴発って……誰かが怪我をしたかもしれないんですよ？　それにどうして事故が起こると……」

そこまで言ってルティアは彼の口元に酷薄の笑みが浮かんでいることに気づく。

「まさか……知っていたのですか？　誰かの銃が暴発することを？」

「そこまで厳密には知りませんよ。ただ不遜なことをすれば神様が怒りを見せるのは当然のこと。その怒りがどこに向かったかはわかりません。でも私は彼等のグループとは無関係です。むしろ敵同士です。あちらにいくことはあちらも悦ばないでしょう。さあ、あなたのために狐を十匹生け捕りにしたのです。もう日暮れですし、城へ戻りましょう。城では多くの貴族たちが、勝負の結末を今か今かと待っていますよ。そしてそのあとの晩餐会と舞踏会も楽しみにしているでしょう」

ヴァイス伯爵はルティアを馬に乗せて、早くに城に戻りたい様子だ。だがルティアは彼の先ほどのもの言いから、暴発して怪我をしたのがレオンなのではないかという胸騒ぎがしてきている。

「ヴァイス伯爵様。私……私はあちらの様子を見に行きます。この私がルールを作った狐狩りで怪我人を出していたらそれは城の女主人である私の責任にもなりますから」

ルティアはヴァイス伯爵を押しのけて、馬から転げるように地面に降りる。

だがヴァイスも馬から飛び降りると素早く手を伸ばし、ルティアの手首をつかみ取ると、自らに引き寄せた。

「あ……あっ」

「お待ちなさい、ルティア嬢。そんなことは許しませんよ」

ルティアは強く腕を引かれて、また彼の胸の中に舞い戻る。

「でも、どうして？　私は……義理の息子が怪我をしていないか心配です」

「義理の息子じゃなかったら、そう心配することもないでしょう？　それに……もしかしたら、あなたからすべてを奪ってあのジャニスという女性と逃げるやも知れない男です。裏切り者かもしれない男ですよ？」

「でも……」

「ルティア。あなたは私をなんだと思っているのですか？　私があなたをいつも大人の視線から広い器で受け止め続ける男だと思っていたら大間違いです」

「ヴァイス……様？」

「私のいいなりになりなさい。そうしたら、あの義理の息子などどうでもよくなります。私があなたの精神をすべてこの指にゆだねさせてやります」

おもむろにルティアの上衣を引き下ろし、ボタンを引きちぎった。そしてそれだけで止まることなく肩からドレスが引き裂かれた。

「きゃ……」

驚いて、引き裂かれる痛みに顔を歪ませたルティアだったが、ヴァイス伯爵は平然としたものだ。

「声を出してはいけませんよ。こんな卑猥な姿を誰か……猟師や犬番、そしてレオンに見られていいのですか？」

彼はルティアの身体を自分に背を向けるように回すと、そのままドレスの肩を引き下ろした。

彼はそこに咲いていたアザミのような花をむしり取ると革手袋の手の中で揉み、ルティアの捲り上げたドレスの下のドロワーズを下ろして、白い双丘に塗りたくる。

「――――うう……」

口元を押さえつけられて、ルティアは下肢を彼のほうに突き出すように木の前に立たされ、お尻を持ち上げられて、羞恥心に肌を染める。顔が火照り、その桃色の色味が胸もとに流れたかと思うと、彼が摑んでいたぶっている双丘の間に間で広がっていく。

「……うぅ……あ……」

指先が秘裂の中に潜り込む。

「あ……や……やめ…て…」

「あなたには、もっと私のすごさを感じ入ってもらいますよ。私があなたにどれだけ魅了されているか、あなたはわかっていない様子。私はあなたの父上に薦められたからあなたにアプローチしているわけではありませんよ？」

「うぅ……」

ルティアは腰を押さえつけられ、捲り上げられたドレスの襞が髪や頬にかかりレースがベールのように顔を覆っているのを、ちょうどよかったとさえ思っている。

そうでなくては戸外でこの姿勢は恥ずかしすぎる。

「どうですか？　森の中で、すべてさらけ出される気分は？　私の指技をもっとあなたに深く味わわせてさしあげますよ。そして……いつもあなたに捧げていた私の情熱の一部を……別の形でも捧げましょう。あなたは……私を都合のいい男にしたいらしい。でも私はそれでは満足できない男なのですよ！」

彼はルティアの腰を引き、そして腹部に這わせた両手の指先を、肉肌にくい込ませながらゆっくりと体内の欲望を掻き出すように乳房を、そして太股の間の淫唇をいたぶってくる。

指先が淫唇の中の濡れた秘所を突き上げてくるたびルティアはぶるぶると粘膜を震わせて、その指先の這うのを耐えている。好きなように震わされ突き動かされる雌芯。

「レオン様が……怪我を……したかも……しれないわ……」

「だったらどうだっていうのです？　彼には仲間がいる。もしも怪我をしたのなら、誰かが手当てする。そして城に戻ればいくらでも治療はできる。ここであなたが駆けつけたところでいったい何ができるというのですか？」

優しい声音に冷ややかな響きが宿る。ヴァイス伯爵は優しいのか温厚なのか、それとも実は陰険で根の深い大人の男なのか、ルティアにはもうわからなくなっていた。

隠していた傲慢さと独占欲。それが一気に開花してしまっているヴァイス伯爵にルティアはなすすべもない。自分が彼を耐えさせてしまっていたせいで、彼の中の抑えきれない強欲な一面を露わにさせてしまったに違いない。

「ヴァイス伯爵……どうか……少しだけ……見にいかせて……」

「いかせて欲しいのですか？　はしたない姫君ですね」

彼の指が温かな秘裂に潜り込んで雌芯をそっと擦りつけつまみあげてくる。

「ひゃあぅ……ッ」

ルティアは懇願の声を忘れて悲鳴を上げた。

「ああ、可愛い、いい声ですね。あなたのそう言う声を聞くとますますこの私の身体に縛り付けたくなりますよ……ほら、こんな風に」

ぐにゅっと音が立つほどいやらしく指の腹でルティアの雌芯が押しつぶされ、捻られた。

「はあ……ッ」

喉をひくつかせ、ルティアは身体の筋のすべてがぴんと張られたヴァイオリンの弦のようになって、そしてヴァイス伯爵の身体の中にもつれ込む。

足の指先まで引き締められた今の棘のような鋭い愛撫に、ルティアは痺れを感じて立っていられないほど五感を狂わされている。

「おやおや……可愛らしいですね。そんな風に私に身を預けてくるとは。どうやってあなたを甘く蕩かしましょう。その声がかれるほど、この中を我が雄塊でついて差し上げましょうか？」

「う……や……や……め……。私……レオン様の……」

あれ以降何の物音も聞こえてこない。レオンは大丈夫だろうか。

「また〝レオン〟ですか？　仕方ない方だ。そんなに気にかけられたら、抹殺したくなりますよ」

「や……だめ……彼に何もしないで……」

「しませんよ。あなたがこうして我がものになっていれば……こうして我が身にその身を預けて、されるがまま愛撫されていれば。何もしません……さあ。ここを開きますよ」

足が大きく開かされ、太股に彼の指がくい込んだ。

「ううう……」

五本の長く巧みな指が白い内ももをはいずり回る。そしてときおり親指が花弁を捲り、淫唇の中に挿入される。いつくるのかわからない濡れた粘膜を探る指先に、ルティアのそこはびくびくと怯えている。

「フフ、慣れていないのですね……嬉しいですよ。レオンにあなたのすべてを開発されていては……あまりに辛い。あなたを待ち続けて惨めな敗北者になるのだけはごめんでしたよ。さあ、これから私の勝利のときです。勝利の雄叫びをあなたのここで受け止めてください」

ヴァイス伯爵はルティアの淫唇を全ての指先でぱっくりと開き、そこにもう滴りつつある蜜を見て、笑った。

「フフ、こんなに感じてくださっているのですね。もう私をこんなに……欲しがっているのですね。あなたのここは……」

「ひゃ……あん！」

ぐぐっと中をすべて擦られて、ルティアはお尻を跳ね上げる。彼に抱かれているせいで、跳ねあげたお尻は奇しくも彼の男根を目覚めさせようとするかのように擦り上げた。

「ああ、いい……ですね。そんなに私を欲しいですか？」

「ちが……」

「欲しいとおっしゃい、でないとレオン君を……いじめますよ？　いつでも暴発する銃など作れるのですから」

卑猥な言葉と脅しの言葉を交互に囁かれながら、ルティアは苦悩し、そして指先の淫技に唇を噛む。彼はその表情を愉しむようにルティアの頬を傾けて、そして耳朶を咥え、軽く噛んだ。

「うあ……ん！」

耳朶を嚙られるだけで子宮が熱く震えて、じゅくじゅくと蜜が溢れる。

それをヴァイス伯爵は悦び、指を潜り込ませながらルティアの秘裂に塗り込めていく。

「これだけ蜜が迸っていれば私の巨大なものも……入りますね」

「え……」

今まで彼が男根を挿入してきたことはなかったから、ルティアは驚いて濡れている瞳を彼に向ける。

睫をしばたたくルティアを、ヴァイスは可愛い宝を見るようにして微笑んだ。

「欲しそうですね。我が雄が」

「ちが……」

「素直におなりなさい。でないとまたそれがレオン君のせいで妨げられていると思いますよ？」

ルティアはレオンに危害が及ばないよう、慌てて頷く。

「欲しいのでしょう？　ルティア。あなたの中にこの巨大な雄を入れて欲しいでしょう？」

「は……い……」

ルティアは掠れる喉でそう答える。

辛かったが仕方ない。

「いい子ですね……あなたは私の理想の姫君。ガーシュ公が亡くなってくれなくては巡り会えなかった理想の天使。従順で可愛らしい一目惚れの人……」

ヴァイスがルティアを正面に向かせて胸を両手で揉みしだく。乳首を摘まれてルティアは「う……」っと身を反らした。

「ああ、感じやすい乳首ですね」

今度は彼が歯で先端を噛んできて、ルティアの下肢はまた震える。

「クス、ああ、あなたが気にしていた……あの彼女。戻ってきたようですね。レオン君は……たいした怪我ではないようですよ。軽く包帯をしていますが。もう戻るようですね」

「え」

彼が実況を中継するのを聞いてルティアは、羞恥心に濡れた眼を彼が見る方に巡らせる。木々の向こうにちらちらと人影と馬の影が見えていた。

犬番が革ひもに繋いだ何十匹ものフォックスハウンドやオッターハウンドを引き連れてもと来たほうに戻っていくと思われる。そのあとについて高い位置に覗く黒いドレスの女性。ジャニス夫人だ。彼女は白馬の後にレオンを乗せていた。レオンはその手首に白い包帯を見せている。

「あ……」

思わず彼のほうに駆け寄ろうとしたルティアをヴァイスが押さえ込んだ。

「放して……放して……レオン様が……怪我を……」

「彼女がいるではないですか。それにこんな乱れた姿で彼の元に出て行くのですか？　なかなか大胆ですよ？」

彼はうっすら笑んだ。

ルティアは上着を脱がされ、肩からドレスを落とされている。ドロワーズも脱がされて、内ももはぐっしょりと濡れている。

犬がそばに来ればすぐ普通のレディではないとわかって騒ぎ立てられてしまうに違いない。ルティアは自分の姿を顧みてヴァイスの言うとおりその場に足を止め、レオンの去る姿を見送るしかなかった。

白馬に乗ったジャニス夫人はレオンを気遣いながら行く。

彼女はレオンを心から案じているに違いない。何度も振り返り、彼に声をかけていた。

(お似合いなのかしら……彼女は……誰かの夫人でいて……それなのにレオンを愛している。恥じることも迷いもなく……私は……迷っていたわ……ずっと……ヴァイス伯爵の申し込みを受けるかレオンの申し込みを受けるか……だから、こんな形になったのね……選ぶまでもなく……神様が決めてしまった……それでいいの……ヴァイス伯爵と結ばれることが、誰にとってもよいことなんだから)

そう思うのに心の片隅が苦しいのはなぜだろう。片隅だけじゃない。心のすべてがずきずきと痛む。彼に触れられたところが熱を持って痛む。

ルティアは長い睫を伏せて、馬の蹄の音が去るのを聞いている。

もう狐は集まっただろうか。それとも怪我のせいで、断念したのかも知れない。そうだとしたら怪我もその敗者となることもルティアのせいだ。そう思う。

彼等の気配がなくなるとヴァイスはまたルティアに大胆に触れてくる。

腰を押し付けられ、ルティアのお尻の間の隙間には、もう巨大にそそり立った雄が潜りこんできている。迸る熱の激しさにルティアはぞくぞくと淫らな肉襞を震わせて濡らす。

（どうして……濡れるの……どうして……。ヴァイス様のものなんて欲しくない。今はただ、もう城に戻りたいのに……）

なのに心とは真逆に彼の亀頭を受け入れるその蕾は、濡れながらぐぐっと押し広げられていく。摑まれた尻の肉が大きく割られて、すうっと冷気が犯してくる。

秘裂の中を彼の指が何度も這い回ってルティアの淫らをいっそう激しく掻き乱そうとしてきている。

「どうですか？　私の動きを感じますか？　この奥に。あなたのこの秘洞に。ほら、この肉の動きと欲望の突き上げてくる情熱を。シンフォニーを感じますか？」

耳の奥にぼうっとした熱の幕が掛かったようで、ルティアはもう彼の愛技をただ肉道で受け入れているしかない。激しく貫かれ、中を次々と角度を変えて貫かれれば、濡れた蕾の入り口がその熱で掻き乱され、擦られる快楽に火照っていくばかり。

奥が卑猥な快楽に溺れていく。奥からわき上がる蜜が、ルティアの身体のいやらしい部分を見せつけてくるようで耐え難かった。

「ほら、あなたは義理の息子に抱かれても、あの男の男根に貫かれても、私の男根で貫かれても同じように喘ぐのですよ。あなたは男に飢えた未亡人でしかない」

楔を打ち込み続けている。

彼が、こんなにねっとりとした愛撫を続けるなんて思わなかった。

あまりに太くて固いものを奥に何度も挿入してきてルティアの細い器官ははち切れそう

になっている。

「うぁ……うぁ……んッ！　はぁぅ……ん！　あん！」

押し込まれるたび中の蜜がグチュリグチュリと言って外に吹き出されてくる。

「ずっとずっと、私があなたを保護しますよ。そしてこの身体を私好みに躾なおして差し上げましょう」

ヴァイスは、それまでずっとルティアの肌に指を這わせて、その先端だけで柔らかな愛撫ときつい拘束の愛撫をくり返してきていたが、指を束ねて濡れそぼる淫唇の中を前後にゆっくりと動かし始める。中からぐにゅりと蜜が濡れた音を立てて淫唇からこぼれ落ちてくる。内ももに伝わる熱い滴がつつっと下に滑り落ちるたびに冷えてぞわぞわという卑猥な感覚をもたらすのをルティアはヴァイスの下肢の揺れを受け入れながら、耐えている。

気持ち悪い蜜の感覚。濡れて音を立てる淫唇と蜜壺が、ヴァイスの男根と共に淫唇や蕾の中に挿入されて肉襞を荒々しく広げては掻き乱してくるその指の淫戯にルティアは下腹部がじゅるじゅると蜜音を楯ながら蠕動するのを力を抜くこともできず、ため込みながら喘ぐしかない。

喘ぎながら、肌を震わせ、桃色に染まる肌の上に小さな汗粒が浮き上がっていく。ヴァイスの下腹部とふれあい濡れ合いながら、ルティアはいつしかその揺れにレオンに愛撫され繋がるときの熱を感じている。

ヴァイスに中を支配され、犯されながらレオンの熱を思い出している。

暴走した彼の肉塊が、ルティアの絞り込む肉襞の熱とその圧力に震えながら、先走りの蜜を滲ませ落としてくる。

ルティアの肉道は、その粘着質の白い液体を受け入れながら、濡れた肉襞に塗り込められていく自分の不幸と淫らさを呪った。

義理の息子との恋愛なんてしょせん許されない。

自分は父の勧める、ヴァイス伯爵と結婚すれば何もかも丸く収まる。そう思いこもうと、必死に彼の雄塊を肉道の奥深くに受け入れ続ける。

ぐりゅりぐちゅりとくり返される卑猥な水音に喉からこみ上げる熱い吐息を混ぜ込みながら、その肉欲の行為にだけ没頭しようとしていた。

熱くて何も考えることができなくなっている。

ヴァイスの塊は、長く太くそそり立ち、ルティアの繊細な肉洞を侵し続けている。

「ルティア……もっと入れて差し上げますよ……もっと奥に……、さあどこを突いて欲しいですか？　いやらしい私の姫君……」

「うぅ……」

彼の手が、腰をもっと強く持ち上げ、背中を弓のようにしなわせてくる。

汗ばんだ肌に彼の強い男の指がくい込むとそれだけで、拘束され犯されているのだという情けなさと快楽がルティアの子宮をうずかせる。

自分の意思ではどうしようもない、肉体の反応。

どんなに彼じゃないかも知れないと思っていても、彼の愛撫を受け、彼の男根を挿入されれば、それを快楽と感じてしまう女の身体をルティアは持ってしまっている。

貴族の令嬢として、決められた相手と繋がるのが、役目。父親の決めた相手を膣に受け入れてくり返される抽挿を享受して喘ぐのがルティアの役目だ。

ルイにも命令通り嫁いだのに、どうして今さら、ヴァイス伯爵を受け入れられないなんて思うだろう。

彼がルティアのお尻を摑んで、こね回す。雄塊の挿入を受けながら、お尻の肉を押し広げられたり蜜をそこに塗り込められたりすると、また妖艶なまでの肉欲を掻き乱されて、ルティアは腰をくねらせる。

「ここがいいようですね。ここが……こんな風にひくひくと蠢いてる、可愛いお尻。可愛い蕾。濡れて輝けばもっとあなたの匂いが立ち上ってくる。男を誘うのに長けた方ですね。あなたは……ほら、こんなに濡れて」

ぐちゅぐちゅ、と、彼の指が中をかき混ぜてくる。その音と普段は何も入ってこない秘密の場所に荒々しい男の指が束ねられながら挿入され、男根と共にかき混ぜてくれば意識が沸騰して背筋が蝦の様に反り返る。

「あ……う！　あん！　はああ……ん！」

「可愛いルティア、もっと、鳴いて。もっと私の愛技に震えて身悶えなさい、あなたはそう言う女ですよ。未亡人となって次々男を受け入れてもいい。この私と結婚するのなら、そしてこうして妖艶な女になるなら、どんな男と繋がって、乱れてもいいですよ」

彼はルティアの濡れて冷えた内ももに両方の手を這わせて荒く擦りつける。そして内側から内ももを摑んで押し広げて淫唇までぱっくりと割らせると、そのまま自分の腰に後から絡みつかせた。

「や……あ、や……やあ……そんな……そんな……こと……しないで……」

胸が下に震えながら落ちて、ルティアは腰からヴァイス伯爵につなぎ止められる。

ぐいぐいと貫かれて打ち付ける肉宝と肉径が濡れた音をぐちゅぐちゅと響かせルティアの肌に打ち付けてくる。

「ああ！　ああん！　や……や……いた……痛いのぉ……」

酷くされた蕾が裂けそうなほど、今またヴァイス伯爵の雄塊は固く猛っていた。

あくまで、濡れているから受け入れられるだけで、到底その太いものはルティアの中に収まっていいものではない。なのにそれは狭い膣道を押し広げることに快感を得ている酷い獣のようにくり返しずるずると蠕動しながら中を擦り上げてくる。

「もっと咥え込みなさい……もっと、私はずっと耐えていたのですよ。ずっとこうしてあなたを犯したかった。あなたが喘いで悲痛に目を瞑るその顔を見てゾクゾクとしたかった。興奮します、あなたが私の挿入一つで喉を震わせ、汗を滲ませる。その髪が汗で肌に吸い付くような様をこうして見下ろすのは男の特権。あなたを従わせている私の特権ですよ。可愛いルティア。代わりにあなたの望むものすべて差し上げましょう」

襞の中を角度を変えて貫かれれば、ルティアは従わせられた獣のように髪を地面につけながら揺れている。

木にしがみついている指先が痺れて、感覚がなくなっている。ぐちゅりと新たな蜜が吹きだしてくる。

「もう……許して……許して……」

「戻って私と結婚すると招待客に誓いなさい。いいですね」

ルティアは声もなく何度も頷く。

「返事をなさい。あなたはこの私と結婚するのです」

「は……い……」

「この私に従うことがあなたの役目、あなたは私を咥え込み受け入れ続けるのですよ。一生この白い身体にこの私を刻ませなさい」

「一生……ヴァイス伯爵様を……受け入れます……この私の身体に……あなたを刻んで……挿入してください……お願い……」

「いいでしょう。では、これで孕んでくれるといいのですが」

ヴァイス伯爵は悪魔のように低く優越感に浸った声で言うと、何度も深く、ルティアの中に男根を打ち付けた。先端が燃える火箸のように感じるほど深く、それは巨大な塊となってルティアの膣奥を荒く突き続けた。

「あ……あ……ぁ……もう……もう……許して……」

「結婚すると誓いなさい……」

「結婚します……」

「この私と今すぐ戻って結婚すると、誓いなさい」

「すぐ……す……ぐに……しま……す。だから……もう……」

どれだけ懇願の言葉を口にしたかわからない。

蕾が引き裂かれて、摩擦でひりひりと痛んでいる。膣道さえ、粘膜は濡れているはずなのに、あまりに擦られ続けて痛みを覚えている。

何より、レオンが怪我をしたと思われるのに自分が何もできずここでヴァイスに抱かれていることが辛く、胸が痛んだ。

最後と言いつつずっとためかかえてきていたヴァイス伯爵の男根と精液は止めどもなくルティアの華奢な身体を苛み続けた。

髪も乳房も激しく揺すられて、痛いほど荒々しく突かれた。そして何度となく途中まで引き抜かれてはまた最奥まで挿入される。中がグチュグチュに攪拌され精子と蜜が絶え間なく掻き回されて、その熱でルティアは意識をすべて手放していった——。

●第七章● 華麗なる結婚式は突然に

彼に激しく中を突かれて、そして赤みがかったストロベリーブロンドをもつれるほどに振りまくったあと、髪は酷く乱れていたに違いない。

喉は喘ぐことに疲れて、身体は自分が予想もしない行為に激しく苛まれ、愛撫に震えて疲れ果ててしまった。それで、もう何も考えまいとして深い眠りに落ちてしまったのかも知れない。

遠くに犬の吠え声が響いている。

明るく快活にも聞こえる犬の満足そうな声。

ルティアはその犬の声を聞きながらも、まだこちらの世界に帰ってくることができずにいる。

森の中の行為と違って、掌に触れ、頬を支えるのは固い木の幹ではなく柔らかなクッション。

心地よいベッド。

気づけばそこには、鮮やかな白い光りが満ちている。

「ルティア……おはよう」

「――ここ……は？　狐狩りは……どうなったの？」

起きあがると下肢が痛む。初めてのヴァイス伯爵の男根はやはり華奢なルティアには無茶だったのだろう。

「覚えてないのですか？」

「あ、の……」

窓の外からにぎやかな音楽が聞こえてくる。

ただの景気づけの街渡りの楽団の演奏ではなく、もっと音色の整った正統派の楽団の交響曲だ。

「あれは……あなたと私の婚姻を祝福するための音楽ですよ」

ルティアは、まるで夢物語りの中に目覚めてしまったような、違和感。

それも素敵な夢なのではなくてただ真実みのない、現実と通じていないような理不尽な夢の中。

（だって……私はどうしていたのだった？　ヴァイス伯爵様が、何か銃に仕込んでいる様なのが気になってレオン様に忠告に行ったの。ジャニス夫人が先に森に入っていて。私が森に入っていったらジャニス夫人とレオン様が二人で親しそうに口づけしていた。密談していた。レオン様にガーシュ公の財産をすべて受け継ぎ、この公爵家を受け継ぐように言っていたの。絵画もあの人がレオン様から受け取っていて……それであの絵画をどうしたの？　あの人が怪我をしたレオン様を介抱しながら白馬に乗って城に戻っていったのよ。それを私は声をかけることもできずにヴァイス伯爵様に裸にされて……犯されていた……放したら、この姿を見せることになるのだから、それでもいいのかと言われて私……）

ルティアはようやくあの森の中での出来事を思い出す。

いつもは自分の肉欲を大人の精神力で押さえ込んでいたらしいヴァイス伯爵が、とうとう森の中でルティアの中に己の願望を突きたてて来た。レオンがまだいる森で、彼が怪我をしたらしいとわかっているのに、駆け寄れもせずにあの悪夢のような交わりを受けた。それを思い出せば、ルティアは思わず足の付け根に毛布を摑んだ拳をきつくあてがってしまう。

恥ずかしい自分の身体。すべてを見られているとはいえ、今さらながらヴァイス伯爵に自分の肌を見られることが恥ずかしくなっている。

「今は……いつ……でしょう。森の中で私……記憶が……」

ルティアは、彼が自分の肌に注ぐ視線を紛らわせようと、なんとか言葉を口にする。

「ええ。可愛らしく私の腕の中で果てたあなたを馬に乗せてこの城に運んだのですよ。本当にあなたはとても可愛らしい。今まで出会ったどんな女性よりも可愛らしい。この年になって結婚しなかったのはあなたと出会うためだったのだと改めて思いましたよ」

ヴァイス伯爵は、上機嫌だ。

（狐狩り……狐狩りはどうなったのかしら……レオン様のが……怪我の具合は……？……）

「あの、ヴァイス様……狐狩りは……」

レオンのことは訊けない。彼はレオンを嫌っている。せっかく今は上機嫌なのに、レオンの体調を訊いたらきっと即座に不機嫌になるだろう。

「狐狩りの結果は……」

「むろん、我が勝利ですよ。レオン君は二匹も私より少なかったのでね。二匹の差は大きいですよ。ああお望み通りちゃんと生け捕りにしましたよ。今からご覧になりますか？」

「ええ。あとで……森に帰します」

やはりレオンが負けていた。ヴァイス伯爵様の企みがそのまま彼を窮地に追いやったことになる。あのときルティアがジャニス夫人より先に彼に話しかけていたら、もしかしたら彼の怪我も敗北も避けられたかも知れない。

そう思うと、何もかも自分のせいの様な気がしてルティアは激しく気が滅入ってくる。

その沈黙をヴァイス伯爵は、気にしたのだろうか。ルティアの顎を捉えあげて、そして微笑む自分の顔を見せた。

「ルティア嬢。それはあまりに酷いでしょう。私がせっかく命がけで捕らえましたものを、見もせずに森に帰すなど」

「ああ、すみません。一度拝見します。そして森に帰させます」

長時間野生の生き物を拘束していては死んでしまうことも多いと聞いている。ルティアはそれを恐れているのだが、ヴァイスもルティアの考えをわかっているのだろう。

「ええ、むろん生きていて元気なうちに帰しましょう。運のいい狐たちだ。この領地以外に住処を持っていたならば、猟犬の訓練にと、とっくにかみ殺されているところですよ」

ルティアは、ヴァイス伯爵がベッドの傍らに腰を落としてルティアのストロベリーブロンドの髪を優しく梳くのを感じながらも、身を固くすることをやめられずにいる。

彼は、ルティアが身を任せてこないことを気づいているのか、あえて大事な約束を持ち出してきた。

「昨日の約束を覚えていますよね？　ルティア。城に戻ったらすぐに式を挙げる約束です」

「あ……」

「昨日はあなたがお疲れの様でしたし、レオン君も傷心の様でしたからね。私がこの城の主として仕切らせていただき、舞踏会を開きましたよ。それはもう客人たちも納得して愉しんでくれておりまして、急ぎの用事のある大商人以外、ほとんど全員がこの城に泊まっております。ですから、あなたと私の婚儀は今日、彼等の前で執り行いましょう。証人が我が国の王女だなんて素晴らしいことではないですか」

証人は王女。アンヌ王女が自分とヴァイス伯爵の婚姻の証人になる。それは確かに光栄だけれど、ルティアは改めてレオンを夫に選べなかったと言う気持ちの落ち込みに今さら気づかされて、胸を千々に引き裂かれていた。

「ルティア嬢。何もかもつつがなく用意してありますからあなたが案じることは何一つないのですよ」

彼はルティアを花嫁の様に抱き上げると、部屋の奥の窓に向かってそのレースのカーテンを思い切り引き開けた。

外には祝福の観客たちが大勢集い、初冬だというのに艶やかな花の咲き誇る庭園をも使ったパーティーも開かれようとしているのがはっきりとわかる。

この城で、そんな風に庭園が使われたことはルティアがこの城にやってきてから一度もない。ルイとの結婚さえ、仮の婚儀を神父と執事の参列だけでこの城の聖堂であげたのだ。

「レオン君も祝福してくれるのですよ。嬉しいでしょう？　彼はあなたのために白薔薇を栽培しているのですね。その薔薇を教会に飾ると言っていました。ジャニス夫人も大変貴重な花を持参しており、それが男女のむつみ事にとても効果のある薫りを出すとか。贈り物としていただけるそうです」

「ジャニス夫人……」

「ええ。偉大な方たちに祝福されて式を挙げられるなんて、私は幸せ者ですよ」

気分を盛り立てようとしているのだろう。ヴァイス伯爵は、その落ち着いた年齢にしては必死にルティアに会話を合わせようとして明るく声をかけてくる。

「ああ、指輪を磨かせているのでした。持ってこさせましょう。私の家の紋章の刻まれた指輪がとうとうあなたの美しい指を飾るのですね」

ヴァイスが部屋を出ると、ルティアは窓の外に眼をやった。

昨晩から続いているパーティーなのかも知れない。もう庭に出て、敷き物を敷いて、パラソルをかざしながら眠っている男女もいる。

豪華なドレスが皺になるのもいとわずに、優雅な庭園でくつろぐ貴族たち。そんな華やかな光景を見ていると、この城の主になるのもそう悪くないと思ってしまう。それもガーシュ公の死を乗り越えられたからだとも思う。レオンがあれほど自分と結婚してこの城を二人で盛り立てて行こうと言ってくれていた意味が今ならわかる。あの広大な丘陵地に森林。獣たちが住み、木こりたちが木を切り出して薪を作る、この気候のよい美しい土地を守りつつ、あの美術品も新たな館を建てて展示し続けることは大変意義のあることだと思える。

獲物をどん欲に追い続けながらも主の命令はきちんと聞いて、狐に傷を付けなかったという、賢い狩猟犬をこの土地で飼い続けるのも大貴族として受け継いでいくべき精神なのかも知れない。

(それを……彼と行うことは私はもうできないけれど……)

視線を指先と、足の付け根の違和感を覚える場所に落としながらふと、視線を感じてルティアはその方に顔を上げる。

黄金の髪と甘い菫色の瞳に翳りを浮かべながら、部屋に彼が現れていた。

「レオン様……」

「――」

レオンが無言でルティアを見ている。

その切なそうでいて怒りをたたえた瞳を見て、ルティアは胸を突かれた。

しばらく彼の責めるような眼差しから眼を反らすことができない。罰を受けるようにその視線を受け止めて、ヴァイス伯爵が背後からルティアの身体を抱きしめる行為をしながら、ルティアの顎を持ち上げて唇を奪う行為を見せつけるまで続いていた。

「うぅ……ッ」

口づけはただ唇を押し付けるだけでなく、唇をそっと挟むだけでもなく、すぐに舌先でぷっくりした唇を挟み舐め上げれば、躊躇を見せるルティアの口腔に熱く舌を忍ばせてくる。

「あ、……ぃや……」

「拒否権はないですよ？　ルティア。あなたはもうこの私の妻になるのです。毎日毎晩あなたはこの身を我が身にゆだねなくてはいけない。そういう約束だったでしょう？　あなたの父上も大変悦んでいらっしゃる」

「そんな……」

「もう何の障害もないのです」

彼は尊大なまでに顎を引き胸を張るとルティアの身体を抱きかかえながらバスルームへ

と運んでいき、そのバスタブに放り込む。

湯の張られたバスタブに白い裸の乙女が浸かると中から薔薇が浮き上がって湯船を深紅に染め上げる。

「あなたをもらい受けるのはこの私。そしてレオン君にはこの城から去ってもらいますよ。ジャニス夫人との繋がりを暴露したら、ここにいられなくなるでしょう」

そう言って彼はルティアの使用人のベルをにぎやかなまでに振り続ける。

次々とメイドたちが集まって、ヴァイス伯爵の前に居並んだ。

まるで彼がこの城の最高の主人であるように。

ドレスが運び込まれ、ルティアはバスタブの中でメイドたちに磨き上げられていく。

ヴァイス伯爵は、司教に呼ばれて部屋をあとにした。

メイドたちが十人以上いる中で、レオンに何ができるものかという眼差しをしている。

その証拠に、自分が部屋を出る間に彼を追い出そうともせず、ただ視線で釘を刺す程度に止めたのは、すでに彼が敗者で自分が勝者だという自負があるからだろう。

バスタブの中を見ることはしないものの、レオンは椅子に座ったまま、ぼうっと紫の瞳にルティアの入浴シーンを映している。

つきあっている殿方が、淑女の入浴シーンや着替えのシーンに立ち会って眺めることは貴族階級では普通のことだが、ルティアにはなじめない。

レオンが見ていると思うだけで、胸を流れる血流が、どくどくと逆巻いてくる。

「マリー、お願い早く……着せてね」

マリーがちょうど彼の視線を遮るところに移動してきて、そうしてルティアの頭や身体にバスタオルを巻き付けて来たので、囁くような小声でそう頼む。

下着だけでも早く身に纏えば、これほど居心地の悪い思いをしなくてもいいはずだ。

今まではずっと、指先だけがルティアの肌を知っていた。それはレオンも知っているはずだ。でももう今は、森の中ですべてをヴァイス伯爵に奪われた身体。奥の秘洞まですべて犯された身体だということを、彼は知っているのだろうか。

バスタブから上がって、大理石の床の上に上気した薔薇色の足先を落とす。

そして周りに集まったメイドたちに一枚一枚、薄絹をかけるように纏わせられてドレスを着せつけられていく。ルティアは、濡れた髪を乾かす間に、ドレッサーの前に座って、その鏡越しに映るレオンを見つめている。伏し目がちに盗み見るようにして見るレオンは、やはりとても美しく、そして初めてであったときより物憂げで、悩みをかかえているように暗い表情だったが、それはまた彼を大人っぽく見せている。

ルティアは、髪をとかされ、編み込まれながら、豪華な髪型に仕立てられていく。

この髪が結い終わり、白い花を飾り付けられ、そしてティアラをつけられたら、あとはベールを纏わされてしまうだろう。

ベールは、花婿にしか奪えない神聖な衣装。それが今後の人生を束縛し、決定つけてしまうものであることを、今のルティアは知っている。

前のときとは違う。

あのときのルティアはガーシュ公との人生を漠然と考えていた。

まさか初めて結婚した年上の男性が初夜に亡くなるなんて思いもせず、こんな息子がいることも思いもしなかった。そしてそのガーシュ公の忘れ形見が、もしかしたら財産目当ての偽者であるかもしれないなどということも想像せず、レオンの正体をヴァイス伯爵に暴かれ、城から追放されようとするだろうことなども、想像だにしなかった。

ヴァイスはどうやってレオンをここから追い出すだろう。

持ち出した絵画を取り戻し、この城にあった収集品目録と照らし合わせて盗まれたものとして証拠にしてくるだろうか。

ブランシェ男爵に証言を求め、本当のガーシュ公の息子ではないと裁判でも起こすだろうか。

ルティアは、ずっとこの城で暮らしていくつもりになっていた愛する義理の息子が、これ以上どういう悲劇に見舞われるのか、想像するだけで果てしない不安に溺れそうだ。

ルティアは息を潜めてレオンを見つめる。レオンは、悩ましげにルティアの背に置かれているシフォンのベールを見つめていたが、やがてそのベールがルティアの頭にかけられて、白い肌をうっすら見える程度に覆い尽くそうとしたとき、立ち上がり歩み寄って、メイドの手からそのベールを奪い取る。

「レオン……様？」

「少し……いいと言うまで皆出て行ってくれ」

レオンの命令にメイドたちはぞろぞろとしたがって部屋をあとにしていく。

しばらくしてすべてのメイドがいなくなり閉め切られた扉を見てからレオンはルティアに視線を戻した。

「何……？　どうしたの？　そのベールを返して……」

「――ヴァイス伯爵と……結婚する気か？」

「約束……だもの」

「卑怯者でもか？」

「私も卑怯者だもの。社会的に安心できる相手と結婚するわ。そうしなくては。もう失敗も躓くこともしたくはないの……」

「そんなことぐらいで……結婚を決めるのか？　それで後悔はしないのか？」

眼差しをルティアの美しく化粧の施された顔に注ぎ、そしてうねる黄金の様に巧みに飾り立てられた髪や、宝石と金の刺繍に彩られた白いドレスに目をやりながら、レオンは小さくため息をつく。そのため息がどういう意味のものなのかわからない。ただ、ドレッサーと壁に掛けられている全身の姿見に映るルティアの背と自分の眼にそのまま飛び込んでくる美しい胸もとを見て、少なくとも心が溶かされるような感銘を受けたらしい。

ため息をもう一つ突きながら彼はベールをくしゃっとさせながら、ルティアの身体を抱き寄せていく。

「綺麗だ……本当に綺麗だな。ルティアは」

レオンはただ、その様をじっと人形のように見つめている。

「あの……褒めていただいて……光栄ですが、ベールを返して……くれますか？　早くしないと……ヴァイス様が戻ってきてしまう……」

「戻ってきても部屋に入れない……入れなければいい」

彼のため息のような囁きにルティアは肌から卑猥な感覚に蕩かされそうで、ぶるっと思わず身震いした。

「ダメ。狩猟での勝者が私を独占するって約束したでしょう？　ヴァイス様は……私を花嫁にする資格が自分にあるとおっしゃってるわ」

「ああ、だからこそこうして客人がいるうちに、聖堂で大々的な式を挙げておこうというんだろう。あとで俺に約束を翻されたくはないからな。ここで証人に王女を用いて、この国の証人を得るつもりだ」

「——そうね」

ルティアは、ヴァイスの肌や、指先の巧みさを思い出して、その身体を今はレオンに抱かれていると言う複雑な気持ちで、どうにかなりそうになっている。

どちらか誰かの者でいる方がきっと、何も悩まなくて済むに違いない。それがただ好きな相手ではなく結婚に適している相手であればもっといい。

それがヴァイス伯爵だということだ。それでも、レオンに今一度訊いてみる。

「狐狩りは……どうなったの？　大丈夫……だった？」

ルティアはレオンの右手の傷を見ようと腕を手に取る。だが彼はそのルティアの指先をまるで針のように感じたのかとっさにすごい勢いで振り払ってきた。

「あ……」

「なんともない」

なつっこく、つきまとってきた美貌の青年は、見知らぬ家の高貴な猫のように固まったまま鳴き声も発さない。機嫌が悪く靡かないのか、もうルティアにはそれほど興味がなくなったのか。

だがレオンはふと立ち上がると、ルティアの前に立ちはだかり、右手を取った。

ルティアは口づけを受けるのかと胸を大きくときめかしてレオンの顔を仰ぎ見る。だがレオンは無表情でルティアの視線には応えず、指から自分の紋章の入ったシールリングをはずしにかかった。

「レオン様？」

彼の拘束から手を抜こうとしたが、彼の力はしっかりとルティアを押さえ込んでいる。

「これはもう必要ないでしょう。外しておかなくては、ヴァイス伯爵に奪われて捨てられてしまう。大事な指輪だから、返してもらう」

それもそうだ。でもルティアにとってもこのガーシュ公爵家の指輪は大切なものだった。

「でも、私の大事な……ルイからの指輪はあなたに渡してあるのよ？　それは返して下さらないの？」

　そんな会話をレオンとすること自体が、なんだか哀しくなってくる。

「それは君とはもう無関係なものだろう？　俺の素性をヴァイス伯爵は疑っていてルティアもそうだと聞いた。俺をこのガーシュ公爵家から叩き出そうとしていると。執事に聞いた」

「え？　そんな……まさか」

「ブランシェ男爵のフルネームをルティアから聞いて、男爵の所在を突き止めたとヴァイス伯爵が言っていた。そして彼が文書を偽造したと、証拠品も偽物だと証言させたそうだ」

「ヴァイス伯爵がそんなことを？」

　初耳だった。

「私は知らないわ……」

「この城から俺が美術品を盗み出したってことは？　それを警察に報告して、俺に罪を負わせるつもりらしい。俺はこの城の美術品をガーシュ公の願っていたとおりにしようとしていただけなのにな。ルティアもそう思っていたんだろ？」

「あ、それは……だって、レオン様はあの収蔵庫から、こっそり絵を梱包してはあの女性に渡していたでしょう？　なくなった美術品があるに違いないとヴァイス様は言っていたわ。私はあなたを疑いたくなんてない……でもあなたがあのジャニス夫人に……」

　思わず絶対に口にしたくはないと思っていた、あの彼女の名前が口をついて出た。

「ジャニス夫人？」

不機嫌そうな顔に険悪なまでの縦皺がレオンのみけんに寄る。

「あ……」

「ジャニス夫人が何だって？　そういえば、彼女はルティアに挨拶をしたのか？　誰が紹介を？」

「アンヌ王女様が……一緒に来たのでしょう？　お友だちのようだったわ」

「彼女はヒーリス国の王妃だから、アンヌ王女とも外交上のつきあいがある。でもそれが何？　ジャニスが俺の絵画を受け取って運び、売り飛ばしたとでも？」

「だって私、見ていたもの……。あなたが彼女とやりとりして、あなたが上から梱包したものをロープで下ろして彼女が受け取り、二人で馬車に乗っていったのよ」

「だから？」

まさか悪びれもせず、そんな風に突き詰めた眼差しを向けられるとは思っていなかった。

「あなたと親しい方がこの城に来ているなんて思わなかったから……驚いただけだわ」

「それで俺がこの城からルイの美術品を持ち出して、ジャニスに片棒を担がせて、隣国で売って金儲けをしようとしたと思ったのか？　ヴァイス伯爵はそう思っているようだが」

「じゃあどうしてあんな怪しい行動を？　あれはルイの収集品の絵なのでしょう？」

「修理修復をしていた。彼女は美術に明るいから、優秀な修復家に任せていた。とても大切な絵だから他人の手を介さずに俺が直接運び出した。彼女はあの美術品のことをルイの次に詳しく知っている女性だからだ」

「――――え？」

レオンはルティアの両手を掴んで引き寄せて、唇に唇を重ねた。ぶつからんばかりの力で唇を押し付けてそしてすぐルティアの舌も言葉も唾液さえすべて奪い尽くそうとするようにして吸ってくる。

「ぅ……んぅく……」

あまり突然にレオンが口づけをしてきたからルティアは息もできずにただ眼を大きく見ひらいている。

「あ……や……」

「俺のだ……ルティアは……俺のものなのに……」

抱きしめて、激しく乳房を揉んでくる。尖った乳首にすぐさま指先をあてがって、そして爪で掻くようにして愛撫してくる。

「や……だ、め……」

「諦めようと思った。狐狩り……勝負に負けた。奴が汚い手を使ったとしても……負けは負けだ。だから……そう思って男らしく……引こうと思った。でも、だめだ。どうしてルティアはそんなに可愛いんだ？　それは嫉妬なんだろう？　あのジャニスに嫉妬してそんな風に一心に俺の目を見つめてくる。わからないと俺を見つめ、そして怖いとすぐしがみつく……こんな風に」

ルティアは激しい口づけを受けながら、拒むような声を発しておきながらその手はしっかりとレオンのシャツにしがみついている。

「ヴァイス伯爵と……結婚するのが社会的には一番いいだろう。それは俺もわかる。狩りで負けたこともある。だから……あの年寄りにルティアを譲るのがいいのだろうと、確かに思う。俺の気持ちを考慮しなければの話だ」

彼はルティアの手を摑んで、そして走り出す。

扉を開ければちょうどそこに、人払いを受けていたメイドたちが待ちかまえていて、驚いた顔で飛び出して来た二人を見つめている。

「ルティア様？　レオン様！　どちらへ？　もう聖堂でお客様がお待ちです」

「知ってる！」

そしてそのまま正面口に向き直り、大股で純白の扉に向かって歩いて行く。そこには執事が立ちはだかり、レオンとルティアを通していいものか、うろたえている。

「開けろ！」

執事は、その命令の威厳ある声に今度はためらうことなく両開きの扉を開放した。

外気が流れ込み、そして光りが射し込んでくる。

ルティアの美しい髪も、かけられているベールも、たっぷりとレースに彩られたドレスの裾もそよいでいる。もちろんレオンの黄金の髪も。

「レオン様……どこへ行くの？　もう……」

「花嫁の強奪」

レオンはルティアの手首をしっかりと摑んだまま、石畳を走り、緑の庭園の中を走る廐のほうへの通路を行く。

「そんな……そんなことは……できないわ。絶対に……」

ヴァイス伯爵と結婚の約束をしている。あれは違えることのできない貴族と貴族の誓いごとだ。

「足が……私……足をくじいていてあまり走れない……」

今まで忘れていた。あのときくじいた足が、こうして走るとやはり痛む。

「少しの辛抱だ。ルティア、すぐ馬に乗せるから。いや、馬車だ。ジャニスの馬車があるからそれで逃げよう」

「馬車なら……私の馬車が……」

純白の馬車。純白の馬。それはヴァイス伯爵がルティアに贈ってくれたものだ。

「あれは、ヴァイス伯爵が揃えたものだろ？　そんなものにこの俺が乗れるものか！」

ルティアは手を引かれながら、どうしても遅れがちになって、とうとう階段で躓き転びそうになる。

「ルティア！」

レオンがその身体を抱き取って、そして花嫁のように抱いた。

腕に怪我をしているのに、彼は軽々とルティアの身体を抱えたまま走る。

「でも……私はジャニス夫人の馬車にはあまり……」

「どうして？　安ものじゃないぞ。馬もとても上質のものだ」

「でも」

「ジャニス夫人をどうして嫌う？　ああ、俺と仲がよくて嫉妬しているからか。そうか」

「違うわ！　違う……！」

ルティアは大人げなくムキになっていって、かえってそれが図星だと知らしめている様だ。

レオンも十分それに気づいていて、ルティアを見つめてあの優越感たっぷりの悪戯っぽい笑みを目元に浮かべた。

「やっぱり」

「違うわ」

「大人げないよ。ルティア」

「大人だもの、どう振る舞っても大人なの」

「そうかな」

「ええ。あなたと違って私結婚の経験も一度あるし、旦那様も一度いるし。何より未亡人よ。あなたそんなこと経験したことすらないでしょ」

「そうだね。そうして年下の義理の息子と激しい恋をしているし。俺は……ないね」

彼はそう言って、ルティアをある馬車の前に連れて行き、扉をあけて馬車の中にルティアを押し込む。

「こうして花嫁を強奪するの、初めてだ。なんかいいな。狐狩りよりわくわくする」

レオンは先ほどずっとルティアの入浴と着替えを見つめていた死人のように生気のなかった顔を、嘘のように輝かせている。

ルティアはその顔を見て、感動詞そしてまた同時に、彼を守るためにもヴァイス伯爵との約束も守らなくてはいけないと言う〝心の枷〟も思い出す。

「あのジャニス夫人と……すればいいのではないの？　私は……約束があるの。あなたを守るためにも……この城で女主人として……」

「ダメだ」

「進め！　馬車を出して！　早く」

「ですが、あの……」

「俺の命令を聞かないと、ジャニスがあとでおまえを首にするだろう。それでもいいのか？」

レオンは、無茶な命令を他人の馬車の御者に出して、そしてしかもそれが当然の権利だというようにシートに押し倒したルティアの唇に唇を押し付けてくる。

「や……」

「早く進め！　門番が何か言っても、用があるからといって、ゲートを突破しろ！」

御者は、逆らいがたい強い命令にしたがって、馬車を走らせる。周囲には多くの馬車が停められており、外から見るだけでその豪華さに圧倒されるほどのものばかりだ。どれだけ多くの大貴族や大商人が呼ばれているかわかろうというもの。

「この多くの貴族が……もう大聖堂に入っている……のよ……」

「だから？」

「あなたを……ヴァイス様は……とても許さないわ」

「だから？」

くり返される甘い口づけ。

「狐狩り……あのまま続けたかった。諦めることはしたくなかった。どれだけ深夜に及んでも……ルティアに十匹以上の生きた狐を……見せたかった」

「深夜なんて……危ないわ。よかったのよ。すぐにあなたの怪我の手当をしてくれるのが一番だわ」

ルティアはじぶんの乳房を握っているレオンの右手に手をそっと重ねる。

「義理の母親としての……言葉？　それとも……」

「わからない。ただあなたを大事に思ってる」

「もっと大事に思ってよ……俺にはルティアだけなんだ」

「あの人もいるじゃない。怪我したとき心配してくれていたじゃない」

「あれは……！」

レオンはルティアの膨らみを揉みながらその先端を白いレースの縁から覗かせて唇で赤

い果実をつまみ取っている。

「あ……ん！」

思わず子宮からぞくりと快楽の予感が疼きだしてルティアは甘く呻いた。

「この身体に……ヴァイスが触れるなんて嫌だな……とても……嫌だ」

レオンは黄金の髪をルティアのなめらかな肌に添わせながら、何度も何度も甘く舌で乳首を舐め取る。

馬車が大きく揺れて、馬の蹄の音が乱れた。

「なんだ？」

「それが……門番が飛び出してきまして……」

外から御者の慌てた声が響く。

レオンはルティアの身体から舌を離して窓の外に顔を巡らせた。

猛々しい錬鉄の門が聳え、門番が左右から飛び出して来て馬車の行く手を塞いでいる。

「どかせろ。緊急の用事だといっただろう」

「は、い……」

「おまえの給金を倍にする！　さあ、早く突破しろ！」

「はい……」

御者がおどおど返事をしながら手綱を引き締め直した様だった。鞭の様な空気を打つ音がして、馬がいななく。蹄の音が響きだし、門が軋みながら引き開けられる。

馬車の行く手がクリアになった。そう思ったとき。その開かれた門扉の向こうに、ずらりと居並ぶ、軍馬の姿が。

ひときわ豪華な馬具のつけられている馬が進み出てきて、レオンの前に立ちはだかった。

「レオン君」

「ヴァイス……」

二人が視線を戦わせている。

「出せ！　こんな軍人上がりの男に俺の意思は曲げられない！」

レオンは彼に威厳たっぷりに命じることで、その立ちはだかる馬に道を開けさせる。

客人たちは皆表の庭に出ているか、その前庭に入り口を有している華麗な聖堂に入っているかで、この城の正面玄関にも城門の周辺にも使用人以外の姿はない。ないはずだった。なのにそこに黒馬に乗ったヴァイスと軍人なのか、警官なのかわからないが派手に金のモールのついた赤い上着姿の大勢が一列になって整列している。

レオンはルティアをかかえたまま馬車の扉を抜け、石畳の上に降り立った。

そうしてそこに止められていた馬の上から男を引きずり落として、飛び乗ると、そこに呆然としているルティアの手を摑んで後方に乗せ、身体をつけさせて急速度で走り出す。

「追え！　追うんだ！」

ヴァイスの怒りの滲んだ声が響く。

二人乗りの馬は、ともすると追いつかれそうになって、だがそのたびレオンの巧みな躁馬術で馬は速度を上げて逃げ切っていく。

「大丈夫か？　ルティア！」

「は……はい……」

馬上で、激しい揺れに耐えながらルティアはレオンの腰にしっかりと両腕を絡ませた。

「レオン……様」

「レオンでいいよ。俺とルティアはこの城を出たら……自由だ。俺がこの城の財産目当てで来たのじゃないと証明されるだろうし。誰と結婚しても義理の母親と結婚しても、誰にも何も言われないだろ。遠くで好きなように結婚しよう！」

「でも、ヴァイス様が……」

「逃げ切って……港に行く。港に着いている船に乗って隣国へ入ろう！　そうしたらヴァイスが何を言ってきても……」

「隣国へ？　そんな。もしあなたが国際的に犯罪者として手配されたらどうするの？　隣国ならこの国の国王も友好関係を続けるために警官を配備するかも知れないわ」

「そんな現実的なことを俺のルティアが口にするとは思わなかった。奴の悪影響か」

「だって、言葉をしゃべれないわ。港に着いただけで検問があるわ」

「うるさい。うるさい。そんなものは俺の力で突破する」

「レオン様ならそれくらい本気でやりそうだけれど。でもこの国の常識は……必要で……」

「そんなもの。俺が変えてみせる……」

を受けている。

「ルティアのためなら、変えてみせる。曲げてみせる。俺の長年のポリシーさえもだ」

情熱と真心の込められたレオンの言葉に、ルティアは胸が押しつぶされそうなほど感銘を受けている。

それができる、できないにかかわらず、彼は本気だ。

これほど情熱的な人なのに。どうして信じ切れなかったのだろう。

もし、ガーシュ公の本当の息子でなくても、財産目当てだったとしても、いつも彼がルティアに向けていた子犬のような視線も、狼のような情熱も本物だったのに。

「港についたら一人で逃げてね」

「なんでだよ……ルティアが一緒でなくては意味がないだろ」

「私はお父様の期待を裏切れないの……一人娘としてお父様の命令はやっぱり……絶対なんだわ。それに約束も……」

「俺との約束を優先しろ。優先してくれ……」

なんとかしてルティアの同意を得ようとして言葉を重ねるレオンだったが、もうじき港の光景が広がるという海風の気配の中で言葉を切った。

それとほぼときを同じくして、馬が突然激しく前足を上げ首を振った。

「きゃ……」

後ろからしがみついたレオンが息を呑んだのがわかった。

「どうしたの……」

彼の背中が醸し出す緊張感が伝わってくる。

「レ…オン……？」

ルティアはレオンの返答を待たずに、自分たちの前方に立ち塞がる一軍を目にした。

馬の艶やかな胸もとや金と赤の鞍飾りが見える。そして騎乗している金ボタンの厳めしい黒い制服。腰のサーベル。警官か軍人のような姿の男たちが馬を取り囲んできていた。

「レオン……これ……」

胸の鼓動が大きくうねりを上げてくる。

ヴァイス伯爵が、もう追っ手を回したのだろうか。それとも別件で包囲されたのだろうか。

レオンには心当たりがあるのだろうか。それとも、この警官たちに対峙して何かしでかすつもりだろうか。

「ああ、ルティア。大丈夫だ。俺もすぐあとを追う。向こうに止まっているのは隣国への船だ。ジャニスが乗ってきて停泊させている船だから、俺の名前とジャニスの名前を出せば乗せてくれる。乗船口で、この指輪を見せて事情を話せ。乗って待っていろ！　いいな」

そう低く唸るように言ってから、レオンはルティアの唇に口づけ、覚悟をしたように飛び降りる。

「レオン……」

彼に手を伸ばし、続いて降りようとしたルティアだったが、彼は即座に馬の尻を手で叩いた。

馬は驚いて駆けだしたが、レオンはその場に足を止めるしかなかった。

前方に黒い馬にまたがったひときわ飾り立てた黒服の男に立ち塞がれたからだ。

「盗人が……」

レオンは彼を見上げて挑戦的な眼差しを向ける。

ルティアはそれを見て、すぐ馬を止めた。

懸命に手綱を引いてレオンの下に戻ろうとする。だがすぐにこの馬を追いかけてきていた軍部の警官たちに阻まれてしまった。

「降りてください。ガーシュ公爵夫人」

「――誰がこんなことを?」

ルティアは馬の上で身を固くして、黒い三角帽子をかぶって人形のように命じてくる男たちに訊き返す。

「ヴァイス伯爵です」

「――ヴァイス伯爵が?」

ルティアは、先ほどレオンと対峙し、馬を止めていたヴァイス伯爵を見返った。

「レオンを……レオン様を捕らえるためなの?」

「身分偽造。入国書類の偽造。ガーシュ公爵家から貴重な美術品を盗み、闇ルートに流し販売した。その他いくつかの余罪があると判断されて拘束と投獄の許可が下りております」

「そんな……証拠はないのでしょう？」

だが彼等に言っても仕方がない。彼等は命令にただしたがっているだけだ。

ルティアは馬を降りるとレオンが捕縛されようとしているその現場に駆け寄って、彼の名前を叫ぶ。レオンはこちらを見て、ルティアに気づいたようだ。戻れというように手を振った、だがその手も警官たちに捕らえられて後ろ手に縛られていく。

「レオン様……ちょっと！　あなた達やめなさい！」

名前を呼び、近寄ろうと人混みをかき分ければ、立ちはだかったのはヴァイスだった。

「ヴァイス伯爵！」

「ルティア嬢。城に戻りましょう」

「レオン様を放して」

「ダメです。もう犯罪者として投獄の許可をもらっておりますよ」

「でもそんな……、ではあなたがしたことも……公にします」

ルティアは声をきつくしてヴァイスを見つめる。

ヴァイスはルティアの手を引いて、自分の馬に担ぎ上げる。

周囲の警官がヴァイスの命令でルティアの足台となるべく手を組んで、そして軽々と馬上に乗せた。

ヴァイス伯爵は、ルティアの腕を自分の腰に絡ませて、そして前方や周辺を囲んでいる物見高い街人たちを追い払う。

「さあ、もう見せ物は終わった。散れ！」

そう言って、人垣の向こうでレオンが厳つい黒塗りの馬車に乗せられるのを見ながら、背後のルティアに背を向けたまま尋ねる。

「私が何か犯罪を？」

「レオン様の銃に……仕掛けを施したでしょう？　暴発するようにして怪我をさせたのでしょう？」

「それは、私がしたのではない」

「でも猟番に命じたのでしょう？　私聞いたのです」

「——盗人が、あなたの心まで盗んでいくのなんて……許せないのですよ」

「ヴァイス様……レオン様のことならそんな……」

「レオンのことですよ。彼は盗人です。最悪の盗人。貴族でありながら約束も守らないような男は断頭台に送られても文句は言えませんよ。王女も証人でよかった」

馬の背から飛び降りようともがくルティアの手をヴァイスは放さない。

「ヴァイス様。投獄は酷すぎます。まだ絵のことだって何も証拠がないはずです」

「あの城の美術品収蔵庫にすでにないことが証明です。街中の裏取引の怪しい店を漁ればすぐそこから布にくるまれたガーシュ公の蒐集品がいくつも出てくるでしょう。でも私は心の広い大人だ。彼に最後の挨拶をさせて差し上げましょう。麗しい我が花嫁」

「レオン様……」

だが馬車の中に押し込まれたレオンは怯えている様子もなく、焦りを見せるわけでもなく、ルティアに美しい笑みを見せた。

手首から溢れる高級なレースといい、ガーシュ公爵の息子としてのお披露目のパーティーから抜け出してきたままの彼だ。こんな護送用の黒い馬車にふさわしいわけはない。ひときわ美しく輝いて見える。ルティアは馬から下りようとしたが、それはできなかった。

「レオン様……。私が何とかしてすぐ救い出しますから、待っていてください」

「俺のために尽くしてくれるの？　すごく嬉しい。こんなことでもなくてはルティアがそこまでしてくれなかったかと思うと、ヴァイス伯爵の無謀な試みにも感謝しておこうか」

泰然自若とした態度にヴァイスが余裕を失った。

「この私に何の恨みがある？　国王に仕え続けて二十年。とうに結婚など諦めていた。そして、この国に戻り今からでも結婚したいと心の底から願った女性がルティアだ。レオン君にはまだこれからいくらでも機会があるだろう。それにジャニス夫人だっている。わざわざ私からたった一人の女性を奪わなくてもいいはずだ。盗人と追われて当然のことを君はしたんだ！」

憎しみを込めた眼で、ヴァイス伯爵はレオンを睨んだ。

「まあ、年齢がいくつだろうと、出会った運命の人は逃したくはないと思うのが男の常識だ」

「ああ、その通り。だから……邪魔者は消えてもらう。悪く思わないでくれたまえ」

ヴァイス伯爵はその直前まで熱い思いを振り絞るように言っていたが、レオンの冷ややかな嘲笑を受けて、それ以上に毒のある言葉を冷ややかに吐き捨てた。そうして護送車の御者と周囲の者とに、さっさと連れて行くように眼で指図する。

馬車は扉を閉めて、がらがらと大きな車輪を回しながら石畳の広場を抜けて去っていった。

「ルティア嬢、さあ。城へ戻りますよ。客人たちが今か今かと我らの到着を待ちかねています」

ルティアはまだ広場の奥に小さく見えるレオンの馬車を見送っていたが、ヴァイスを怒らせてはいけないと判断して、それ以上そこに止まることを断念した。

彼を怒らせれば、投獄されるレオンがもっと立場を悪くされる可能性もある。

ヴァイスはルティアの両手を腰に強く絡めさせると勢いよく馬を走らせた。

馬は勢いよく街の中を疾走し、そしてガーシュ公の麗しの城に戻る。

レオンが修理修繕させた城は。ルティアが初めてこの城を訪れ花嫁の儀式を行ったときよりずっと華やかに優美に見えた。まだ手前の大樹は緑の葉を茂らせていたし、それから後方に森が深くなるにつれて木々の上部は黄色と赤の紅葉に染まっている。

「綺麗……」

「ええ。この城で私とあなたで暮らしましょう。ずっと幸せにします」

「――ヴァイス様の城でなくて？　私、ヴァイス様のお城で暮らしてもいいのです。ここは思い出が……ありすぎますから」

「私との思い出ではなく?」

「レオン様もルイ様も……です。ここをレオン様に正式に譲って、手放してもいいですよね」

ヴァイスが本当に自分を愛していて、財産目当てではないことを確かめるためでもある。

「むろん、この城を去っても私は未練はありません。あなたが共に来てくれるなら。ただ、今後レオン君の名前だけは聞きたくないですね。あなたの甘い声であっても」

二人の前で城門は優雅に開き、白衣の花嫁はそのベールをそよがせながら。ベールをかけた男性ではない別の男に抱かれたまま城の聖堂へと突き進む。


聖堂の前で馬を下りると、ヴァイスが呼んでいた使用人たちが勢揃いしてルティアを迎える。そしてその場で髪を整え、衣装の細かな乱れを整えると、ベールで顔を覆い直して、聖堂の入り口に向けて緋色の長い絨毯を敷き渡す。

「ルティア……さあ、どうぞ」

まるで先ほどの慟哭にも似た心の声を絞り出した男性とは思えないほど、今のヴァイスは落ち着いている。

「私をそれほど……お好きですか?」

「ええ。あなたは私に何の偏見も抱かず、受け入れてくださった。父上の薦めがなくてもあなたを花嫁にしたいと思ったのです」

本当の犯罪なのか、それとも言いがかりの証拠集めで投獄したのかわからない。レオンを追い払ってでも自分を手に入れたかった男性。

居心地はとてもいい男性。大人の包み込むような懐の深さがある人。

「私こそ……未亡人なのに……」

「かまいませんよ」

差しだされた手には、もう挙式用の白い絹の手袋が嵌められている。ルティアはすぐに彼の手を取った。

これも運命。力をつけてこそ、守りたい者が守れるのかもしれない。

レオンにとっては裏切りのような行為だとしても、ルティアにはヴァイス伯爵をはねつけることもできない。

開かれた聖堂の扉の向こうに、ルティアの父の誇らしげな姿がある。

（お父様……）

「さあ、お父上も、招待客も王女様もお待ちですよ。すぐに参りましょう。用意してある料理も冷めてしまっては大変です」

ヴァイスは、ルティアの手を痛むほど強く握って前方に歩み始めた。

二人は見守る使用人たちの前、緋色の絨毯の上を粛々と歩き、聖堂の扉をくぐり、ルティアは父の前で小さく会釈をした。

外光の明るさから、扉の中に一歩はいるとその厳粛な空気と薄暗いたたずまいで眼が眩むような錯覚が起きる。

高いドーム状の天上に施された黄金の絵画。天井画がうねる蔦の枠の中に施され、幾本も立ち並ぶ円柱の上方には天使像が微笑んでいる。

木の椅子が正面に向かって整然と並び、その椅子に着飾った紳士淑女の貴族や大商人たちがまるでそういう人物の像であるかのように座っている。

扉が開いたときに、中の客たちにも主役の男女がやってきたことがわかっただろう。振り向くような行動は下品とされているから、多くのものは背後で気配がしても振り向かない。

花嫁と花婿が手を取り合って前方の司教の立つ聖壇の前まで進むのをその隣を通り過ぎるときから眼で追っていく。

ルティアのベールはとても長く、ドレスの裾よりも長く緋色の絨毯の上を流れている。美しい花嫁の尾羽のように、それはシルクのレースの隙間から緋色を透けさせて、花嫁の通り過ぎた余韻を見せる。

前には筒状に盛り上がった金刺繍で埋め尽くされた帽子をかぶり、白い法衣に身を包んだ、年を重ねた司教が立つ。ぷっくりと腹部の突き出た恰幅のよい男。

彼の前に並んで立ち、ルティアはベール越しに聖壇に二つの指輪が置かれており、そして誓約書を書くための羊皮紙と羽ペンが置かれているのを見つめている。

司教がすでになにやら二人に声をかけていることも耳に入っては来ない。

ヴァイスと結婚することは、ガーシュ公と結婚したのと同じこと。これから名誉と権力と財産のある夫と暮らしていく。それだけのこと。ルティアの父が喜ぶ、両家の繁栄が望まれる結婚相手。

(ガーシュ公との結婚のときは何も思わなかったのに……どうして今はこんなに胸が苦しいの)

「では汝、病めるときも苦しきときもルティア・ド・ガーシュのことを永遠に愛すると誓いますか?」

「誓います」

ヴァイス伯爵は跪いて司教の声に誓いの言葉を口にする。

「汝、ルティアは、病めるときも苦しきときも、ヴァイス・ド・ルー伯爵を永遠に愛することを誓うか」

「――――誓い……」

ルティアの喉に言葉が詰まる。

司教の錫杖の元、跪き、うつむきがちになりながら言葉を紡ぎ出そうとする。なのに、何か真綿が詰まったように言葉が絡め取られ喉から先に出てこない。

「あ……」

「ルティア・ド・ガーシュ? 誓いの言葉を述べてください」

「あ……」

ルティアは息さえも苦しくなって喉元に指を当て、豪華な真珠とダイヤで飾られた襟首をかきむしりそうになってくる。

顔を歪めて上げれば、一番前列のベンチの向こうの端にジャニス夫人が座っているのが眼に入る。結婚式だと言うのに黒いドレスだ。

（ジャニス夫人……どうして……）

美しい白い顔。気の強そうな太い眉。大きな青い瞳にくるくると巻かれた豪華な金髪。

すべてがゴージャスでルティアとはまったく別の存在である彼女が一番前の席でルティアとヴァイス伯爵の結婚を見つめている。

それがなんだかとても悔しかった。

レオンが愛しているのは自分だけ。そのはずなのにレオンと自分の周りをうろつき重大な局面にその存在感をあらわにする。それはどうしてだろう。

レオンがヒーリス国では世話になっていたのだろうとは思うけれど、夫のある身で彼のことを必要以上にかまうのは二人のためにもよくはないのではないかと思う。

（やだわ……これは本当に嫉妬……。今こうしてヴァイス伯爵と結婚の儀式に臨んでいるのに私はどうしてこんなことを思っているの？）

「ルティア……嬢。私では嫌なのですか？　やはり私ではダメなのか？」

隣でヴァイス伯爵が囁いてくる。

聖堂内は、どうして花嫁は誓いの言葉を告げないのかと、ざわめきがたち始めている。

「ぁ……」

でもやはり、言葉が出てこない。緊張が激しすぎるのか。それとも喉に何か異常が起きたのか。

「嫌なのですね。私では嫌で……だから誓いの言葉も口にできない。そういうことですか。では何もかも……白紙ですね。レオン君のことも……すべて……」

レオンのことを守らなくてはいけない。彼の無実を証明し、牢獄から助けなくてはいけない。

それには力をつけなくては。ヴァイス伯爵と結婚し、彼の力も自分の力にして行かなくては。なのに、どうして声が出てこなくなったのか。

「レオンは……ジャニス夫人の愛人でしょう？　なのにそれほど彼に思いを寄せているのですか？　私のことも好いてくださっていると思っていました。でも、勘違いだったのでしょうか」

「ち……ちが……」

やっと、ルティアの喉から微かな声が漏れてくる。

だがそんな掠れ声より、ヴァイス伯爵の悲痛な声のほうが圧倒して周囲に響き渡っている。

「私と結婚すると言ったのは嘘ですか？　私はあなたに尽くします。そう約束しました。あなたを大切にし、繁栄を約束すると。なのにまだあの男を思っているのですね。その身の上も採れないような不確かで怪しい男です。それでもそこまで魅力的ですか？」

ヴァイスはルティアの顔をベール越しに見つめ、そしてレースで透ける胸もとを見て、責めてくる。

「口づけのあとまで……私に見せつけるのですか」

「そん……な……」

「首筋に口づけのあとがあっても？　胸に……口づけのあとがあってもですか？」

ヴァイス伯爵が珍しく語気を荒げた。そしてはっきりと響き渡ったその卑猥な言葉に聖堂中がざわめいた。

「新郎新婦。神の前にて誓いの言葉を述べてください」

金刺繍で彩られた指ぬきのような形の帽子をかぶった司教が、慌ててその場を収めようとするも、ルティアもそこで「誓います」とは到底言えない状態になっている。

「口づけのあとなんて……」

「私はそこにはしておりませんよ。目立つところに口づけのあとなどつけるはずもありません。そういう非常識で自己主張の激しい行為をするのはあの男しかいないはずです」

その声は多くの宮廷貴族が参列している式だという手前、さりげなく潜められていたが新郎と新婦の声以外は静けさに包まれているこの物音が大変響く造りでできている聖堂にあっては、その心遣いは無駄である。

「非常識って……」

はっとしてルティアはコルセットで盛り上げられている白い乳房を見下ろした。ベールがかかっているとはいえ、確かに桃色の口づけのあとがレースの縁からごくわずかに覗いている。

「これ……これは……ぶつけたのです」

「ぶつけた？　まさか……！」

「愛する女性の言葉なんだ。信じろよ。ぶつけたと言っているだろ？　俺は信じる。そして『病めるときも富めるときも、苦しいときもルティアのことを愛し続けると神の下に誓う』しね」

ルティアの前に人影が舞い降りてきて、祭壇にあった聖水をごくりと飲み込む。

ゆっくりと嚥下する喉が美しいレースの襟に彩られ、黄金の緩やかにうねる髪が天から射し込む太陽の光に本物の金のごとく輝く。

「さあ、なかなか式が進行していないようだからな。俺がざくざくと進行させる」

「レオン……様？」

「ああ、そうだ」

「どうしてここに……投獄されたのではなかったのですか？」

「投獄されていたらここにいないと思うけれどね」

相変わらず、高飛車な言葉。でもそれが大天使か金色の子犬かという溌剌とした気配のせいか、まったく嫌みに思えない。

そんな態度でいつつ、レオンはルティアの手の薬指に指輪を嵌めてきた。

先ほど彼が奪っていった、ガーシュ公爵家の紋章の指輪だ。

「これ……」

「これは花嫁に捧げる俺のガーシュ公爵家の指輪。そしてこちらはルティアからもらったルイからの結婚指輪。俺が薬指にもらうから、君がもう一度嵌めてくれるか？」

「え……え？」

ルティアが驚きに見ひらいた眼を瞑る隙さえ与えず、そしてその意思をほとんど無視してルティアの手を掴むとその手に銀の指輪を持たせ、レオンの薬指に嵌めさせる。

「ああ、素敵だ……これで身も心も繋がった」

「身も心も……って！」

「いったい、これはどういうことか……」

司教が、突然現れて儀式を見事に掻き乱したレオンを睨み、眉をつり上げている。

「俺がルティア嬢を戴く儀式ですよ。遠慮なく続けてください」

レオンは薬指に輝くルティアのガーシュ公の指輪を燦めかせながら、得意そうに司教の前につきだした。

「誓いの言葉はもう言ったので、書類にサインをいたしましょう。さあ、早く」

「早くと言われても……この儀式はヴァイス伯爵様と……」

「そうだ！　なんて……なんて無礼な男だ。これは……あまりな屈辱だ。一流の、由緒正

しき貴族なら、このような破天荒なことをしていいか悪いかの区別くらいつくはずだ。あ
あ、君はあまりにお子様なのだな。仕方ないことか。ルティア嬢の義理の息子なのだから。
だが義理の息子がその母上を正式に婚姻などできるものではない」
「そうなのかな」
「ああ、我が国の法律で親子の関係にあるものが結婚など、禁止されている。言語道断、
許されるべきことじゃない」
「そうかな？　俺の銃に細工したり、狐を横取りしたり。やることはかなり子供っぽいの
はヴァイス伯爵も同様だと思うけれどね」
「法律を知らない子供と一緒にされたくはない」
聖堂は、二人の男に奪われ合うルティアの動向と、奪い合う親子ほど年の違うダンディー
な紳士と精悍な青年、それぞれが、どうなるのか見守る者たちの熱い視線で満ちている。
とても結婚を神に報告し認めてもらうような本来あるべき姿ではなく、神聖な場でもな
く、まるで豪華な舞台装置に彩られたコメディー劇場のように熱い興奮に満ちて、人々の
視線は舞台の役者の一挙手一投足を見るかのようだ。おそらくそれまでのどの結婚式より
も白熱しているに違いない。ルティアはわからなかったが、後の席にいた者たちは身を乗
り出し、通路にはみ出しながら、このおかしな略奪劇を観察している。
「私がルティア嬢の夫となる。そうなるべく父上にも許可を戴いている」
「今の段階ではそうかも知れないが、いずれ俺が夫でよかったと感謝してもらえるはずだ」

「このように乱暴な行為に出るものがそれほど立派な出世をするとは思えないが」

「出世を果たす者は常に現状を打破していく躍進的な男だということをお忘れなく。地に足が着きすぎていると、いつしか首筋まで泥沼に潜りこんでいることにすら気づかなかったりするものですよ。ヴァイス伯爵」

レオンがまたいつもの毒舌を浴びせかける。

その隙に、ヴァイス伯爵はルティアの手を取り祭壇に並べておいてあった指輪をそれぞれの薬指に嵌めてしまった。ルティアの左手の薬指には、二人の男のそれぞれの指輪が嵌められて、燦然と輝いている。

二人の男性から、それぞれ一つずつ二つの結婚指輪が嵌められた薬指を見ながら、ルティアは唖然として立ちつくしていた。

「これは……」

「綺麗だな」

レオンは、ルティアがかざして見つめる左手を見て、真っ当な言葉を告げる。

「綺麗よ……でも……これはなしでしょう」

「ああ、これは下の指輪を……外してからにするべきだったな。だが、式が終わったら速攻で外してやる」

「式が終わったときにはこの契約は履行されていると思うけどね。重婚だな」

「なんだって？　そんなことが許されると思っているのか？」

ヴァイス伯爵は、黒髪を乱さんばかりに言ってルティアの指からレオンの指輪を外そうとする。だが、どういうわけか二つのリングはルティアの指が居心地がいいとでも言うように外れる気配が一行に見えない。

「い、いたいわ……。痛い……指が……ちぎれてしまいそう……」

「耐えてください。ルティア嬢……このままでは……いけません」

「でも……」

「ルティアがいたいと言っているのに、酷い男だな。それで本当に寛大で紳士的で博識聡明な伯爵様なのか?」

「君がこのような暴挙に出なければ、こんなことにはなっていないのだよ」

「指がちぎれたら、許さないよ?」

レオンは、深く抉るような眼差しで、ヴァイス伯爵を睨みつけた。

ヴァイス伯爵は、その脅しに屈したわけではなかっただろうが、ルティアが痛がるのと、指輪の嵌められた白い指が真っ赤になってしまったのを見て、そっと優しく撫でながら外すことを諦める。

「そうですね。あなたを傷つけては元も子もない。大事なのはあなたなのだから。あなたが私の初めての宝物なのだから……」

「ヴァイス伯爵……」

ルティアは改めて、この聖堂で二人の男に奪われ求められる幸福と困惑とに押しつぶされそうになっている。

どちらを選ぶこともできない。それはどちらかを捨てることになってしまう。斬り捨てることなど、未熟で愚かな自分にはできそうにない。

「あ、私……お二人のどちらとも……結婚は……」

そう絞るように言って、結婚を断ろうとした。だがその言葉をレオンが繋いだ言葉でまるで真逆になってしまうことなど想像もしなかった。

「とりあえず、俺たち三人で結婚します。ルティアを花嫁として、ヴァイス伯爵と俺、レオンポルト・ド・ガーシュの二人が同時に夫となることを誓います！」

レオンは聖台の上に広げられていた羊皮紙に誓いの言葉と名前とをさっさと書き込んでしまう。

そしてやはり有無をいわさずルティアの手をペンを握らせたまま摑むとその羊皮紙の上に置き、名前を書くことを強いた。

「さあ、誓いを書いて……俺のルティア。ここに君の可愛い名前を書くんだ」

強いられているというのに、この幸福感は何だろう。

二人を諦めるのではなく、二人とも得られるなんて。思いもしなかった。

「ルティア……それに書いてはいけない。それに書いたら……重婚に。重婚は我が国では罪になる……」

ヴァイス伯爵が手を伸ばしながら呻く。

周辺には参列者が大勢いる。彼等の視線をもっとも気にしていたのは、社会的地位の高い、大人であるヴァイス伯爵だ。

だから、重婚だとわかっている三人の結婚を公言したレオンを、どうかしている男だと思っているし、その上、教会と神に報告するものである結婚証明書に三人連名をするなんて参列者の前ですべきではないと思ったのだ。だが、ルティアの向こうからレオンが勝ち誇った顔を覗かせ「嫌なら貴方はいいんだよ。そうしたら俺とルティアだけが夫婦だね」その言葉を聞くや否や、ルティアが書ききったペンを取り書いてまだ濡れている羊皮紙を奪うようにしてヴァイス伯爵も名前をそこに刻んだのだ。

あっけにとられたまま、三人の名前の書かれた紙を前に差しだされて、司教はどうしたらいいのか困惑している。

「いいんですよ。司教様。そのままこれを受け取ってくれれば」

「ここに……ルティアを妻とする、ヴァイス・ド・ルー伯爵とレオンポルト・ド・ガーシュ公爵の婚姻を証明するものとする……。だが我が国の法律では……」

「王女様。だめですか？」

「私個人の考えで法律は……変えられないものだから。父上に訊いたらよいわ」

「父上。国王陛下？　本当に？」

ヴァイス伯爵が、入り口を見ると、そこに大柄な壮年の男の姿がそびえ立っている。

それはこの国の国王だった。

「まあ、国王陛下よ。すごいわ。国王陛下がこの城の結婚の儀式のためにいらしたのよ」

「でも、三人でも結婚式になってしまって……どうするのかしら」

周囲は国王がやってきたことに感嘆し、それから重婚であることを国王がどう判断するかを期待を込めた眼差しで見つめている。

「国王陛下ようこそ……ようこそおいでになりました。ヴァイス・ド・ルー。光栄の極みでございます」

「レオン殿に招待いただいたのでね。遅くなって申し訳なかったな」

灰色の眼。灰色の瞳の壮年の男性は、それまで何度かの王宮舞踏会でルティアの記憶にあった王陛下そのものだった。

「国王陛下がわざわざいらしてくださるのに。申し訳ないなどと」

段上から降りて国王陛下に歩み寄ろうとしたヴァイスだったが、それはまるで結婚の儀式から一人脱落するかのようにも思えて、慌てて、段に足を戻した。

「国王陛下……ルティア……ド・ガーシュと申します」

ルティアは近づいてきた国王の前に恭しく一礼する。

王の前に跪くと、深く一礼して緊張しながら名前を告げる。

「ルティア嬢。聞き及んでおる。ガーシュ公は残念だったが、レオン殿がルティア嬢を娶り、美術品の管理と美術館設営の志も継いでくれるそうではないか。心強いことだ」

「はい……」

「母上のジャニス夫人はヒーリス皇国の第二王妃だ。そして元ガーシュ公の夫人だけあって、美術や芸術に非常に造詣が深い。この城の傷んだ美術品の修復にも力を貸してくださるだろう」

ルティアははっとして夫人の姿を見返る。夫人は相変わらず勝ち気そうな顔つきで、黒いドレス姿はひときわ目立っていたが、ルティアの視線に気づくと、優雅に会釈してきた。まるでそれまでのルティアの誤解を愉しんでいたと言うように、真っ赤な唇に大いなる笑みを浮かべ、逞しい女性の顔を見せている。

「ガーシュ公の……元夫人……レオン様の本当の母上……」

「驚いた？」

「驚きました！　そんなこと……そんな」

「いつも若く見えるようにと美に余念がない人だけれど、俺の愛人として見られたと聞いてさっきから大喜びをしているんだ。これからも喜ばせてやって」

確かに若く見える。だからこそ、レオンの恋人なのだろうとやきもきしていた。でも、それも幼い頃から愛を注ぐにままならない環境にいた息子と産みの母親だったなら、あの抱擁も、口づけもそれなりに納得ができる。

「いろいろと複雑な事情もあろう。あちらの国との行き来で忙しいだろうが、レオン殿だったらきっとこなしてくれるだろう」

王陛下はガーシュ公の事情にも、離婚後のジャニス夫人やレオンの事情にも通じていたのだろう。厳めしい眉の下の瞳を柔らかくして、レオンを見、ルティアへと視線を戻す。

「あの……恐れながら。国王陛下はレオン様の招待でこちらにお見えになったのですか？

それに……レオン様のことを詳しくご存じなのですか？」

だとしたら、彼の出自も怪しいものではなくなる。

「当然だ。彼が招待してくれたのだし、彼はジャニス夫人の息子であり、隣国の王子だ」

「え……？」

薄いブルーの眼の国王はシルバーグレイの肩まである髪と髭を触りながら答える。

「隣国の王子？」

「そう。隣国ならば重婚は罪ではないし、彼がこの国にもその生活形態を持ち込みたいと言うなら、それは我が国でどうこう言うことではないと余は思っている。存分に振る舞っていただきたい」

レオンは大きく指先を翻して国王に一礼した。

「寛大なご配慮を戴きありがたき幸せ」

段上のルティアとヴァイス伯爵が、瞬きのタイミングを完全に失っている。

「だから隣の国では重婚も罪ではない。むしろ、貧しい女性を甲斐性のある男たちが妻として迎え、幸せに暮らすということだ」

レオンは国王陛下の到着という最高のタイミングを得たこともあり、強気にルティアの腕をとる。その手には二本の結婚指輪が天窓から射し込む光で神々しいまでに輝く。

「私……貧しくなんて……」

「そう。俺たちの場合はたった一人しかいない女神様を不幸な生い立ちの俺と、人生の半分以上を孤独に生きてきた老い先短いヴァイス伯爵とに分け与えていただければ光栄の極み。是非、哀れな子羊に愛を注いで欲しい。――とまあそういう契約だな」

レオンの言葉にひくっとみけんの皺を震わせていたヴァイス伯爵が、とうとう我慢できないとばかり口を開く。

「分別ある大人が黙って聞いていれば、君はどこまで自己中心的で勝手きわまりないんだ。私が老いぼれだと？　今まで誰一人女性に愛されたことがないと？　まさか！　私の指先のテクニックで絶頂に導かれた女性の数は数え切れない。ルティア嬢と出会うために磨かれてきた性技です！」

ルティアは、ヴァイス伯爵の熱い言葉にしばし、感涙していたがややあってそれはかなり恥ずかしい告白だと気づき頬を染める。

「ヴァイス伯爵……様。あまり公の場でそのようなこと……」

「申し訳ない。ですが、真実です。私は……レオン殿にこのような屈辱を受けてもあなたと共にいたいのです。あなたにどれだけ蔑まれても花嫁として迎えたいのです！」

「そのお言葉……身に余る光栄です……」

ルティアはヴァイス伯爵の好意に、肩の荷が下りる気がした。きまじめで几帳面で、格式を重んじるところのあるヴァイス伯爵は、自分の勝手を許してくれないのではないか、そう思っていたから。

「では、これで成立したな」

レオンは国王陛下に改めて一礼すると、

「祝福のシャワーを、どうか我が花嫁に！」

「我が、じゃない。我らが、に訂正させてもらいますよ。義理の息子どの」

ヴァイス伯爵は、苦虫をかみ潰した様に顔を歪めて付け足してくる。そして表情を余裕のある大人の男のものにして、声を張る。

「我らが門出をどうぞ皆様、盛大に祝っていただきたい。世間知らずの異国から来たこわっぱも、我が最愛のルティアを愛したとは目が高いと褒めて遣わしたいと思っている所存。この私の包容力に勝るものはないと自負しておりますが、太刀打ちできる二人目の夫となれるか、じっくりと観察していきたいと思っております」

どっと、歓声がわき上がり、とてもそこがいつもは厳粛な空気の漂う大聖堂であるとは思えないほど華々しい三人の主役で輝き、そして盛り上がっていた。

聖堂の鐘撞きが気を利かしたのか、ゴーン、ゴーンと、鐘楼の鐘が鳴り響き始めたのもこのときだった。

「結婚後の夜の生活は､私が独占してさしあげますよ。この貴方を魅了する黄金の指先で」

そうルティアにだけ聞こえる様に耳元で囁くヴァイス伯爵は、まるでその趣向がレオンのようなちゃっかりしたものになりつつあるとルティアは思う。ヴァイス伯爵がいくら小声で言い足していても、いつもならレオンが耳ざとく聞きつけて反論してくる。そうくるかと思ってルティアは身構えたが、幸い彼は怒ったような顔つきも見せなかった。周囲の参列者たちの歓声にすべてかき消されていた。

ルティアやレオン、そしてヴァイス伯爵に向かって白い薔薇が投げかけられ、ライスシャワーが迸った。

儀式の参列者たちは、そのほかのパーティーの招待客と共に、庭園に用意された料理に舌鼓をうち、盛大なパーティーには使用人も周辺の街人たちにも、振る舞いの場が設けられて、どうなることかと危ぶまれたルティアたちの結婚の儀式は祝福に包まれて、この城と公爵の美術品の公開展示という大きなイベントよりも最高に盛り上がるイベントとなっていた。

●終　章●　夢見ごこちに甘く抱かれて

ルティアは国王陛下と王女の相手をするレオンとヴァイス伯爵の姿を、幸せな光景として見つめ、多くの招待客から祝福の言葉を受けるのに忙しかった。

シャンデリアの明かりはいつまでも燦然と輝き、まるで昼夜の区別がないかのようなガーシュ公の城。

宿泊客も、数日の宴会続きでさすがに疲れが見え始め、たらふく豪華な食事をとり、各国のワインやブランデーなどアルコールを堪能して、部屋に戻って睡眠を貪る。

ルティアにとってはこのままワインを飲んで幸せな気分で過ごしたかった。

だが、いつしか気づけばレオンの腕に抱かれ、そして驚いて顔をめぐらせれば、背後にはヴァイス伯爵の寝顔が見える。

「――え……」

夢だと思った。

夢に違いない。

その部屋は、豪華なロココの調度品で揃えられ、純白の天井は花と蔓が複雑に絡み合ったもので、そのまま室内に幾本もしつらえられている円柱に流れ落ちてくる、見たこともない装飾の部屋だった。

そして今ルティアとレオンとヴァイス伯爵が横たわっている純白のベッドは、そのベッドヘッドも部屋にそびえる円柱と同じデザインで、合わせて作られたことがわかる。

天井のドームからはシルクシフォンの天蓋カーテンが舞い降りて、窓辺に、そして円柱にテントの様に弧を描いて流れ落ちている、夢のような空間。

ここにも白い薔薇が周囲にちりばめられ、巨大な花壺にも薫りがむせかえるほどにいけられている。

まるで天国にいるような寝室だから、ルティアは目を閉じてまた開いたときには自分の知っている寝室に変わるに違いないと思った。そうして、目をゆっくりと閉じて、三つ数えて開いてみたが、部屋の優雅さは変わらずベッドの大きさも変わらず、相変わらず天国の花園のよう。

「このお部屋……知らない……わ……ここはルイ様のお城じゃないの？」

呟きは、掠れたような声だったが、ルティアの視界に金色の髪が映りすぐ紫の瞳が射貫いてくる。

「ここは俺とルティアの城だよ。ここもずっと改築工事を進めていたんだ。ルティアの好みに合わせてね」

「そしてここを作ったのは我が意匠によるものですよ。ルティア。ここは私と貴方の城に生まれ変わるのです。〝ガーシュ公の城〟から〝ルティア夫人の天上の城〟へ」

背後からきゅっと胸もとを抱きしめられて、そして耳朶を優しく噛みながら囁くのはヴァイス伯爵。その黒髪と淡いブルーの瞳がシャンデリアの明かりを映して不思議なヘーゼルの色味を見せる。

「ルティア……」

「我が愛おしい花嫁……ルティア嬢……。貴方をこうしてベッドで抱ける幸せをこれからの味わえるなんて……」

「それは空よりも心の広い俺様の裁量のおかげでもあるから、俺にも感謝して欲しいな。ヴァイス伯爵」

レオンは偉ぶってベッドの上のルティアの乳房を両手の平でもんでくる。

「あ、んぅうッ、や……」

突然揉まれた乳房は、白い透けるようなキャミソールにしか守られておらず、ルティアのそこはすぐさま敏感に反応して尖ってくる。

「嫌じゃないよな？　だってルティアのここ、もうこんなに尖ってきてる」

「それはあなたが……」

左右から麗しい殿方に包み込まれて、ルティアはここが天国なのではないかと思う。

「さあ、これからルティアの天国が始まるよ」

レオンの甘くて残酷な声が肌に沁みてくる。

「でも……レオン様は……隣国の王子様でしょ？　いつまでもベッドにいたら支障が……」

「ああ、そうですね。レオンはジャニス夫人のところにいって甘えていればいいのでは？　今夜はここで私がルティア嬢のお相手を……満足させて差し上げますよ」

今度は背後からヴァイス伯爵の危険な甘い囁きが、ルティアの耳元を舐め上げてくる。

「ヴァイス伯爵もよ。このお部屋のこと隠していたわ。私、隠し事をする人は信用できないと思っているの」

「隠し事……か、それなら他にもある」

「え……？」

ヴァイス伯爵がルティアのお尻を優しく掴んで、双丘を、揉み始めている。

「そうそう。レオン君は第三王子だというじゃないですか。それって普通に貴族の称号を抱くだけで一生を終わるパターンですよね。王子とは名ばかりで、ほぼ王座につくことなどなさそうですよね」

ヴァイス伯爵が、ルティアのお尻の秘境を押し開いてその間にねっとりとした熱い舌を差し入れる。

「ひゃあ……あん！」

舌先は後の蕾をなぞり、その襞を丹念に舐めながら前方の谷間へも滑り込んでいく。

「だめ……まだ城にお客様が…いるでしょう…？　ちゃんと……お見送りしなくては……」

「その点ならご心配なく。王陛下も王女様もお帰りになりました。丁重にお送りしましたから、ルティア嬢は安心してここで我々に抱かれていてください」

ヴァイス伯爵の舌が、前庭に滑り込むともうそこにあふれていた蜜がぬちゅっと淫靡な音を立てて彼の舌先を迎え入れている。

絞りの中にねじ込まれる舌先を、ルティアの腹部は激しく上下しながらきゅっとその蕾を絞る。

「ああ……気持ちいいのですね？　ルティア。貴方の熱が私の舌を責め付けてきますよ」

責め付けられているのはルティアの蕾だ、そう思うのに、もう言葉を紡ぐ声さえ出ない。甘くてささやかな喘ぎ声が喉を埋め、唇から溢れ出す。

「仕事を……おつとめ……を……美術品……」

「俺の美術品はルティアだから。ルティアが王妃を望むなら俺はいくらでも上の兄たちを蹴落とすからそのつもりでいて。俺の実力はもうわかってるよねえ？」

言いながら、レオンがルティアの両の乳首をキュッと絞り上げてくる。

「ガーシュ公には感謝を捧げなくては……命日には盛大に式典をして見せましょう」

「感謝は俺もしているよ」

「あなたたち……不謹慎……だ、わ」

「ここには……不謹慎な人間しかいないのです。一人の花嫁を共有して愛しているこのベッドの上には特にね……」

「は……あん！」

前の濡れた茂みにレオンが猛々しい太く成長した雄を突きたててくる。

「ルティア嬢。さあ、どちらが先にあなたを天国に導くか、勝敗を決めてください」

ぐぐっとルティアの肉襞を割り、巨大な塊が甘くて強い快楽を穿ってくる。

それは前からも、後の蕾からもで、ルティアの華奢な白い身体は、まるでしなやかな白い薔薇のように逞しい二人の男の肉体に挟まれながら、弓なりになって身悶えた。

熱い吐息が絡まり合い、そして白いベッドが三人の溢す熱い露に濡れていくたび、耐えきれない淫らな喘ぎが乙女の喉を突き、乾いた唇を弾けさせながら溢れる。

ベッドのぎしぎしと軋む音が夜明けまで続き、こらえきれない甘い嬌声が城中に聞こえるほどだった――――。

あとがき

はじめましての方もそうでない方もお買い上げありがとうございます。

唐突ですが、このお話のタイトルはかなりすごいです。

本人はもっとロマンティック押しのタイトルを付けていたのですが、どこかを経由している間に仕上がりがこのようなタイトルに！

『王子の束縛、軍人の求愛～若き未亡人のふしだらな悩み～』

だ、だいじょうぶでしょうか。皆様引いていたりはしませんよね？　なんとなく、背表紙が黒一色のあのレーベルの雰囲気がしっとりと漂っていたりいなかったり……。でもきっと、この斬新なタイトルが新たな購読者様を増やしてくださるに違いないです。

というわけで、内容はしっかりとロマンティックです。ロマンティック押しです。むしろ【濃密ロマンティック・エロティックドリーマー～はーと～】です。

あとがきからお読みの方もいらっしゃると思いますので、軽く内容の感じを……。

父の言いなりに二十歳近く年上の男性と結婚したら、その夜に旦那様は亡くなって、処女のまま未亡人になってしまったルティア嬢。傷心のまま優雅で巨大なお城にて喪に服します。そこに、突如見知らぬ美青年が義理の息子だといって登場して子犬のように懐きまくり、彼の現れた同じ日に、父が再度結婚相手として見繕った美貌の軍人伯爵様も現れて、「想像以上の方だ」とヒロイン、ルティアに夢中になるのです。

熱情のままに強引に奪ってくるヒーロー、レオンと若きレディに大人の男性として余裕のあるところを見せながら口説いてくるヒーロー、ヴァイス伯爵。

二人のそれぞれタイプのまったく違う男性にヒロインが好かれ、愛され、奪われ、結婚を迫られる……というお話です。どうでしょう。ドリームですよね？（え、違う？）

そして今回も拙作にイラストをつけてくださった、Ｃｉｅｌ様の華麗なイラストが、「古き良きシネマのよう」と、担当様と絶賛していたのですが、皆様もそう思われますよね。

ＴＬ系の表紙で黒いドレス（喪服）はなかなかなのでは。Ｃｉｅｌ様ならではの華麗なセンスがまばゆいほどに光っております。このような絵にしていただいた素晴らしい男性二人、どちらか一人なんて選べません。読者様もルティアになりきって読んでいただけると嬉しいです。

では、最後になりますが、この本を刊行するにあたって大変お世話になりました担当編集様、Ｃｉｅｌ様、デザイナー様、営業様や携わっていただいている方々すべてに感謝を込めて。

いつも読んでくださっている読者様にも多大なる感謝を。またお会いできますように。

王子《おうじ》の束縛《そくばく》、軍人《ぐんじん》の求愛《きゅうあい》

ティアラ文庫をお買いあげいただき、ありがとうございます。
この作品を読んでのご意見・ご感想をお待ちしております。

✦ ファンレターの宛先 ✦
〒102-0072　東京都千代田区飯田橋3-3-1
プランタン出版　ティアラ文庫編集部気付
斎王ことり先生係／Ciel先生係

ティアラ文庫WEBサイト
http://www.tiarabunko.jp/

著者――斎王ことり（さいおう　ことり）
挿絵――Ciel（シエル）
発行――プランタン出版
発売――フランス書院
〒102-0072　東京都千代田区飯田橋3-3-1
電話（営業）03-5226-5744
（編集）03-5226-5742
印刷――誠宏印刷
製本――若林製本工場

ISBN978-4-8296-6683-8 C0193

ティアラ文庫

Tia6566

♥ 好評発売中! ♥

ティアラ文庫

Tia6572

♥ 好評発売中! ♥

原稿大募集

ティアラ文庫では、乙女のためのエンターテイメント小説を募集しております。
優秀な作品は当社より文庫として刊行いたします。
また、将来性のある方には編集者が担当につき、デビューまでご指導します。

募集作品

H描写のある乙女向けのオリジナル小説（二次創作は不可）。
商業誌未発表であれば同人誌・インターネット等で発表済みの作品でも結構です。

応募資格

年齢・性別は問いません。アマチュアの方はもちろん、
他誌掲載経験者やシナリオ経験者などプロも歓迎。
（応募の秘密は厳守いたします）

応募規定

☆枚数は400字詰め原稿用紙換算200枚～400枚
☆タイトル・氏名（ペンネーム）・郵便番号・住所・年齢・職業・電話番号・
メールアドレスを明記した別紙を添付してください。
また他の商業メディアで小説・シナリオ等の経験がある方は、
手がけた作品を明記してください。
☆400～800字程度のあらすじを書いた別紙を添付してください。
☆必ず印刷したものをお送りください。
CD-Rなどデータのみの投稿はお断りいたします。

注意事項

☆原稿は返却いたしません。あらかじめご了承ください。
☆応募方法は郵送に限ります。
☆採用された方のみ担当者よりご連絡いたします。

原稿送り先

〒102-0072　東京都千代田区飯田橋3-3-1
プランタン出版「ティアラ文庫・作品募集」係

お問い合わせ先

03-5226-5742　　プランタン出版編集部